영혼을
깨우는
책읽기

책의 숲에서 찾은 마음공부의 길

영혼을
깨우는
책읽기

이현경 지음

교양인
GYOYANGIN

■ 일러두기

1. 외래어 표기는 문교부 고시 〈외래어 표기법〉을 따랐다. 단 기존에 출간된 책의 저자 이름
   은 출간 도서의 표기를 따랐다.
2. 책에서 사용된 인용문의 출처는 각 꼭지의 첫머리에 밝혔다.

"이제 그만 잠에서 깨어 자신으로 돌아오라."

여기에 실린 스물여덟 권의 책들이 서로 다른 듯하지만 겹치는 목소리로 내게 해준 말이다. 세상이 나의 외부에 완강한 실체로 있다고 여기며 세상과 대결하고 있을 때, 이 책들은 그 세계가 실제가 아니라고 일깨워주었다. 뭐든지 이성으로 판단하고 논리적으로 이해되어야 받아들이겠다고 고집할 때, 삶에는 논리로는 닿을 수 없는 역설의 차원이 있음을 드러내주었다. 자신도 모르는 무의식적인 반응에 휩싸여 있을 때는 마음의 미세한 움직임을 보게 했고, 감각적인 욕망이나 세상살이의 습관에 떠밀려 갈 때는 가슴을 파고드는 준엄한 목소리로 정신을 깨웠다. 육신과 생각을 나의 존재로 동일시하면서 기쁨이나 슬픔에 흔들릴 때에도, 나의 잠든 영혼에 직접 말을 걸어 내가 본래 누구이며 삶은 어디로 가는 것인지를 알도록 이끌어주었다.

마음공부의 여정이라는 게 있는지, 어디서 시작해야 하는지도 모르던 내가 가시적 세계 너머 비가시적 세계에 눈뜨도록 이 책들은 찬찬히 일러주었다. 잠깐 튀어 오른 물방울이 물과 분리된 실체가 아닌 것처럼, 나 역시 한 육신 안에 분리되어 있는 개별자가 아님을 깨닫고 본래의 참모습으로 돌아가도록 부드럽게 이끌어주었다. 나의 어리석음 탓에 깨우침도 느렸고 실천은 더더욱 안일했으나, 이 책들을 펼치면 언제나 영혼이 깨어나는 듯한 기쁨과 의욕이 샘솟았다. 어느 책의 한 구절을 새기며 힘든 일을 견딘 날도 있었고, 어느 책의 한 말씀으로 이전의 삶과 결별한 날도 있었다. 영혼을 깨우는 일은 체득의 과정이며 궁극에는 자신의 존재가 변형되는 길이다. 이 책들은 내가 그 길을 가도록 이끌어준 등불이고 지팡이였다.

그렇다고 이 스물여덟 권이 영혼을 깨우는 책의 전부도 아니고 가장 대표적인 책도 아니다. 다만 마음공부 여정 초기부터 내게 각별히 기억되거나 인연이 남달랐던 책들이다. 나는 예상치 않게 마음공부에 입문하게 되었고 치유에 남다른 관심을 가지고 그 흐름을 이어왔기에 내 영혼을 깨운 책들 가운데는 치유에 관한 책들이 많고, 과학이나 심리학에 관련된 책도 상당수 있다. 이제 그 책들을 내 마음공부의 여정에 따라 다섯 개 장으로 나누어 소개할 텐데, 이는 나의 흐름일 뿐 다른 사람에게 똑같이 요구되는 순서는 아니다. 따라서 독자들은 자신이 읽었거나 관심 가는 책을 중심으로 아무 데서부터 읽어 나가도 좋다.

다섯 개 장은 1장 '입문, 들어서다', 2장 '이성에서 마음으로, 틀을 바꾸다', 3장 '존재의 가르침, 삶으로 물들이다', 4장 '치유, 어루만지다', 5장 '심오한 말씀, 빛으로 이끌다'로 구성하였다. 1장 '입문, 들어서다'에서 소개하는 일곱 권은 눈에 보이는 현실을 전부로 알고 살던 내게 세상의 다른 차원을 향한 문을 열어준 책들이다. 2장 '이성에서 마음으로, 틀을 바꾸다'에서는 이성적이고 과학적인 사고를 넘어서서 세상을 보도록 하고, 마음과 몸이 함께 작용함을 일깨워준 전일적인 관점의 과학과 심리학 서적들을 골랐다. 3장 '존재의 가르침, 삶으로 물들이다'에는 수월 스님이나 마하르쉬처럼 저자의 존재 자체가 가르침이 되고 깨달음의 표상이 되어 마음 깊이 진리 추구의 불씨를 심어준 책들을 담았다. 이어서 의사소통 전문가로 활동하면서 동시에 아픈 엄마를 돌보며 지냈던 지난 10여 년간 인간관계와 치유의 측면에서 나를 깨우쳐준 책들을 4장 '치유, 어루만지다'에서 다루었다. 마지막 5장 '심오한 말씀, 빛으로 이끌다'는 언제까지나 내 영혼을 밝히는 등불이 되어줄, 내게 가장 깊은 영향을 끼친 책들을 소개하였다.

한 사람이 더디더디 영혼 속으로 깨어나는 여정은 꽃이 만발한 정원처럼 아름답기만 한 것은 아니었다. 때로는 감미로웠으나 때로는 불침처럼 따갑게 다가와 정신 차리게 만든 책도 있다. 삶의 어떤 길목에서 왜 그런 깨우침을 얻었는지를 진솔하게 나누고 싶어, 각 책의 주제를 객관적으로만 다루지 않고 내 삶의 경험과 연결되는 지점들을 함께 소개했다. 아마도 내 안목이 세약되어 있는 탓에 이 책들에 남긴 지혜의 정수를 전부 다 제대로 짚어내지는 못했을 것이다. 그렇더라도 각 책에는 스스로 발산하는 지혜의 울림이 있어 저절로 독자들에게 메아리쳐 갈 것이라 믿는다.

독자들은 자신이 처한 삶의 지점이나 영혼이 깨어나는 여정에 따라 각자 다른 대목에서 깨우침을 얻기도 하고 시원하게 안목이 열리기도 할 것이다. 이 스물여덟 권 가운데 어느 책에서라도 누군가 자신에게 꼭 맞는 메시지를 발견한다면 나에게는 크나큰 보람이겠다. 이미 비슷한 마음공부의 여정을 걸어와서 같은 책을 읽었던 사람들은 잊었던 한 구절을 선물처럼 새로 만나면 좋겠다. 혹시라도 여기 소개된 책들을 읽으며 머리에 머물러 있던 앎이 가슴으로 내려와 자신의 참존재로 침잠해 가는 독자가 있다면 더없이 기쁠 것이다.

　내 영혼을 흔들어 깨운 말씀들이 이 책을 타고 다른 영혼들에게 흘러들어 간다. 그렇게 해서 깨어난 영혼들의 기쁨이 보이지 않는 가운데 연결된 존재의 그물망을 타고 다시 모두에게로 전해질 것이다. 이제 내가 할 일은 감사한 마음을 품고 다른 영혼이 깨어나는 소식을 기다리는 것이다.

4장
치유, 어루만지다

5장
심오한 말씀, 빛으로 이끌다

영혼을 깨우는 책읽기는…

영혼을 깨우는 책읽기는 자기 존재의 근원을 깨닫는 길로 이끄는, 영성에 눈뜨는 책읽기이다. 존재의 근원을 깨닫는 일은 '나는 누구인지', '삶이란 무엇인지'를 지적으로 이해하는 것과는 다르다. 창문을 열고 하늘을 볼 수는 있어도 창문에 하늘을 담을 수는 없듯이, 존재의 근원은 인간의 이성에 완전히 포착되지 않는다. 이성적 판단을 넘어서 존재의 큰길 그 중심에서 자각해야만 만나.

지혜의 여러 전통들은 존재의 본질을 도(道), 진리, 신성, 내면의 빛, 참된 사랑, 진여불성, 사트-치트-아난다(Sat-Chit-Ananda) 등으로 불러 왔다. 이처럼 각각 다른 이름으로 불리지만 모두 다 같은 참된 존재를 향해 나아가게 이끌어주는 책이 영혼을 깨우는 책이다. 영혼을 깨우는 책은 지금껏 자신이 얽매여 있던 인식의 제약을 벗어버리고 '나'를 초월하여 '참나'를 추구하는 길로 나아가게 한다. 책읽기만으로 존재의 근원에 도달할 수는 없지만, 책읽기는 그 여정의 시작이 가능하도록 우리에게 용기를 불어넣고 방향을 제시한다. 이와 같은 여정을 이끄는 책들은 제각각 빛깔과 무늬는 달라도 몇 가지 공통점이 있다.

인연, 설렘으로 다가온다

영혼을 깨우는 책은 계획을 세우고 순서를 정한 대로 읽게 되지도 않고, 아무 관심도 없는 순간에 저절로 다가오기도 한다. 선물처럼, 인연처럼 갑작스레 다가와 적당히 살아가던 '나'를 뒤흔든다. 자신의 삶에 의문을 품은 시점이나 막다른 길에 봉착했을 때 힌트나 답이 되는 구절을 담은 책으로 나타나기도 한다. 이런 인연이 제임스 레드필드나 페테르 에르베가 말하는 동시성(synchronicity)이다. 생각지도 못했는데 우연의 일치처럼 나타나는 이런 책들은 '이거구나!' 하는 거부할 수 없는 메시지를 보여주며 우리를 설레게 한다.

내가 영혼을 깨우는 책과 맺은 첫 인연은 《천상의 예언》이란 책이었다. 누가 권했는지 지금은 생각나지도 않는다. 누군가 건네주지 않았더라면 그런 모험소설 따위는 거들떠보지도 않았을 것이다. 그러나 막상 읽어 나가자 책에 담긴 인류의 의식 변화에 관한 통찰이 3차원 영화처럼 입체감 있게 다가왔고, 호기심이 생기면서 책 속으로 빨려 들어갔다. 그런가 하면 어떤 선배는 내가 건네준 니어링 부부의 《아름다운 삶, 사랑, 그리고 마무리》를 읽고 나서 바로 50년 가까이 살아온 도시의 삶을 접고 귀농했다. 이처럼 별 관심 없이 읽다가 깊이 빠져들게 되거나, 어떤 책 한 권으로 수십 년 동안의 생활과 사고방식을 완전히 바꾸게 되는 까닭은 이 책들이 이성보다 영혼을 흔들기 때문이다.

한번 시작된 인연은 꼬리에 꼬리를 물고 이어진다. 사실 깊은 차원에서 본다면 영혼을 깨우려는 흐름은 누구를 향해서든 중단되거나 지연된 적이 없다. 존재의 본성은 모든 곳에 편재하고 모든 것을 알고 있으므로 내게 필요한 것을 '나'보다 더 잘 안다. '나'에게 가장 중요한 일은 영혼을 되찾고 자신의 참모습을 깨닫는 일이므로 내 영혼을 깨우려는 메시지는 언제나 내 곁에 다가와 있다. 라마나 마하르쉬는 "오로지 실재하는 것은 진아(眞我)이며 지금의 '나'는 환영에 불과하므로, 스승도 '나'가 준비되었을 때 신의 은총으로 인간의 육체를 입고 나타난다."고 말했다. 스승의 모습으로든 책의 모습으로든 여러 형태로 내 가까이에 다가와 있는 메시지를 알아보지 못하는 이유는 '나'가 아직 잠에서 깨어나려 하지 않기 때문이다. 그러니 내가 밀쳐내지만 않으면 인연은 줄곧 이어진다. 이번 책에서 의미심장하게 읽었던 한 구절, 잠깐 언급된 성자의 이름 하나가 그다음 인연의 실마리가 되기도 한다.

내 경우에도 책에서 책으로, 혹은 책에서 강연, 음악, 명상 수련회로 가르침의 인연들이 절묘하게 맞물려 갔다. 조안 보리센코의 《마음이 지닌 치유의 힘》을 읽기 전까지 나는 보리센코가 치유자의 모범으로 생각하는 독일의 수녀 힐데가르트 폰 빙엔을 알지 못했다. 그 후 나는 힐데가르트가 중세 시대의 수녀로서는 보기 드물게 비전을 보고 계시를 기록한 예언자이자, 천상의 음악을 들은 작곡가였으며, 약초학과 과학에 뛰어난 치유자였음을 알게 되었다. 우연히 그녀가 그린 만다라들도 보게 되었으며, 최근에는 그녀의 삶을 다룬 〈위대한 계시〉라는 영화를 보고 그 뛰어난 영성가의 말씀과 삶을 생생하게 대면할 수 있었다.

켄 윌버의 《무경계》를 읽고 마이스터 에크하르트라는 중세의 영성가를 알게 되었을 때는 다른 책을 찾으러 도서관에 갔는데도 에크하르트의 책이 먼저 눈에 들어왔다. 파커 파머의 피정 교육에 갔을 때 들렀던 하와이의 어느 서점에서 에크하르트 톨레의 새 책을 집어 든 것도 마찬가지 인연이었다. 이런 일이 반복되면 대부분 진실을 알아차리게 된다. 우연을 가장하여 오는 이 인연들이 사실은 내 영혼을 깨우고자 하는 근본 존재 혹은 신성의 계획이라는 진실 말이다.

전환으로 이끈다

영혼을 깨우는 책들은 빠르든 늦든 변화를 이끌어낸다. 이러한 변화는 애벌레가 나비가 되는 것, 알껍질을 깨고 털이 보송보송한 병아리가 나오는 것과 같은 일종의 탈바꿈, 질적인 전환(transformation)이다.

사찰 수련회에 가서 처음 그런 변화들을 목격했을 때는 적잖이 놀랐다. 수련회 첫날, 그동안 술, 담배를 많이 해 온 중년 남성들의 모습을 보니 혈색도 나쁘고 눈빛도 매우 탁했다. 오래 누적된 피로 때문인지 그들은 명상을 시작한 지 10분도 안 돼 졸음에 빠지거나 심지어 코를 골며 잠들어버렸다. 저런 몸 상태로 4박 5일 동안 버틴다고 한들 무슨 공부가 될까 싶었다. 그런데 마지막 날 한마디씩 소감을 나눌 때 보니 대부분 눈빛이 또렷해져 있었고 피부에도 맑은 분홍빛이 돌고 있었다. 그 변화를 보면서 환골탈태가 모두에게 가능함을 알았다. 며칠만 술, 담배를 안 하고 마음을 모아 깊이 자신을 비추어 보기만 해도 영혼의 빛이 되살아날 수 있음을 실감했다.

하지만 이런 전환은 순조롭지 않으며 저항이 있기 마련이다. 물질계에 존재하는 유기체는 환경에 적응해 온 기존의 패턴을 안정적으로 유지하고자 하는 관성을 지닌다. 지금껏 자신의 삶을 영위해 온 방식에 안정감을 느끼기 때문에 사람들은 '나'를 크게 바꾸거나 기존의 습성들을 버리려고 하지 않는다. 그래서 그동안 자신이 알고 있던 것이나 행동하던 방식을 바꾸라는 가르침에 자기도 모르게 저항한다. 더구나 '나'를 근본적으로 부정하라는 가르침은 거의 받아들이기 힘들다. 두려움과 불안은 버리고 싶어 하면서도 한편으로는 '나'를 좀 더 안전하고 행복하게 유지하기를 바라기 때문이다.

이와 달리 영혼을 깨우는 책들은 한결같이 '나'를 너무 심각하게 생각하지 말라고, '나'는 '허상'일 뿐 실체가 없으니 이제 그만 꿈에서 깨어나라고 한다. 알에서, 번데기 상태에서 그만 나오라고 한다. 13~14세기 독일 신학자 마이스터 에크하르트는 아주 간결하게 "피조물이 끝나는 지점에서 신은 존재하기 시작한다."고 말했다. 정말 멋지지 않은가. 신을 평생 부르짖고 찾을 필요 없이, '나'를 주장하지 않고 내려놓으면 바로 그 자리에 신성이 있다고 그는 일깨우는 것이다.

그처럼 가까이에 신성이 있다 해도 '나'가 전부인 줄 알고 살아온 사람들은 바로 꿈에서 깨지 못한다. 그래서 전환은 한 지점에서 그다음 지점으로 곧게 뻗어 나가는 직선의 흐름이 아니라, 제자리를 맴도는 듯하면서 점차 깊어지거나 확장되는 나선형의 흐름을 띤다. 겉으로는 큰 변화가 없어 보이지만 서서히 예전과는 다른 모습이 자리를 잡는다. 어느새 말투가 달라지고 생활 방식이 바뀌며, 예전이라면 감정적이고 습관적으로 반응했을 일들로부터 자유로워진다. 무엇보다 도 표정과 행동에 밝고 환한 기운이 감돌게 된다.

　전환의 초기 단계에 읽는 영혼을 깨우는 책들은 기존의 세계관이나 신념에 충격을 가하면서 우리를 어리둥절하게 만든다. 일어나는 모든 일을 있는 그대로 받아들이라 하고, 목적 의식을 갖고 주도적으로 살기 보다 수용적인 태도로 흐름을 따라 살라 하며, 머리로 분석하고 판단 하기를 그만두고 가슴을 열라고 한다. 자신이 가진 정의와 불의의 잣대 를 넘어서 행복과 고통 모두를 껴안으라는 역설의 가르침들 앞에서 기 존의 사고방식은 작동을 멈추게 되고 우리는 당황할 수밖에 없다.

　그다음 단계의 전환으로 이끄는 책들은 '나'의 기존 관념이나 그릇 된 인식을 비워내기에 적당한 메시지를 담고 다가와 영적인 가르침이 내면으로 스며들도록 준비시킨다. 나의 경우에는 프리초프 카프라가 과학사 분야의 방대한 지식을 동원하여 보여준 전일적이고 시스템적 인 패러다임이 그랬고, 우주도, 시간도, 공간도 모두 환영일 수 있다 는 마이클 탤보트의 책도 그런 메시지를 주었다.

　개인의 심리 구조에서 출발하여 우주적 합일 의식까지 다다른 켄 윌버의 책을 읽으며 '번뇌 즉 보리(煩惱卽菩提, 범인의 어리석은 마음이 깨 달은 진리의 마음과 다르지 않다는 의미)'라는 가르침을 받아들일 바탕 을 얻었다. 논리적 정합성으로는 다가갈 수 없는 세계가 있음을, 인간 의 이성은 존재 그 자체의 앎에 비하면 빙산의 일각에 불과함을, 시간 도 공간도 가상의 틀일 수 있고 육체도 우주도 그다지 견고한 물리 적 실체가 아닐 수 있음을 이 책들이 드러내주었다. 그 과정에서 나의 기존 사고방식을 모두 쓸어내어 심오한 말씀들이 들어올 빈 공간을 마련해주었다.

그다음 전환의 과정에서는 자연스럽게 이어지는 영혼의 가르침을 기꺼이 마음을 열고 맞아들이게 된다. 전환이 진행될수록 마음은 과거나 미래로 달아나지 않고 현재에 머문다. 어제가 괴로웠고 내일이 불확실하다 해도 지금 이 순간의 풍요로움을 느낄 줄 알게 된다. 그렇게 전환하는 사람에게서는 감사와 사랑이 더 잘 흘러나온다. 예전에 고통스럽고 우울했던 사람도 전환이 무르익으면 환한 미소가 얼굴에 자리 잡는다.

서서히 물들인다

너새니얼 호손의 〈큰 바위 얼굴〉은 서서히 물드는 것이 어떤 것인지를 잘 그려낸 소설이다. 미국의 어느 산골 마을에 사는 어니스트란 소년이 사람의 얼굴을 닮은 동네의 큰 바위에 얽힌 전설에 매료된다. 그 전설은 그 동네에서 태어난 흰 아이가 가시 침지혜를 지닌 위대한 존재가 될 것이며 그는 큰 바위 얼굴을 닮으리라는 이야기다. 어니스트는 그런 위대한 존재를 만나고 싶은 기대를 품고 살아간다. 큰 바위 얼굴이 틀림없으리라는 떠들썩한 소문을 달고 그 마을 출신의 부자, 장군, 정치인이 다녀갔으나, 실망스럽게도 그들에게서는 참된 지혜의 자비로움이나 선량함이 드러나지 않았다. 어니스트가 노인이 되었을 때, 큰 바위 얼굴이 아닌가 기대를 품게 하는 한 시인이 고향으로 돌아온다. 그러나 시인은 자신의 멋진 작품들과 실제 삶은 일치하지 않는다고 부끄럽게 고백하며, 석양에 비친 어니스트의 얼굴을 보고 진정한 큰 바위 얼굴이 나타났다고 마을 사람들에게 알린다. 참된 지혜의 인물을 만나고 싶은 소망을 품었던 어니스트 자신에게 서서히 지혜가 깃들었던 것이다.

"사람은 자신이 생각하는 대로 되어 간다."는 말처럼, 마음 깊이 무언가를 품고 있으면 점차 그 모습을 닮아 가게 된다. 신을 사랑 가득한 존재로 그리며 신께 나아가고자 하는 사람은 더 많은 사랑을 느끼고 나눌 줄 안다. 세상 모든 것에 신성이 깃들어 있다고 믿으면 풀 한 포기, 벌레 한 마리도 귀하게 여기는 태도가 자연스레 자리를 잡는다.

아주 드물긴 하지만 진리를 들으면 그 자리에서 바로 깨닫거나, 과거의 부정적인 습관을 깨끗이 털어버리는 사람도 있다고 한다. 하지만 대부분의 사람들은 자신도 모르는 부정적인 심리 습관과 행동 방식에 사로잡혀 있어서 진리를 단박에 깨치지 못한다. 이런 사람들에게 영혼을 깨우는 책들은 다양한 변주곡처럼 다가와 서서히 영혼을 물들인다. 저 책에서 밑줄 그으며 기억했던 말씀이 이 책에서는 조금 다른 뉘앙스로 반복되어 점차 머리와 가슴에 아로새겨진다.

마더 테레사의 극빈자들을 위한 봉사가 수월 스님의 물 긷고 짚신 삼는 이야기와 겹쳐지면서, 참된 지혜로 깨어난 성인들은 모든 차별심을 극복하고 가장 낮은 자리에서 섬기고 사랑함을 보여준다. 척박한 사막을 딛고 살아가지만 늘 신성한 우주와 연결되어 있는 오스트레일리아 원주민의 지혜는, 파커 파머가 말하는 '숨겨진 전체성'이나 프리초프 카프라의 '전일적 세계관'을 읽을 때 같은 울림으로 다가온다. 이런 가르침에 물든 사람들은 어디 가서든 낮은 자리나 허드렛일을 마다하지 않고 남을 섬기는 자세로 일하고, 세상 만물이 연결되어 있다는 것을 기억하며 매사를 긍정적으로 받아들이고 긍정적으로 반응하는 태도를 보여준다.

몇 주간 계속된 교육 프로그램에서 매번 전원이 먹을 분량의 간식을 사 오던 참가자가 있었다. 그가 돈이 많거나 우월한 지위에 있는 사람은 아니었으나 그저 시장기를 느끼는 사람들이 먹으며 즐거워하길 바라는 마음에서 그렇게 한 것이다. 다른 참가자들은 "한두 번도 아니고 저렇게 늘 베푸는 마음은 아무나 내는 게 아니다."라며 감탄했다. 그는 자기도 마음공부를 하기 전에는 자신을 위해서만 쓸 줄 알았지 남과 나눌 줄은 몰랐다고 말했다. 변하지 않는 것은 하나도 없다는 현실의 무상함에 눈뜨니 자기도 모르는 사이에 물질과 소유에 대한 집착에서 벗어나 남들과 나눌 수 있게 된 것이다.

좋은 물건, 좋은 기회, 좋은 자리도 인연이 있으면 오고 인연이 다하면 가게 마련임을 아는 사람은, 대범할 정도로 남에게 내어주고 남과 나눈다. 향을 싼 종이에서는 향내가 나고 생선을 싼 종이에서는 비린내가 나듯이, 시시히 가르침에 젖어들면 자신에게서 가르침의 향기가 번져 나온다. 생각으로는 알아차리지 못해도 영혼은 잘 알아듣는 지혜를 담은 책들은, 이렇게 조금씩 내면을 물들여 간다.

묵은 아픔을 다독인다

오래전에 틱낫한의 《이 세상은 나의 사랑이며 또한 나다》에 감명을 받고 후배에게 읽어보라고 건넨 일이 있다. 그 후배는 별 감동 없이 읽고 다른 친구에게 주었는데, 그 친구는 읽다가 그만 대성통곡을 했다고 한다. 다 읽는 동안 몇 번이나 감동과 뉘우침으로 울었다는 그 친구는 그간 힘들었던 마음이 다 씻겨 나갔다고, 자기 인생에 가장 소중한 가르침이 된 그 책을 준 데 감사했다고 한다. 이렇듯 영혼을 깨우는 책은 오래 묵은 아픔도 치유하며, 결국엔 치유를 넘어선다.

요즘엔 사람들도 치유에 관심이 많고 치유 프로그램이나 방법도 매우 다양하다. 잘 알려진 아로마 치료 외에도 색깔 치료, 보석 치료가 있고, 음악, 미술, 연극, 문학, 춤 등을 통한 예술 치료, 독서 치료, 놀이 치료 등도 있다. 이렇게 다양한 분야가 치료에 접목되는 것을 보면 인간 생활의 요소 중에 치유와 관련 없는 게 있을까 싶을 정도다. 게다가 최근에는 마음만 잘 먹어도 치유력이 생긴다는 이야기가 많다. 《마음이 지닌 치유의 힘》에서 소개하는 심리신경면역학 연구에 따르면, 몸과 마음은 긴밀하게 상호 작용하므로 긍정적인 생각이나 감정을 품으면 호르몬 분비와 면역 체계의 기능이 증진된다고 한다. 생각을 바꾸고 감정을 조절하기만 해도 스스로 치유의 힘을 발휘할 수 있다는 것이다.

영혼을 깨우는 책들은 긍정적인 생각과 감정을 회복시키고, 자신의 고통과 상처를 다른 시선으로 보게 만들어 묵은 아픔도 치유하게 해준다. 존 카밧진의 《마음챙김 명상과 자기치유》나 캐롤라인 미스의 《영혼의 해부》를 읽으면 무수히 많은 사람들이 췌장암, 자궁암은 말할 것도 없고 형질세포종, 충혈성 심장 장애, 대장 궤양 같은 병명조차 낯선 질병으로 인한 고통을 수십 년 동안 겪으며 살아왔음을 알게 된다. 이런 사례들을 통해 '나만 고통을 겪은 게 아니었구나.' 하고 아픔의 무게를 조금은 덜 수 있고, 더 심각한 고통을 당하는 사람들을 생각하며 아직 감사할 일이 많음을 깨닫는다. 나아가 이런 책들은 고통을 피하려 애쓰기보다는 고통과 화해하며 사는 방법을 제시하고, 어떤 부정적인 경험에도 훼손되지 않고 온전히 빛나는 본성이 자신의 참모습임을 자각하여 평온함으로 돌아서게 한다.

이 책들의 메시지는 아픔을 다독여 치유하는 데서 끝나지 않는다. 캐롤라인 미스는 "상처와 함께 사는 것이 아니라 상처를 통해 앞으로 나아가는 것임을 명심"하라고 분명히 말한다. 상처 받고 치유된 자에 머무르지 말고, 존재의 참된 실상을 깨달을 때까지 영혼의 성장을 이루라는 뜻이다. 상처가 깊은 사람일수록 더 깊은 지혜를 배우며 오래 묵은 아픔에서 벗어난 사람일수록 주변을 더 밝게 비추는 법이니, 상처를 딛고 일어나 성장으로 나아가라고 영혼의 메시지들은 우리를 이끈다.

매우 오래된 심리적 상처가 있거나, 누군가로부터 수십 년간 괴롭힘과 학대를 받은 이의 아픔은 좀처럼 쉽게 다독여지지 않을 것이다. 신체적인 외상을 입으면 커다란 흉터가 생겨 원상회복이 어렵듯이 마음에 생긴 상처도 흉터를 남긴다. 하지만 아주 오래 묵은 아픔이라도 얼마든지 치유될 가능성이 있다는 것을 이 책들은 강조한다. 누구라도 치유될 수 있다고, 치유를 넘어서 앞으로 나아갈 수 있다고 아픔의 등을 두드려주는 것이다.

회복탄력성이 살아난다

묵은 아픔을 다독이고 치유하는 것과 같은 맥락에서 영혼을 깨우는 책들은 회복탄력성(resilience)이 살아나게 만든다. 회복탄력성이란 스펀지의 탄력성, 혹은 복원력처럼 무엇엔가 짓눌렸던 것이 원상태로 되돌아오는 성질을 말한다. 심리학에서는 회복탄력성을 중대한 역경, 트라우마, 비극, 위협, 혹은 심각한 스트레스 요인에 직면했을 때 사람들이 긍정적인 행동 적응을 보이는 역동적 과정으로 정의하는데, 요즘 부쩍 이에 대한 관심이 높아지고 있다.

심리학이 회복탄력성에 주목하는 이유는, 인생의 고난이나 역경에 직면했을 때 왜 어떤 사람들은 좌절하는데 어떤 사람들은 시련을 잘 극복하고 성공적인 삶을 사는지 그 차이를 알고자 하기 때문이다. 미국심리학회에서는 '회복탄력성을 기르는 10가지 방법'을 제시하기도 했는데 여기에는 친밀한 관계 유지, 바뀔 수 없는 상황의 수용, 현실적인 목표 설정, 결단력 있는 행동, 자신감 고취 등도 포함된다.

그런데 영혼을 깨우는 책들은 시련과 역경을 새로운 관점에서 보게 만들고, 역경을 다룰 수 있는 무한한 자원이 자신 안에 있음을 깨우쳐줌으로써 한층 더 근본적인 방식으로 회복탄력성이 살아나게 한다. 베티 이디의 《그 빛에 감싸여》에 나오는, 임사체험 중에 만난 천상의 안내자들에게서 그런 관점을 볼 수 있다. 세속에서는 고통 없이 부유하게 사는 사람이 부러움의 대상이지만, 모든 것을 영적인 시각으로 보는 영혼의 세계에서는 부자였느냐 가난뱅이였느냐와는 상관없이 오로지 한 영혼이 주어진 삶에서 사랑을 배우고 성장했느냐만을 중요시한다. 마치 연극에서 왕의 역할을 했느냐, 거지 역할을 했느냐보다는 그 배역을 탁월하게 수행했는지 여부에 따라 좋은 배우로 평가받는 것과 같다.

또한 이 책들은 시련이나 역경을 감당할 수 있는 무한한 자원과 가능성이 각자의 내면에 있으니, '나' 혼자 힘겹게 헤쳐 나간다는 식의 잘못된 생각을 넘어서라고 한다. 하와이 전통 치료법인 '호오포노포노' 식으로 말하면, 문제가 되는 것은 우리의 생각과 기억일 뿐 본래의 우리 존재는 신성이므로 신성에 자기를 맡기면 무제한, 무한대의 치유 가능성이 열린다. 이런 깨우침은 근원에서 솟아나는 회복탄력성을 발휘함으로써 예전 '나'의 자리로 돌아오는 것을 넘어 더 높은 지점으로 도약하도록 우리를 이끈다. 영혼을 깨우는 책들은 시련을 기회이자 각자 독특하게 치르는 영혼의 성인식으로 받아들이고, '참자기'의 무한한 회복력에 자신을 내맡김으로써 시련으로부터 날아오르는 길도 열려 있다고 일깨운다.

자기 존재의 깊은 곳으로부터 회복탄력성의 마르지 않는 샘물을 퍼 올리는 방법은 각자의 선택에 달렸다. 예를 들면 심리학자 빅토르 프랑클은 글귀 하나로 시련을 견뎠다. 날마다 자기 옆사람이 죽어나가는 나치의 강제수용소에서 그는 우연히 쪽지 하나를 발견했다. 쪽지에 적힌 글귀는 "진심으로 네 영혼과 힘을 다하여 하느님을 사랑하라."였다. 그는 그 구절을 영혼 깊이 품고 수용소의 고난을 견뎠으며 더 깊어진 영혼으로 수용소에서 살아 나와 삶의 의미를 발견하게 이끄는 심리 치료 기법인 '의미치료(logotherapy)'를 발전시킬 수 있었다.

자신의 근원에 닿기 위해 누군가는 기도를 할 것이고, 누군가는 명상을 할 것이며, 누군가는 감사 일기를 쓰고, 또 다른 누군가는 "미안합니다. 고맙습니다. 용서하세요. 사랑합니다."라는 호오포노포노의 기도를 할 것이다. 무엇을 하든 자신에게 가장 잘 맞는 방법을 찾아 거기에 마음을 열면, 주어진 상황을 감당할 수 있는 용기와 기쁨이 내면에서 회복된다. 위기와 기회, 불행과 행복의 역설을 통합적으로 다룰 수 있는 더 높은 영혼의 시점을 갖게 된다.

공명을 일으킨다

우리는 베이징의 나비 한 마리가 어떻게 뉴욕에 폭풍을 몰고 오는지 알지 못한다. 여기에서 풀 한 포기를 뽑으면 온 우주에 그 영향이 미치고, 한 사람의 위대한 성인이 나오면 온 지구의 진동이 바뀐다는 이야기도 논리적인 사고로는 이해하거나 증명할 수 없다. 파커 파머가 말한 숨겨진 전체성, 즉 모든 존재는 인드라망에 꿰어 서로를 비추는 한 구슬일 뿐이라는 가르침을 통해서만 이런 일들이 진실임을 받아들일 수 있다. 세상 만물은 연결되어 있으며, 존재의 본성의 측면에서 보면 만물의 자취조차 끊기고 오로지 하나만이 실재한다고 영혼의 가르침들은 말한다.

깊은 차원에서 영혼은 분리되어 있지 않으므로 한 영혼이 깨어나면 그 영향은 존재의 연결망을 타고 계속 퍼져나간다. 어떤 사람이 존재의 본질이 사랑임을 깊이 깨우쳐 가슴에 담으면 그의 말, 그의 행동, 그의 에너지로부터 그 깨달음이 퍼져 나가고, 그런 깨달음을 기다렸거나 필요로 하는 사람에게 같은 울림으로 자리 잡는다. 이처럼 영혼을 깨우는 가르침 자체에는 공명하는 특성이 있다.

내가 두드러진 공명 현상을 본 것은 에크하르트 톨레의 《NOW:행성의 미래를 상상하는 사람들에게》를 읽을 때였다. 동료와 나는 톨레의 책을 사자마자 장별로 읽으며 세미나를 했다. 우리는 영적 지혜서들에 관심을 품고 이야기를 해 온 사이였지만 그렇게 같이 공부해보기는 처음이었다. 이 책의 메시지를 체계적으로 공유할 필요성에 대해 서로 마음으로 공감했던 모양이다. 얼마 뒤에 보니 톨레가 직접 이 책을 바탕으로 오프라 윈프리가 진행하는 라디오 방송에서 10회에 걸쳐 웹 세미나를 열었다. 이 세미나에는 미국만이 아니라 유럽, 오스트레일리아, 아시아 등 세계 각국에서 무려 3500만 명이 접속했다고 한다. 수천만 명이 같은 메시지를 공유하고 같은 울림을 나누었으니 이는 단지 공감대 형성에 그치지 않고 인류 공통 의식의 한 부분으로 자리 잡았을 것이며, 그만큼 인류의 의식 수준을 높였을 것이다.

페르시아 왕의 반지에 적혀 있었다는, "이것 또한 지나가리라."라는 글귀를 접했을 때도 그랬다. 이 한마디 말은 모든 현상의 무상성을 드러내고 행복과 불행을 모두 그저 '지나가는 일'로 바라볼 수 있도록 한 단계 높은 시점을 내게 열어주었다. 그 간결하고도 명료한 지혜에 깊은 감명을 받이 힌동인 이 글귀를 마음에 지니고 다녔고 사람들과 내화할 때도 많이 인용했다. 그 후 언젠가부터 다른 사람들이 이 글귀에 공명한다는 이야기가 자주 들려왔다. 어떤 사람은 목사님의 설교에서 이 글귀를 들은 후 냉장고에 붙여놓고 지낸다고 했고, 어떤 사람은 딱 필요한 시점에 어느 할머니로부터 이 구절을 문자메시지로 받고 자신에게 너무나 맞는 메시지라 놀랐다고 했다. 감명을 받으면 가슴이 울린다. 한 사람의 가슴을 울리며 다가온 영혼의 메시지는 잔물결 퍼지듯 번져 나가며 다른 사람들의 영혼에도 공명을 일으키는 것이다.

충만함에 깃들인다

한 서양인 부자가 열대 지방의 섬에서 어부를 만나 고기를 얼마나 잡느냐고 물었다. 하루에 한 번 작은 낚싯배를 타고 바다에 나가서 가족이 먹고살 만큼 잡는다고 어부가 대답했다. 서양인은 그래서는 안 된다며 어부에게 요령을 일러주었다. 우선 더 자주 바다에 나가 더 많은 고기를 잡아 돈을 벌어야 하며, 그 돈으로 더 큰 배를 사서 고기를 더 많이 잡고, 또 그렇게 번 돈으로 아주 큰 배를 사서 고기를 더 많이 잡으면 큰 집도 사고 큰 차도 굴릴 수 있다고 말했다. 나무 그늘에 한가롭게 누워 있던 어부가 왜 그렇게 해야 하냐고 묻자, 서양인은 행복해지기 위해서라고 답했다. 어부는 의아하다는 듯이 말했다. "나는 이미 행복을 누리는데 당신은 그 복잡한 일을 거쳐서 행복을 찾으려고 하는군요."

전체에서 분리된 개체인 '나'라는 에고 의식을 갖고 살아가는 사람들은 이 서양인과 같다. 현재의 삶에서 늘 부족함을 느끼며, 더 많은 재산과 더 풍부한 지식, 더 확실한 지위를 가져야 한다고 생각한다. 그 많은 '더'들이 채워질 때까지는 자신의 행복을 보류한다. 미래에나 가능한 행복을 좇아야 하니, 지금의 가족, 생활, 업무는 불만족스럽거나 어쩔 수 없이 견뎌야 하는 의미 없는 일로 여긴다.

하지만 영혼을 깨우는 책들은 이 어부처럼 지금의 행복을 누리라고, 지금의 일상도 이미 충만하고 풍요로울 수 있다고 가르친다. 틱낫한은 나무를 베는 것도, 물을 긷는 것도, 설거지를 하는 것도 모두 명상이 되며 깨어서 하는 행동은 마치 하나의 의식처럼 중요한 일이 된다고 설파한다. 더 높고 이상적인 것을 찾을 필요 없이 자신에게 주어진 일상이 최고의 경지가 될 수 있다는 것이다. 이와 마찬가지로 톨레는 현재만이 존재하는 시간이며 과거도 미래도 모두 환상이니 거기로 달아나지 말라고 가르친다. 지금 하는 일에 온전히 마음을 모으면 거기에서 평온함과 행복을 맛볼 수 있고, 본래의 참된 의식이 삶으로 흘러든다고 말이다.

영혼의 메시지들은 한결같이 현재 이미 주어진 삶에서 충만함을 느끼고 그 삶을 살라고 말한다. 주어진 현실을 운명으로 받아들이거나 변화를 위한 어떤 시도도 하지 말라는 의미가 아니다. 변화가 필요하다면 자신의 삶에서 그 길을 발견할 수 있으며, 그 길은 위나 다른 데가 아니라 삶의 진실에 더 깊이 다가가는 길이라고 가르친다. 이 메시지에 깨어난 영혼들은 현재를 사는 일에 자신을 쏟게 된다. 가족들과 같이 둘러앉은 소박한 밥상에서도 충만한 시간을 보내며, 사소한 업무상의 일에서도 최선을 다하고 그 보람을 만끽한다.

조안 보리센코가 언급한, 어느 공항 기오디에서 일하는 직원의 모습도 그랬다. 그녀는 길게 늘어서 있는 줄을 보고도 짜증 내지 않고 유난히 눈에 띄는 활기로 고객들을 맞이했다. 분주하게 업무 처리를 하면서도 도울 일은 없는지 먼저 물으며 한 사람 한 사람에게 미소를 보냄으로써 뜻하지 않은 기쁨을 선사했다. 다시 만날 일 없는 승객에게도 자신이 가진 최상의 것을 선물하는 그 직원은 현재의 충만함에 깃들여 사는 모습을 보여주었다. 자신이 충만함에 깃들여 있으면 그 충만함이 흘러나와 주변을 채우게 된다. 영혼을 깨우는 책들은 이 충만함으로 들어가는 비밀의 문이 바로 지금, 여기라고 알려준다.

1장

입문,
들어서다

새로운 지평을 여는
입문 의례

제임스 레드필드, 《천상의 예언》

누구나 몇 번쯤 그런 순간을 경험한다. 이제 삶의 새로운 국면이 시작되고, 다시는 예전으로 돌아갈 수 없으리라는 강한 예감이 드는 순간 말이다. 나는 《천상의 예언》을 읽으며 그런 예감이 들었다. 책을 덮는 순간, 이것이 내가 예전과는 다른 의식의 지평으로 나아가는 일종의 입문 의례로구나 직감했다.

《천상의 예언(The Celestine Prophecy)》은 미국에서 1993년에 처음 출간되었다.
한국어 번역본은 1994년 한림원에서 처음 나왔고
2004년에 나무심는사람에서 다시 나왔다.
이 책에서는 김옥수가 번역한 한림원 판본을 참고로 했다.

제임스 레드필드 James Redfield

1950년 미국에서 태어났다. 오번 대학에서 사회학을 전공하면서 도교와 선불교 등 동양 철학을 공부했다. 상담학으로 석사 학위를 받고 청소년 상담사로 15년간 일했다. 1989년 전업 저술가가 되고자 일을 그만두고 약 2년 반 동안 첫 책《천상의 예언》을 썼다. 초판은 자비 출판이었지만 입소문이 퍼지면서 워너 출판사에서 다시 출간되었고, 〈뉴욕타임스〉 베스트셀러 목록에 145주 동안 머물렀다. 한국에 나온 다른 저서로《열 번째 지혜》,《샴발라의 비밀》이 있다.

누구나 몇 번쯤 그런 순간을 경험한다. 이제 삶의 새로운 국면이 시작되고, 다시는 예전으로 돌아갈 수 없으리라는 강한 예감이 드는 순간 말이다. 처음 학교에 입학해 반 배정을 받고 담임 선생님의 얼굴을 보는 순간, 직장에 입사하여 첫 출근을 하는 순간, 혹은 신부가 결혼식장에서 아버지의 손을 남편 될 사람의 손으로 바꿔 잡게 되는 순간들이 그렇다.

《나니아 연대기》에서 아이들이 옷장 안으로 들어갔다가 상상도 하지 못했던 세계로 떨어져버린 일처럼, 그런 순간에는 시간이 약간 느려지고 새로운 차원으로 들어가는 듯한 신비로운 뭔가가 감지된다. 나는 《천상의 예언》을 읽으며 그런 예감이 들었다. 책 읽는 내내 묘한 설렘과 반가움을 느꼈으며, 책을 덮는 순간 이것이 내가 예전과는 다른 의식의 지평으로 나아가는 일종의 입문 의례구나 하고 직감했다.

1990년대 후반 나는 노동운동을 접고 서울로 와서, 한편으로는 생계를 위해 학원 강사를 하고 다른 한편으로는 영등포산업선교회에서 노동교육 실무자로 활동했다. 인천에서 하던 활동을 접기까지 노동운동에 대한 정부의 탄압과 활동가들 사이의 반목이라는 이중의 괴로움을 겪으며 내 안의 패배감과 슬픔은 깊었다.

활동가들은 유물론적 세계관과 사회과학적 인식에 기반을 둔 이념으로 정연한 논리를 세웠지만, 감정적으로는 그다지 합리적이지도 성숙하지도 못했다. 이기적인 욕망이 생기면 강경하던 예전 입장이나 말을 바꾸기도 잘했고, 의견이 다른 활동가들에게는 적대감이나 냉소적인 태도를 노골적으로 드러냈다. 나를 포함한 여러 활동가들의 그런 모습에 절망감을 느끼기도 했고, 과연 이런 의식 수준에서 이루어지는 사회운동이 합리적이고 이상적인 사회를 만들 수 있을지 회의가 들었다.

게다가 나는 몸이 아프면 복잡한 꿈을 꾸거나 때로는 반수면 상태에서 강렬한 이미지들을 보곤 했는데, 내게는 자못 심각해 보이는 이런 현상들을 유물론이나 사회과학의 관점으로는 이해하거나 설명할 수 없어 답답했다. 그때는 정확히 몰랐지만 근대 의식의 한계인 이성 중심적인 사고와 육체와 정신을 구분하는 이분법적 세계관, 그로 인해 감정이나 영혼이 인식 세계 밖으로 밀려나는 상황에 나는 이미 한계를 느꼈던 것 같다.

그러던 차에 읽은 제임스 레드필드의 《천상의 예언》은 신기하게 맞물려 일어나는 우연한 사건들의 의미, 직관의 중요성, 꿈과 실제 삶의 관련성을 이해할 수 있게 해주었고, 유일한 세계관인 줄로만 알았던 근대 합리주의를 넘어 천 년 단위의 의식 변화라는 거대한 지평에서 역사를 볼 수 있는 안목을 제시해주었다. 또 점점 더 많은 사람들이 동시성을 자각하고 확장된 역사 의식을 지니게 된다면 인류의 의식 전체가 질적으로 도약하는 시대가 곧 다가오리라는 멋진 비전도 보여주었다. 이 책을 통해 내 뒤로 사유의 한 시대, 이성적 사고 중심의 시대가 저무는 느낌이 들었다. 내 앞으로는 감정과 직관을 이해하며 동물과 식물을 포함한 모든 존재들의 통합성을 지향하는 길이 열리는 듯했다. 이처럼 근대 합리주의 너머의 세계를 보여주고 영성에 입문하도록 나에게 첫 의례를 베풀어주었다는 점에서, 또한 이로써 존재의 본질을 깨치는 여정을 시작하게 되었다는 점에서 《천상의 예언》을 내 영혼을 깨운 책의 첫 자리에 놓았다.

누군가에게서 건네받을 때만 해도 이 책이 뉴에이지 계열의 고전으로 꼽히는 줄 몰랐고, 뉴에이지라는 독특한 문화적 흐름에 대해서도 몰랐다. 그저 세계와 인간관계에 대한 중요한 통찰들에 감명 받은 한 사람의 독자로서 이 책을 주변에 권하고 선물했다. 나중에 톰 버틀러 보던이 《내 인생의 탐나는 영혼의 책 50》에서 소개한 것을 보니 이 책은 "1990년대 후반 3년 동안 전 세계를 뒤흔든 초대형 베스트셀러"였다고 한다. 흥미로운 모험소설 형식을 빌린 것이 이 책이 당시 베스트셀러가 되는 데 큰 강점으로 작용한 듯하다. 지금 다시 읽으니 심오한 영적 가르침을 담았다기보다는 재기발랄한 상상력과 풍부한 지식에 기반을 둔 구도 소설로도 보인다.

《천상의 예언》은 청소년 상담 일을 하다가 그만두고 호숫가 집에서 칩거하던 한 남자가 페루에서 발견된 고문서에 우연히 흥미를 느끼고 페루로 건너가면서 시작되는 이야기다. 그는 죽음을 넘나드는 아슬아슬한 모험에 휘말리면서 고문서에 담긴 인류 의식의 진화에 관한 아홉 가지 예언 내용을 터득해 간다. 그에게 페루에서 발견된 고문서의 예언 이야기를 들려주는 사람은 갑작스레 나타난 옛 애인 찰린이다. 호기심을 느낀 그는 페루행 비행기를 탔다가 우연처럼 고문서의 지혜를 밝히려는 학자와 신부들을 연이어 만나고, 고문서의 지혜를 은폐하려는 페루 정부군의 추격을 받으며 느닷없이 총격이 가해지는 위험한 사건들에 휘말린다. 그는 예기치 못한 사건들을 겪으며 20세기 말 인류 문명의 새로운 전환 단계에 실현되리라고 예언된 아홉 가지 통찰을 차례차례 이해해 간다.

아홉 가지 통찰은 이 책의 핵심 메시지로서 인류의 집단적 의식 각성 단계를 나타낸다. 여기에는 제임스 레드필드 자신의 인간 잠재력에 관한 연구, 청소년 상담 경험, 방대한 역사학·생물학 지식, 그리고 영적 차원에 대한 풍부한 관심이 반영되어 있다. 세기말에는 우주적 진리에 대한 깨달음이 몇몇 구도자 개인이 아니라 인류의 집단적인 각성으로 일어나리라고 아홉 가지 통찰은 말한다. 또한 이 의식 각성은 배타적인 기성 종교의 교의에 의존하지 않으며, 동양 사상과 연결되는 현대 과학의 성과와, 무의식과 초의식까지 다루는 심리학 지식에 의해 이끌어지리라 예언한다.

인류 의식 각성의 첫 단계를 나타내는 첫 번째 통찰은 동시성에 대한 이해이다. 동시성이란 삶에서 일어나는 여러 가지 우연한 현상이 사실은 우연이 아니며 한층 더 큰 신비로운 힘의 작용이라는 인식이다. 사람들이 동시성을 자각하게 되면 자기 욕구를 주장하는 방식이 아니라 자기에게 다가오는 삶의 신비에 눈뜨고 그 흐름에 마음을 여는 방식으로 살게 된다. 주인공을 찾아온 옛 애인 찰린은 동시성을 이렇게 설명한다.

당신에게도 당신이 하고 싶었던 어떤 일에 대해 어떤 직감이나 예감이 일어난 적이 있겠지? 어떤 일을 꼭 하고 싶을 때 말이야. 그리고 그럴 때마다 그런 느낌이 드는 이유를 궁금하게 여긴 적이 있겠지? 그러고 나서 그 생각을 말끔히 잊어버리고 다른 일에 몰두하고 있을 때, 말끔히 잊어버렸던 바로 그 내용이나 장면이 갑자기 눈앞에 전개되는 경험을 한 적이 있겠지? 신부님이 설명한 바에 의하면, 그와 같은 우연이 훨씬 더 빈번하게 일어난다는 거야. 그렇게 되면 우리는 순전한 우연 그 이상을 느끼게 되면서, 그 이면에 숨어 있는 운명이란 걸 느끼게 된대. 그래서 설명할 수 없는 어떤 힘에 의해 우리의 삶이 이끌려 왔다는 사실을 깨닫게 된다는 거야. …… 최초의 통찰력이란 이 지구에 살고 있는 인간이 각자의 삶 주변에서 일어나는 다양한 신비를 재고한다는 것을 의미해.

점점 더 많은 사람들이 동시성을 자각하여 그 머릿수가 임계점에 이르면 다른 통찰들을 이해하는 방향으로 발전한다. 두 번째 통찰은 역사에 대한 인식 수준이 확대되는 것이다. 현 시대의 시간에 제약받던 인류의 의식이 과거의 역사를 포괄하는 시간 감각으로 확장되어 천 년 단위의 흐름을 생생하게 포착하게 된다. 그런 관점으로 볼 때 중세까지의 천년왕국은 신의 뜻에 의해 인간의 삶과 영혼이 명확하게 설명되는 세계였다. 그 후 천 년, 특히 지난 4세기에 걸쳐 인류는 과거의 세계 인식을 부정한 채, 과학 지식을 기반으로 삼아 세계를 도구적으로 조작하며 세속적·경제적 안정감을 추구해 왔다. 이제 그 전 천 년의 시대까지를 포괄적으로 인식하게 되면 사람들은 근대의 과학적 지식이 초래한 물질주의와 생태적 위기라는 한계를 직시하고, 인간이 우주 속에서 살아가는 삶의 이유를 재발견하게 될 것이다.

　역사적 인식 확장에 이어 세 번째 통찰을 터득한 인간은 기존에 물질로만 여기던 우주나 세계를 순수 에너지로 인식하게 된다. 근대 과학은 자연을 기계처럼 낱낱이 분해 가능한 물질적 요소들의 집합체로 여겼으나, 양자역학은 우주를 정해진 법칙에 지배되는 거대한 기계가 아니라 주체와 객체가 서로 영향을 끼치며 파동을 일으키는 에너지 시스템으로 본다. 인간 역시 에너지로 이루어진 존재이고 우리의 기대감도 에너지다. 따라서 세 번째 통찰을 이해한 인류는 자연과 우주를 기계적으로 조작하는 대신 인간의 좋은 기대감이나 관심을 보냄으로써 식물이나 다른 물체의 에너지 시스템에 영향을 끼치는 방식으로 교류하게 된다. 그렇게 되면 불모지에서도 자연과 교감함으로써 싱싱한 농작물을 가꾸어낸 스코틀랜드 핀드혼 농장 같은 방식이 보편적인 농사 방식이 될 수도 있다. 주인공은 안데스 산맥의 비시엔테 산장에서 세 번째 통찰을 터득한 마조리 같은 연구자들이 식물에게 긍정적인 에너지를 주입하는 실험을 목격한다.

　마조리가 기대감이 가득한 눈으로 나를 쳐다보며 말을 이어 나갔다.

　"하지만 그보다 더 놀라운 사실이 있습니다. 인간의 관심을 많이 받는 식물일수록 더 많은 영양소를 갖고 있다는 사실을 발견한 것입니다."

　"어떻게 했는데요?"

"주변에 있는 흙을 손으로 만지작거리거나 오랫동안 살펴보는 등 관심을 기울이는 거지요. 우리는 일정한 차이를 두고 시험해보았습니다. 일부에는 특별히 많은 관심을 기울이고, 남은 일부에는 그렇게 하지 않은 겁니다. 그 결과는 우리 생각과 동일하게 나왔습니다. 그래서 우리는 그 이론을 확대해, 식물에 관심을 기울이면서 더 건강하게 자라나게 하는 실험을 했습니다. 식물 옆에 앉아서 식물이 성장하는 데 관심을 집중한 것이지요."

나는 특히 세 번째 통찰에서 깊은 인상을 받았다. 비시엔테 산장의 연구 정원에서 연구원들이 옥수수밭에 둘러앉아 에너지를 주입하면서 옥수수의 성장을 돕는 장면은 농작물과 인간의 관계를 한 수준 올리는 한 장의 멋진 그림으로 기억되었다. 이제 식물은 땅에 뿌리박은 채 기계적으로 광합성을 하는 무감각한 어떤 것이 아니라 사람과 교감할 수 있는, 생명 에너지를 가진 존재라는 인식이 내게 분명해졌다. 그 후로 산책을 할 때 나무나 풀의 존재감을 사람과 유사하게 느끼게 되었다.

네 번째 통찰에서 에너지에 대한 이해는 인간관계의 측면으로 확장된다. 이 통찰에 따르면 인간관계에서의 갈등은 다름 아니라 상대방의 에너지를 빼앗거나 훔치려는 무의식적인 시도다. 이러한 에너지 쟁탈전을 종식시킬 가능성은 다섯 번째 통찰에서 생겨난다.

다섯 번째 통찰을 터득하면 다른 사람들로부터 에너지를 빼앗는 대신 더 높은 에너지를 받아들이는 방법을 배우고 훈련할 수 있게 된다. 주인공이 경험한 것처럼 에너지 수준이 특별히 높은 산봉우리에서 명상을 하거나, 음식을 먹을 때 감사하는 마음으로 먹거나, 나무에게 깊은 사랑의 감정을 보내서 더 많은 에너지를 받아들일 수 있다.

여섯 번째 통찰은 다시 인간관계로 돌아가 가족 구성원과 자신에게 어린 시절부터 있었던 통제 드라마(다른 사람의 관심을 끌기 위해 어린 시절부터 지니게 된 무의식적 습관)를 파악하고, 거기에서 벗어나 더 높은 삶의 의미를 찾는 영적 주체성을 발견하는 것이다. 일곱 번째 통찰은 내면의 직관력을 계발하여 본성의 에너지를 쓰게 되는 것이고, 여덟 번째 통찰은 다시 인간관계의 측면에서 높은 에너지를 주고받는 방식을 터득하고 실행하는 것이다. 마지막 아홉 번째 통찰은 그렇게 변화된 인류가 매우 고양된 문명을 실현할 가능성을 낙관적으로 그려준다.

아홉 가지 통찰은 이런 식으로 에너지의 관점에서 우주 이해하기와 인간관계 이해하기 사이를 진자처럼 번갈아 오가며 다음 단계의 통찰로 상승한다. 에너지 수준의 거시적인 인식 변화에 개인 심리나 인간관계 같은 미시적인 변화를 거듭 연결해 나가는 소설의 전개 방식에서 나는 심리학을 공부한 저자의 균형 감각을 보았다. 사회운동에 참여했던 내 경험에 비추어 보더라도 사회의 진보나 새로운 시대의 도래는 거대한 비전을 선언하는 것만으로 완성되지 않는다. 그 선언을 실제로 살아내는 것은 한 사람 한 사람의 개인이다. 비전을 받아들인 각자의 심리 상태나 인간관계 속에서 그 비전이 작용해야 인류의 집단의식이 추구하는 임계점에 도달할 수 있다.

《천상의 예언》에 대한 평가는 '내 삶을 바꾼 책'이라거나 '이건 쓰레기'라는 양극단으로 갈렸다고 한다. 아마도 이 책 곳곳에서 드러나는 뉴에이지 풍의 인류 의식의 진보에 대한 환상적 기대가 부정적인 평가가 나오는 데 영향을 끼쳤을 것 같다. 그런 평가들을 어떻게 받아들일지는 읽는 사람 각자의 몫으로 남겨두어야 할 것이다. 다만 내 경우에는 이 책이 보여준 몇 가지 통찰이 내 마음공부 여정의 밑그림이 되었고 이후 실천적 변화의 지표 역할을 했다. 주인공이 산꼭대기에서 몰입했던 명상 경험의 순간에는 합일 수준으로 의식이 확장되는 상태를 상상으로나마 처음 접할 수 있었다. 음식을 앞에 두고 하는 감사 기도는 종교를 믿는 신앙인들만이 아니라 음식에 담긴 에너지를 받아들이기 위해 누구나 해야 하는 일이라는 인식도 생겼다. 그처럼 의식이 확장되는 방향을 그려보며 영혼이 깨어나는 길로 발걸음을 옮기게 되었다. 새로운 문은 내게 그렇게 열렸다.

저편에서 보게 된
죽음의 의미

베티 이디, 《그 빛에 감싸여》

왜, 무엇 때문에, 이렇게 좋은 분이 젊은 나이에 뜻도 펼치지 못하고 고통 속에서 죽어야 한단 말인가? 이것이 이 세상에 던져진 실존의 결과일까? 수천 명을 학살한 독재자도 버젓이 살아 있고 온갖 악행을 저지른 사람들도 무병장수하는데, 이렇게 똑똑하고 세상에 좋은 영향을 끼칠 수 있는 분이 왜 병으로 죽어야 하는가? 이토록 허무하고 서글픈 내 마음을 조금이나마 위로해주고, 죽음에 대해 또 다르게 이해할 수 있게 해준 책이 베티 이디의 《그 빛에 감싸여》였다.

《그 빛에 감싸여(Embraced by the Light)》는 미국에서 1992년에 출간되었다.
한국어 번역본은 1994년에 박은숙 번역으로 김영사에서 나왔다.

베티 이디 Betty Eadie

1942년 미국에서 태어났다. 1973년 자궁 절제 수술을 받다 죽음으로써 천국을 체험했다. 네 시간 만에 다시 살아난 후 심리학과 최면술을 공부하고 임종이 가까운 암 환자와 환자의 가족들을 돕는 봉사 활동을 하면서 죽음과 영혼에 관해 꾸준히 연구했다.

1991년에 자신의 임사체험을 기록한 책 《그 빛에 감싸여》를 출간하여 일약 유명 인사가 되었다. 《그 빛에 감싸여》는 1300만 부가 넘게 판매되었고 〈뉴욕타임스〉와 〈타임스〉 베스트셀러 자리를 오랫동안 유지했다. 현재 출판사를 운영하며 자신의 책과 자신과 뜻을 공유하는 이들의 책을 출간하고 있다.

영등포산업선교회에서 일하던 1998년 여름, 선순화 목사님이 마흔 아홉의 젊은 나이로 세상을 떠났다. 기독교 신학에 대해서는 아는 바가 없었으나 그분한테서는 보기 드문 탁월함을 느끼던 터였다. 조용한 목소리로 말해도 폭넓은 지성이 울려 나왔으며, 생명신학으로 일컬어지던 그의 신학에는 여성과 민중, 그리고 모든 생명체를 아우르는 영성의 향기가 배어 있었다.

목사님은 처음에 산림학을 공부하다 방향을 바꾸어 신학 공부를 마치고 돌아오기까지 거의 10년 동안 미국에서 고학하다시피 공부했다. 한국에 돌아와 신학대학 교수로 자리 잡은 지 얼마 안 되어 유방암 수술을 받았다. 점차 주목받는 여성 신학자로서 후학들을 이끌며 사회 활동을 하던 중, 수술 3년 만에 재발과 전이 판정을 받고 투병 생활을 했다. 마지막 여섯 달간은 통증이 너무 심해져 누워 잘 수 없을 정도로 고생하다가 끝내 삶을 마감하셨다.

학식과 덕망을 갖춘 젊은 분이 병고에 시달리며 죽어 가는 과정을 직접 보고 있자니 그의 고통이 내 마음을 아프게 찔러 왔다. 다른 무엇보다 그 죽음을 받아들이기가 어려웠다. 마음속에서 무수한 질문이 끓어올랐다. '왜, 무엇 때문에, 이렇게 좋은 분이 젊은 나이에 뜻도 펼치지 못하고 고통 속에서 죽어야 한단 말인가? 이것이 이 세상에 던

저진 실존의 결과일까? 수천 명을 학살한 독재자도 버젓이 살아 있고 온갖 악행을 저지른 사람들도 무병장수하는데, 이렇게 똑똑하고 세상에 좋은 영향을 끼칠 수 있는 분이 왜 병으로 죽어야 하는가? 진실하고자 애쓰며 최선을 다해 살아봤자 아무런 보람도 의미도 없는 것인가?'

이토록 허무하고 서글펐던 내 마음을 조금이나마 위로해주고, 죽음에 대해 또 다르게 이해할 수 있게 해준 책이 베티 이디의 《그 빛에 감싸여》였다. 베티란 여인이 죽었다 깨어나는 임사체험(Near-Death Experience, NDE)을 한 후 네 시간 동안 천국에 가서 보고 들은 것을 기록한 책이다. 요즘엔 치유 관련 책들에서 임사체험과 관련된 내용을 많이 접할 수 있다. 특히 미국에서는 정신의학자 레이먼드 무디가 낸 연구서 《Life after Life(다시 산다는 것)》이 베스트셀러가 된 이후 임사체험연구재단이 설립되어 2천 건 이상의 체험 사례를 수집했을 정도로 연구가 활발하다. 하지만 베티 이디의 책을 처음 읽었을 당시에는 이런 경험담을 본 적이 없어 무척 생소했고, 내용을 모두 사실로 받아들여야 하는지도 판단하기 어려웠다.

내가 임사체험 이야기에 마음을 열고 죽음에 대한 이해를 확장할 수 있었던 것은 이 책의 두 가지 장점 때문이었다. 우선 베티가 자기 경험을 서술하는 태도가 진실했다. 그녀의 글에는 '내가 하느님을 만났소.' 혹은 '내가 천국에 다녀온 바로 그 사람이오.'라는 식으로 자신을 부풀리는 기색이 없었다. 솔직하고 겸손했으며 하늘나라에서 보고 배운 그대로를 전하려는 듯했다. 그런 점을 보고 그녀 이야기가 거짓 체험은 아닐 거라고 받아들였다.

다음으로는 그 경험담이 기존의 지식이나 사상들에 비해 더 높은 차원에서 죽음을 이해하고 있다는 점이 좋았다. 베티의 체험에서 죽음은 개인의 생물학적 소멸로 인해 삶이 끝나는 지점도 아니었고, 삶의 결과를 저울질하는 두려운 심판장도 아니었다. 삶은 영혼의 성장을 위해 선택된 짧은 나들이이며 그 여정은 죽음 이후에 더욱 분명하게 이어졌다. 인간의 시각에서 보면 피하고 싶은 질병이나 고통스러운 시련도 전체 여정에서는 빼놓을 수 없는 중요한 경험이었다.

베티의 경험에 비추어 보면 선순화 목사님의 병고와 이른 죽음도 그분의 여정에서는 이미 중요한 의미를 띠고 선택된 경험일 수 있었다. 그렇게 받아들이고 나니 인간의 관점에서 불공평하다고 항의하던 내 안의 목소리들이 겸손해졌다. 나는 처음으로 땅에 발붙인 인간의 시선이 아니라 공중을 나는 새의 시선으로 전체를 내려다보는 듯한 기분이 들었고, 이편이 아니라 저편에서 삶과 죽음의 연결성을 잠깐 본 것 같았다.

《그 빛에 감싸여》의 주요 내용을 간략하게 살펴보면 다음과 같다. 베티는 백인 아버지와 아메리카 원주민인 수족(Sioux) 어머니 사이에서 태어난 미국 여성이다. 어려서 부모와 헤어져 가톨릭 기숙 학교에서 자랐고, 첫 결혼에 실패하고 나서 남편 조를 만나 재혼했다. 허약한 몸으로 예상치 못했던 일곱 번째 아이를 임신하여 심한 출혈과 복통을 겪자, 의사들은 기형아가 태어날까 봐 낙태를 권했다. 처음에 낙태에 동의했던 베티는 한 의사가 지나가다가 "참, 그 어린 녀석이 왜 거기에 매달려 있는지 알 수 없군요." 하는 말을 들은 후 자신의 생명을 걸고 아이를 출산하겠다고 결심한다. 다행히 아이는 정상아로 태어났지만 베티는 심각한 후유증으로 자궁 절제 수술을 받게 되었다.

1973년 11월 8일, 수술 후 잠깐 의식을 회복했던 베티는 병실에서 홀로 죽음을 맞는다. 그때 위대한 영성과 지혜의 빛을 발하는 두 명의 노수사가 방문해서 베티에게 너무 일찍 죽었다고 알려주며 그녀를 사후 세계로 인도했다. 그녀는 깊고 깊은, 하지만 안락함과 평온함이 느껴지는 긴 암흑을 통과하여 눈부신 빛을 발하는 존재 앞으로 나아갔다.

눈이 멀어버릴 듯이 강렬하고 무조건적인 사랑을 발산하는 빛의 존재, 하느님이 지극한 사랑과 관용으로 그녀를 환대했다. 삶과 영혼에 대해 지상에서 품었던 온갖 질문들이 문득 그녀에게 떠올랐고 그것들이 즉석에서 완전하게 이해되는 굉장한 환희를 경험했다. 이어서 천국의 베틀로 지상에서 일어나는 일의 원형이 되는 장면을 빛나는 천으로 짜는 사람들, 책은 없지만 마음으로 떠올리면 바로 그것에 관한 지식이 생성되는 천국의 도서관, 물방울들이 조화로운 소리를 내며 흐르고 형형색색의 꽃들이 만개한 정원, 그리고 광대한 우주의 여러 영역까지 차례로 둘러보며 그녀는 진리를 깨우쳤다.

베티는 그곳에 그대로 머물고 싶어졌다. 하지만 자기 삶의 사명이 아직 완수되지 않아 지상으로 돌아가야 한다는 말을 들었다. "세상에서의 세월은 짧다. 너는 그곳에 오래 있지 않고, 곧 여기로 돌아올 것이다."라는 약속의 말씀을 듣고 베티는 병실 침대 위에서 다시 깨어났다. 죽은 지 네 시간 만이었다. 그 후 자신이 본 세계와 현실 세계의 차이로 인해 깊은 우울에 빠졌다가 거기에서 벗어나 자신의 경험담을 책으로 엮기까지 19년의 세월이 걸렸다.

의문을 품기만 하면 곧바로 답이 다가와 완전한 지혜를 얻게 되는 천국에서, 베티는 지상에서의 삶과 죽음이 이미 선택되고 정해진 것임을 배운다. 우리 각자는 교육을 완성하는 데 필요한 시간을 갖고 이 세상에 오는 용감한 영혼들이다. 심지어 어떤 영혼들은 오로지 다른 사람들의 경험을 돕기 위해 몇 시간 혹은 며칠만 살려고 태어나기도 한다. 베티가 천상에서 배웠듯이 어떠한 죽음에도 이미 그 영혼이 선택한 바가 있는 것이다. 일찍 생을 마감하면 뭔가 억울하고, 오래 살아야 좋은 것이라는 생각은 삶의 이편에서 바라본 인간의 통념적 잣대일 뿐이다.

출생 후 겨우 몇 시간 또는 며칠만을 살기 위해 이 세상에 잠깐 태어나려는 영혼들도 많았다. 수행해야 할 목적이 있음을 알기 때문에, 그들도 다른 사람들처럼 흥분하고 있었다. 우리 모두의 죽음과 마찬가지로, 그들의 죽음도 출생 이전에 정해졌음을 알았다.

이 영혼들에게는 인간으로서 장수를 함으로써 얻어지는 성숙함은 필요 없었다. 그들의 죽음은 부모들의 성장을 도와줄 과제를 제공할 것이다. 죽음으로 인해 겪게 되는 슬픔은 강렬하지만 짧다. 우리가 다시 결합한 후에는 모든 고통은 씻은 듯 없어지고, 성장과 함께 있는 기쁨만 느끼게 된다.

우리의 영혼을 배우에 비유하면 이 이야기가 더욱 선명해진다. 한 배우가 젊어서 죽는 인물의 배역을 맡는다면, 주어진 그 역할을 연기하는 데 집중하지 극중 인물의 생존을 연장하는 데 관심을 쏟을 리없다. 베티의 천국 경험은 자기 배역이 삶의 전부라고 착각했던 배우가 잠깐 무대 뒤로 돌아가서 기억을 회복한 것과 같다. 거기에서 처음에 짰던 각본, 분장 도구, 그리고 함께 일하는 스태프들을 만나 자신이 원래 배우였고 이 배역의 연기가 곧 끝날 것임을 기억해낸 셈이다.

베티에게 천국의 안내자들이 지상의 '술 취한 사람' 모습과 그 영혼을 보여준 장면은 나로 하여금 전혀 생각지 못했던 방식으로 삶을 바라보게 했다. 베티가 그를 내려다보며 한갓 주정뱅이가 아니냐고 하자, 안내자들은 빛으로 가득한 그 영혼의 본래 모습을 보여주고 그가 다른 영혼을 돕기 위해 그런 모습을 선택한 것이라고 일러준다.

어느 건물 근처의 보도 위에 어떤 사람이 술에 취해 인사불성이 되어 누워 있는 것이 보였다. 안내자 중 한 명이 물었다.

"무엇이 보입니까?"

"아니, 수렁에 빠져 누워 있는 주정뱅이잖아요?"

나는 내가 왜 이 광경을 보아야 하는지를 몰랐다. 안내자들은 흥분한 모양이었다. 그들은 말했다.

"이제 이 사람이 누구인지 실제로 보여드릴 겁니다."

그의 영혼이 드러나자 나는 빛으로 가득한 훌륭한 사람을 보게 되었다. 그에게서는 사랑이 퍼져 나왔고, 그가 하늘에서 크게 칭송받고 있는 사람이라는 걸 알 수 있었다. 이 위대한 존재는 영적으로 유대를 맺고 있는 자신의 친구를 도와주기 위한 교사로서 세상에 온 것이었다.

좀 극단적인 사례인 것도 같았다. 그렇지만 사람들의 겉모습과 그 영혼의 모습이 그대로 일치하지 않으리란 건 누구나 짐작할 수 있다. 수백억대 부자로 추앙받는 최고경영자 안에, 또는 소위 '몸짱', '얼짱'처럼 대단한 외모를 과시하는 사람들 안에 이기심과 경쟁심, 두려움에 찌든 영혼이 있을 수도 있다. 우리는 겉으로 드러난 업적이나 지위를 보고 지도자와 평범한 사람을, 부자와 가난뱅이를, 학식 있는 사람과 장사꾼을, 성공한 최고경영자와 실업자를 구분한다.

하지만 천국의 안내자들이 베티에게 말해주듯이 사람에게는 영혼의 깊이를 판단할 능력도 안목도 없다. 사람마다 이 땅에 온 목적이 다르기 때문에 그 누구도 함부로 대하거나 판단할 수 없다. 13세기 페르시아의 시인 루미는 인간 존재가 여인숙과 같다고 했다. 그 빈 집에 "기쁨, 절망, 슬픔/ 그리고 약간의 순간적인 깨달음 등이/ 예기치 않은 방문객처럼 찾아온다." 그러니 각자 자신의 삶을 향해 다가오는 긍정적이거나 부정적인 경험이라는 방문객을 잘 받아들이고, 그것으로 인해 자신의 영혼이 일그러지지 않도록 주의를 기울여야 할 뿐이다.

그전에는 천국이니 수호천사니 하는 말들이 맹목적 신앙 같아서 코웃음을 쳤는데, 베티의 경험을 접한 후에는 충분히 개연성이 있는 것이라고 받아들이게 되었다. 그녀는 지상에서 했던 경험을 돌아보면서 이미 수호천사들이 지속적으로 자신을 도와주고 있었고, 지금까지의 모든 일이 혼자 해낸 것이 아님을 깨달았다. 선순화 목사님의 투병 생활을 정성껏 돌보던 목사님의 동료와 후배들을 보면서 나도 '천사들이 있다면 저들 같겠구나.' 하고 생각한 적이 있었다.

꼭 전형적인 기독교식의 천사 이미지로 고정해서 생각할 필요는 없지만, 누구나 살아가면서 뜻밖의 도움을 주는 사람이나 에너지, 흐름을 만나는 경험을 한다. 우연히 들른 곳에서 우연히 만난 사람이 새로운 기회를 주기도 하고, 누군가 지나가는 말로 해준 이야기가 중요한 정보가 되거나 참신한 아이디어로 발전하기도 한다. 시스템 이론에서는 우리의 세계가 닫힌 체계가 아니라 열린 체계라고 한다. 우리는 의식하든 못하든 부단히 물질과 에너지, 그리고 의식의 파장과 교류하고 있으므로, 천사라고 부를 수 있는 더 높은 차원의 의식도 어떤 형태로든 우리에게 다가와 영향을 끼칠 수 있다는 것이다.

　베티가 사탄이나 악마 같은 악한 세력과 선한 세력의 싸움을 언급하는 대목들은 나로서는 조금 아쉬웠다. 선과 악, 행복과 불행, 고통과 즐거움 같은 이분법적 구도는 제약받는 인간의 경험이지 모든 상대성을 넘어선 궁극의 진리는 아니라고 생각하기 때문이다. 이 점은 읽는 사람이 철학이나 의식 수준에 따라 다르게 볼 수 있다.

　현대인의 임사체험 외에도 매우 흥미로운 천국, 천상 세계 보고서가 있으니 비교하며 읽어봐도 좋을 듯하다. 스웨덴의 과학자 스베덴보리가 쓴 《천상여행기》는 18세기 기독교인이 천국을 지속적으로 방문하여 쓴 자세한 기록으로 베티의 경험과 유사하면서도 강조점이 조금 다르다. 조선 시대 스님 백암 성총이 펴낸 《정토보서(淨土寶書)》에는 당나라, 명나라 때 불교식 극락을 보거나 거기에 다녀온 옛 사람들의 놀라운 이야기가 담겨 있다.

　기독교인은 천국을, 불교인은 극락을 보는 것은 사람들이 살아서

나 죽어서나 자신의 의식 수준에서 믿고 받아들이기 때문이다. 그래서 이들이 본 천상 세계는 장님 코끼리 만지기 식이지만, 그래도 중요한 것은 이들이 코끼리를 '경험'했다는 것이다. 베티나 그들이 받은 메시지는 분명 죽음의 저편에서 왔으며, 지상에 묶인 시선 너머에서 삶과 죽음을 볼 수 있도록 이끌어준다.

깊이를 향해 들어간
자발적 고립

헨리 데이비드 소로, 《월든》

소로는 자신이 사는 곳이 대초원만큼이나 적적하지만 거기서 외로움을 느낀 적은 한 번도 없다고 말한다. 가장 감미롭고 다정한 벗은 자연물 가운데서 찾을 수 있노라고, 건강하고 순수한 사람의 귀에는 폭풍우도 '바람의 신'의 음악으로 들린다고 한다. 그가 홀로 빗소리를 듣다가 문득 우주가 품은 친화감을 느꼈다고 하는 대목은 구도의 여정에서 한 길목을 넘어서는 모습으로 읽힌다.

《월든(Walden)》은 미국에서 1854년에 처음 출간되었다.
한국어 번역본은 이레, 현대문학, 소담출판사, 책만드는집,
은행나무 등에서 여러 종이 나왔다.
이 책에서는 강승영이 번역한 이레 판본을 참고로 했다.

헨리 데이비드 소로 Henry David Thoreau

19세기의 미국 철학자, 작가. 1817년에 미국에서 태어나 하버드 대학을 졸업한 후
교사를 거쳐 목수, 석공, 조경사, 토지 측량사 등 정해진 직업 없이 여러 가지 일을
하면서 글을 썼다. 1845년 7월부터 1847년 9월까지 매사추세츠 주 월든 호숫가에
오두막집을 짓고 혼자 산 경험을 《월든》으로 펴냈다. 1849년에는 부당한 정부에
맞선 합법적인 개인의 저항을 주장한 《시민 불복종》을 출간했다. 노예제 폐지 운
동에 헌신하다 마흔다섯이던 1862년에 결핵으로 세상을 떠났다.
소로의 저서와 사상은 그가 죽은 뒤에야 크게 주목받았다. 《월든》에 담긴 자연 속
단순하고 소박한 삶과 깊은 내면 성찰은 20세기 환경 운동의 사상적 뿌리가 되었
고, 《시민 불복종》은 간디의 인도 독립 운동과 마틴 루서 킹의 흑인 민권 운동에
영향을 끼쳤다.

그대의 삶이 아무리 남루하다 해도

그것을 똑바로 맞이해서 살아가라.

그것을 피하거나 욕하지 말라.

부족한 것을 들추는 이는

천국에서도 그것을 들춰낸다.

가난하더라도 그대의 생활을 사랑하라.

그렇게 하면 가난한 집에서도

즐겁고 마음 설레는 빛나는 시간을 누리게 되리라.

햇빛은 부자의 저택에서와 마찬가지로

가난한 집의 상가에도 비친다.

봄이 오면 그 문턱 앞의 눈도 역시 녹는다.

─《월든》제 18장 '맺는 말' 중에서

삶의 욕구가 다양해지고 욕구를 채울 문화적 방안들이 마련되기 전인 80~90년대까지는 휴일에 할 수 있는 여가 활동이 많지 않았다. 그나마 산행이 심신을 재충전하고 휴식을 취하기에 무난한 취미였다. 나는 같이 활동하던 동료, 후배들과 몇 년 동안 등산 모임을 계속했다. 나무들이 우거진 산길을 오르며 계곡 물소리를 듣노라면, 가슴을 묵직하게 누르던 불편한 감정들이 땀과 함께 날아가 가슴이 후련해지곤 했다.

서울로 올라와 북한산 가까운 동네에 거처를 마련했던 시절에는 혼자서도 자주 산에 올랐다. 숨가쁘게 정상에 오르던 산행은 차츰 천천히 걷거나 나무 밑에 오래 머무는 숲속 산책으로 바뀌어 갔다. 느린 걸음으로 감각을 활짝 열고 숲으로 들어가면 작은 잎새 하나, 야생화 한 송이의 모습이 비길 데 없는 아름다움으로 눈에 들어왔다. 도심에서 가까운 산인데도 새소리 나는 곳을 바라보면 박새, 멧비둘 기뿐만 아니라 동박새, 직박구리, 파랑지빠귀, 꿩 등 다양한 새들과 마주칠 수 있었다.

숲속 산책에서는 이처럼 산에 깃들인 존재들과 사귐이 있었다. 그 덕분에 인간의 삶을 도드라지고 중요한 전경(前景)으로 보고 자연은 그저 배경으로만 취급하던 관점을 넘어서게 되었다. 자연이 거대한 마을이고 인간은 그 마을 귀퉁이에 깃들인 한 종족이라고 보는 통합적인 관점이 자연스럽게 내 안에 자리를 잡았다.

그 시절 자연의 뭇 존재에 대한 존중감과 세밀한 관찰력을 벼리게 해준 책이 헨리 데이비드 소로의 《월든》이다. 소로는 숲으로 들어가 숲 속 존재들과 마주하는 것이 얼마나 경이롭고 충만한 경험인지를 《월든》의 곳곳에서 장중하게 펼쳐 보인다.

때때로 나는 소나무가 우거진 작은 숲들이 있는 곳으로 발걸음을 옮겼다. 이 소나무들은 신전들처럼 또는 돛을 전부 올린 바다의 함대처럼 당당하게 서 있었으며, 부드럽게 흔들리는 가지들 때문에 잔물결이 이는 듯이 햇빛 속에서 반짝이고 있었다. 그 나무들은 너무나도 부드럽고 푸른 데다 시원한 그늘을 만들고 있었으므로 드루이드교(떡갈나무를 신성시했던 고대 켈트족의 종교)의 승려들이 보았더라면 떡갈나무 숲을 버리고 이 소나무 숲에서 예배를 보려고 했을 것이다.

참피나무와 서어나무도 있다. 그리고 단 한 그루의 잘 자란 개느릅나무도 있다. 높은 돛대 같은 소나무와 폰테로사소나무도 있으며, 보통 이상으로 완벽한 솔송나무가 숲 한 가운데에 정자처럼 서 있기도 하다. 그밖에도 많은 나무들을 들 수 있으리라. 이 나무들이야말로 내가 여름, 겨울을 가리지 않고 찾아보는 신전이었다.

당당하고 기품 있게 하늘을 향해 자라는 나무들을 보며 신전을 떠올린 소로는 나무들의 깊은 곳에서 뿜어져 나오는 영성을 알아본 눈 밝은 선각자이고, 자신 또한 그런 영성을 품고 숲으로 들어가 삶을 예배로 만든 사람이다. 그 정도의 깊이를 지니지 못한 나도, 그리고 다른 누구라도 비 속에서 바람 속에서 햇빛 속에서 자라고 변화해 가는 자연의 모습을 깊이 응시하다 보면 그와 같은 거룩함과 감동을 느낄 수 있을 것이다.

나도 소로가 말한 "바다의 함대처럼 당당하게 서" 있는 소나무들을 본 적이 있다. 해인사 여름 수련회에 갔을 때였다. 해인사의 한 암자에서 진행된 수련회에서는 작은 법당에 50~60명이 줄지어 앉아 발우공양과 명상 수행을 했다. 날은 덥고 자리는 좁은 데다가 규율과 질서를 중시하는 해인사의 수련회 방식 때문에 고즈넉하게 마음을 모으고 앉아 있기가 몹시 힘들었다.

그런데 활짝 열어놓은 법당문으로 저 건너 가야산의 금강송들이 눈에 들어왔다. 산기슭을 뒤덮은 금강송들이 건강해 보이는 붉은 기둥에 초록빛 바늘 같은 잎새들을 달고 바람에 넘실대고 있었다. 소나무 하나하나의 자태가 어찌나 당당하고 멋있는지 눈을 떼기 어려웠다. 그 시간부터 금강송들은 나의 도반이 되어 나와 같이 명상에 잠겼고 나의 발우공양을 지켜보아주었다.

소로의 《월든》은 너무도 유명하고 번역본도 많아서 딱히 어느 판본을 소개하기 어렵다. 나는 강승영 번역으로 1999년도에 이레출판사에서 나온 책으로 처음 읽었는데, 자세한 주석을 달아 현대문학에서 펴낸 《월든》에서는 이 책의 매우 흥미로운 시대 배경을 알게 되었다.

1840년 당시 매사추세츠 주 콩코드 지역에는 사회 개혁을 꿈꾸는 한 무리의 이상주의적 작가들이 있었는데, 랠프 월도 에머슨, 너새니얼 호손, 루이자 메이 올컷 등이 그들이었다. 이들은 19세기 초반 미국의 사회개혁주의 사상인 초월주의(transcendentalism)를 기반으로 삼아 '브룩팜(Brook Farm)'과 '프루트랜즈(Fruitlands)' 같은 유토피아적 공동체 운동을 실험하기도 했다.

소로는 이들과 사상적으로 교류하면서 이 운동을 개인적 삶에서 실험하고 싶어 했다. 그는 이전에도 얼마간 지낸 적이 있는 아름다운 월든 호수 근처에 에머슨의 도움으로 땅을 얻은 뒤 직접 집을 짓고, 1845년부터 2년 2개월 동안 숲 속에서 고독한 은자의 삶을 추구했다.

그 경험을 자신의 사상적·문학적 열정으로 담금질하여 1854년에 책으로 펴낸 것이 바로 《월든》이다. 아쉽게도 1862년 그가 세상을 떠나기까지 이 책은 거의 빛을 보지 못했다. 하지만 그 후 간디나 예이츠, 프로스트 같은 시인들에게 깊은 영감을 주었으며 오늘날까지 가장 잘 팔리는 19세기 문학 서적이 되었다.

소로는 자신이 숲에 들어간 까닭은 "인생을 의도적으로 살아보기 위해서, 다시 말해서 인생의 본질적인 사실들만을 직면해보려"한 것이었다고 말한다. 19세기 초반 가속화하는 물질문명 속에서 농장을 사고 주택을 마련하고 가구를 들여놓고 열차를 타고 다니는 일에 사로잡혀 가는 미국 사회를 보면서, 소로는 인생의 참된 가치, 삶의 본질적인 측면을 잃지 말라고 경종을 울리고자 했다. 이런 노력은 "절망을 주제로 한 시를 쓰려는 것이 아니고, 횃대에 올라앉은 아침의 수탉처럼 한번 호기 있게 울어보려"는 것이라고 그는 밝혔는데, 이 대목에서 시류에 물들지 않는 영혼의 기백이 느껴졌다.

《월든》은 소로의 숲 속 생활을 기록한 생생하면서도 시적인 보고서이다. 모두 18장에 걸쳐 혼자서 해낸 집짓기와 콩 농사 과정, 월든 호수와 숲의 아름다움, 숲에 사는 동물들과 숲에서 나는 소리들, 그가 누린 고독한 시간과 숲 속 방문객에 관한 다양한 이야기가 펼쳐진다. 이 숲 속 생활자의 보고서는 단순한 자연 생활 기록을 넘어선다. 그가 하버드 대학에서 연마한 철학과 문학의 고전에 관한 소양, 그리고 공자부터 《바가바드 기타》에 이르는 동양 철학에 대한 그의 안목에 비추어져 소로의 숲 속 생활은 다채로운 빛깔로 드러난다. 그러므로 《월든》은 사람에 따라 아름답고 영감 가득한 자연 예찬으로 읽을 수도 있고, 영성의 깊이에서 묵상하며 얻은 인간과 자연에 대한 통찰로 읽을 수도 있고, 소비 만능의 현대 사회에 대한 문명 비판으로 읽을 수도 있다.

나는 아름다운 숲 묘사가 반가워 《월든》을 읽기 시작했다가 이내 소로의 구도자 같은 고독과 검박함에 이끌렸다. 삶의 본질을 마주하려면, 삶의 깊이를 찾고자 한다면 단순해져야 하고 홀로 있어야 한다. 그런 삶만으로 삶의 깊이를 얻을 수는 없지만, 사람들이 북적이는 가운데 여러 가지 소유물을 치렁치렁 걸치고 지낸다면 조용한 영혼의 목소리를 들을 수 없다. 고요 속에 거하며 자신의 내면 깊이 침잠할 때는 홀로 있음이 곧 외로움이 되지는 않는다.

소로는 자신이 사는 곳이 대초원만큼이나 적적하지만 거기서 외로움을 느낀 적은 한 번도 없다고 말한다. 가장 감미롭고 다정한 벗은 자연물 가운데서 찾을 수 있노라고, 건강하고 순수한 사람의 귀에는 폭풍우도 '바람의 신'의 음악으로 들린다고 한다. 그가 홀로 빗소리를 듣다가 문득 우주가 품은 친화감을 느꼈다고 하는 대목은 구도의 여정에서 한 길목을 넘어서는 모습으로 읽힌다.

조용히 비가 내리는 가운데 이런 생각에 잠겨 있는 동안 나는 갑자기 대자연 속에, 후두둑후두둑 떨어지는 비 속에, 또 내 집 주위의 모든 소리와 모든 경치 속에 너무나도 감미롭고 자애로운 우정이 존재함을 느꼈다. 그것은 나를 지탱해주는 공기 그 자체처럼 무한하고도 설명할 수 없는 우호의 감정이었다. 이웃에 사람이 있어서 얻을 수 있다고 생각했던 모든 이점이 대단치 않은 것임을 느꼈고 그 후로는 그런 것을 생각해본 일이 없다. 솔잎 하나하나가 친화감으로 부풀어올라 나를 친구처럼 대해주었다. 나는 사람들이 흔히 황량하고 쓸쓸하다고 하는 장소에서도 나와 친근한 어떤 것이 존재함을 분명히 느꼈다.

"솔잎 하나하나가 친구처럼" 다가와 감미롭고 자애로운 우정으로 우리를 감싸고 있음을 느낀다면, 외로운 시간을 달래주고자 소위 킬링타임용으로 개발된 온갖 오락거리와 게임들이 무슨 필요가 있겠는가. 그런 데 시간을 쏟으면 인생을 "사소한 일들로 흐지부지 헛되이" 써버리게 된다.

현대인은 소로가 만끽했던 자연에서 느끼는 친화감, 그리고 자연과 단단히 연결되어 있다는 느낌을 잃어버렸기 때문에 더 많이 소유하는 것으로 보상받으려 한다. '미래'의 소유물을 통해 안전과 풍요를 보장받고자 '현재'를 수단으로 삼아버린다. 그래서 집 안 가득 소유물을 쌓아놓고 미래를 보장하는 연금, 보험, 자녀 교육 등으로 단단히 내비를 해 두시만, 그녀는 사이 삶은 손가락 사이로 빠져나가는 노래처럼 공허해지고 그 윤기를 잃어버린다. 소로는 제발 그러지 말라고, 간소하게 살라고, 거의 외치다시피 말한다.

간소하게, 간소하게, 간소하게 살라! 제발 바라건대, 여러분의 일을 두 가지나 세 가지로 줄일 것이며, 백 가지나 천 가지가 되도록 하지 말라. 백만 대신에 다섯이나 여섯까지만 셀 것이며, 계산은 엄지 손톱에 할 수 있도록 하라.

간소화하고 간소화하라. 하루에 세 끼를 먹는 대신 필요하다면 한

까만 먹으라. 백 가지 요리를 다섯 가지로 줄여라. 그리고 다른 일들도 그러한 비율로 줄이도록 하라. 지금 우리 인생은 독일연방과도 같다. 독일연방은 수많은 군소 국가들로 이루어져 있고, 그 국경선이 항상 변동하고 있어 독일 사람 자신도 지금 국경선이 어디인지를 정확하게 알지 못한다.

《월든》의 11장 '더 높은 법칙들'에서 소로는 간소한 삶이 지닌 미덕을 일상생활과 관련해서 더 자세히 파고든다. 우리의 육체는 "각자 자기 나름대로의 양식에 의거해 건축되고 자기가 숭배하는 신에게 바쳐지는" 신전이다. 말하자면 먹고 입고 행동하는 것에 그 사람의 욕구와 사고방식이 담겨 있다는 말이다. 소로는 만약 인간이 지닌 고매한 능력, 시적인 능력을 최고의 상태로 유지하려면 검소한 식사를 하고 육식을 피해야 한다고 충고한다. 식욕이 왕성한 애벌레가 나비가 되어서는 한두 방울의 꿀로 만족하는 것처럼, 인간도 자신의 정신을 더 높이 고양하려면 진수성찬이 아니라 소박하고 깨끗한 음식을 먹어야 한다.

아울러 절제를 배우고 나태하지 않으며 정결하게 지내라는 충고도 보탠다. 그럴 때, "우리의 인생이 꽃이나 방향초처럼 향기가 나고, 한층 탄력적인 것이 되며, 한층 별처럼 빛나고, 한층 불멸에 가까운 것"이 됨으로써 자연 전체가 축하할 만한 인생을 살게 된다고 말한다. 저 하늘의 별들을 헤아리며 그 별들에 연결되는 삶과, 등을 구부리고 앉아 주머니 속의 지폐와 동전을 세며 물건값을 생각하는 삶 중에 어느 쪽이 비참하고 볼품없는 삶일까? 이런 질문에도 누군가는 "별들이 밥 먹여 주냐?"라며 냉소를 보낼까?

얼마 전 열반에 드신 법정 스님은 생전에 《월든》을 즐겨 읽었고 월든 호수를 방문했을 뿐 아니라, 자신도 언젠가는 소로처럼 "조용하고 한적한 호수 옆에 작은 집을 짓고 사색하는 생활"을 하리라고 말했다. 월든 호수에서 보낸 날들이 신과 천국 가까이로 가는 구도의 여정이었음을 소로와 법정 스님 둘 다 잘 알았던 모양이다.

> 내가 월든 호수에 사는 것보다
> 신과 천국에 더 가까이 갈 수는 없다.
> 나는 나의 호수의 돌 깔린 기슭이며
> 그 위를 스쳐 가는 산들바람이다.
> 내 손바닥에는
> 호수의 물과 모래가 담겨 있으며
> 호수의 가장 깊은 곳은
> 내 생각 드높은 곳에 떠 있다.

에고의 무지를 뒤흔드는
죽비 소리

에크하르트 톨레, 《지금 이 순간을 살아라》

돌이켜보면 나는 얼마나 생각하기를 좋아하고 그것에 붙들려 다녔던가? 어떤 상황을 문제라고 규정하면 그것을 해결하기 위해 문제의 원인들을 분석하고, 다른 사람들의 반응을 추측하고, 나름대로 해법을 짜냈다. 그러고는 그것이 우월한 해결책이라고 주장하며 다른 의견을 내놓거나 내 의견을 가볍게 여기는 사람들에게 부정적 감정을 품었다. 톨레 말대로 에고로서의 "불완전함이나 결핍에 대한 감각이, 온전하지 않다는 감각이 깊이 자리 잡고" 있었기 때문이다.

《지금 이 순간을 살아라(The Power of Now)》는 캐나다에서 1997년에
처음 출간되었다. 한국어 번역본은 2001년에 노혜숙, 유영일 번역으로
양문에서 처음 출간되었고 2008년에 개정판이 나왔다.

에크하르트 톨레 Eckhart Tolle

1948년에 독일에서 태어나 현재 캐나다에서 살고 있다. 불교, 기독교, 힌두교 등의
영향을 받아 특정 종교에 얽매이지 않는 깨달음을 얻었고, 오랫동안 명상 세미나
모임을 이끌어 왔다.

절망에 빠져 자살을 생각하던 29살에 내적인 전환을 겪고 첫 책《지금 이 순간을
살아라》를 썼다. 이 책은 초판 3,000부를 찍었고 한동안 알음알음으로 읽혔으나
2000년에 오프라 윈프리가 자신이 발간하는 잡지에서 언급하면서 갑자기 유명해
졌다. 같은 해 〈뉴욕타임스〉 베스트셀러에 올랐고 미국에서만 약 300만 부가 팔렸
으며 33개국 언어로 번역되었다. 톨레의 다음 책《NOW : 행성의 미래를 상상하
는 사람들에게》는 미국에서 약 500만 부가 팔렸다. 2008년에는 오프라 윈프리와
함께 웹 세미나를 진행했는데 약 3500만 명의 사람들이 시청해서 화제를 모았다.

어느 날 꿈에 나는 작은 방 안에 있었다. 살펴보니 그 방에는 문이 없었다. 가구 하나 없는 빈 방에 벽지는 허름하고 낡았으며 천장 귀퉁이에는 거미줄도 보였다. 그 방을 빠져 나가야겠다는 생각으로 위쪽으로 힘겹게 몸을 밀어 올리니, 천장 가까이에 작은 창문이 나 있는 것이 보였다. 그리로 나가려고 하는 순간 창문 밖을 지키고 있던 한 여자가 나를 돌아보았다. 그녀는, 바로 나였다!

오래전 꾸었던 꿈인데 지금도 기억이 생생하다. 그 방은 무엇을 의미하는지, 방 안의 나는 누구이며, 창문을 가로막고 있던 또 다른 나는 누구인지 알 수 없었지만 '나'라는 존재에 관한 매우 상징적인 꿈 같다. '나'라는 존재를 일정한 틀 안에 가두고 있는 것이 에고로서의 '나'임을 나타낸 것은 아니었을까.

에크하르트 톨레의 《지금 이 순간을 살아라》는 우리 존재를 한계 짓고 불행과 고통의 드라마를 연출하는 에고의 정체를 낱낱이 드러내준다. 개별적 존재로 존중받으려 애써 왔던 나, 내 몸, 내 가치관, 내 생각, 내 감정 등이 모두 허구이고 망상이며 오염 덩어리일 뿐임을 가차 없이 보여주어 더는 자신을 포장하거나 숨길 수 없게 만든다.

나는 톨레가 에고의 허상을 지적하는 대목을 읽으며 '어머, 나네? 내 얘기잖아?'를 무수히 반복했다. 처음에는 놀라고 긴장했으며, 다음에는 허탈해졌다가 마지막에는 통쾌함을 느꼈다. '참나'와 '거짓나'가 어떻게 전도되어 있는지 톨레가 명쾌하면서도 강력하게 보여준 덕분이었다. 주변 사람들에게 읽어보라고 권했지만 대부분은 "무섭다"거나 "잘 와 닿지 않는다"고 반응했다. 에고로서 읽기에는 정말 무서움을 느낄 만한 책이다.

최근에 오프라 윈프리와 웹 세미나를 하면서 널리 알려진 톨레는 이 시대에 보기 드문 영적 교사다. 나는 그를 진리를 깨친 스승이나 구루가 아니라 '영적 교사'라고 표현하길 좋아한다. 톨레는 평범한 사람들이 어디에서 헤매는지를 잘 알고 거기에 맞추어 진리를 일러주는 탁월한 능력을 지녔기 때문이다. 전통적인 종교 지도자나 초월의 자리에 있는 '스승'들은 깨달은 자리에서 말씀을 전하므로 보통 인간으로서는 핵심을 포착하기 어렵고 어렴풋하게 이해하는 것에 그친다.

하지만 톨레는 보통 사람처럼 개별적 인간의 옷을 입고 일상적 언어를 이용하여 때로는 유머러스하게, 때로는 직설적으로 에고의 무지, 사고 습관, 무의식, 업장(業障, 나쁜 마음과 언행으로 쌓은 업에 의한 장애)의 작용 등을 파헤친다. 에고로 인해 우리의 감정이나 몸이 어떤 부정적 영향을 받는지, 인간관계나 생활에는 어떤 어려움이 파생되는지를 구체적인 삶의 장면들에서 조근조근 설명해준다. 그렇다 해도 그의 말에 에고를 위한 위로는 없다. 무자비하지는 않아도 매우 명료하게 거짓된 마음의 껍질을 벗겨낸다. 명상하다 졸음에 빠져들 때 어깨 위로 떨어지는 상쾌한 죽비 소리처럼 그의 말은 에고의 무지를 뒤흔드는 가르침이다.

《지금 이 순간을 살아라》는 톨레가 상담가이자 수행자로서 세미나와 명상 수업, 개인 상담을 하며 사람들에게 받았던 질문에 답하는 형식으로 쓰인 책이다. 각각의 질문들은 에고의 의식, 에고의 목소리를 반영한다. 질문자들은 생각이나 부정적 감정이 왜 나쁘냐고, 살아가는 데 필요하고 도움이 되는 게 아니냐고 묻기도 하고, 현재에 순응하기만 하면 삶과 사회의 진보가 어떻게 가능하냐고 우려하기도 한다. 그런 물음에 대한 톨레의 답변은 더는 분리가 없는, 이미 온전히 하나인 존재의 자리에서 나온다. 과거에 묶여 있거나 미래로 달아나는 마음을 지금에 머물게 하여 자신과 삶의 구석구석에 자각과 주시의 빛을 비추는 것, 그것이 존재에 다가가는 길이라고 그는 되풀이하여 말한다. 이렇게 질문과 대답으로 의식의 표면과 심층을 오가는 가운데 점차 본질적인 자각에 연결되도록 이끈다.

이 책은 중간중간 'ʃ' 기호를 넣어 독자가 잠시 읽는 것을 멈추고 마음을 모으는 지점을 안배해놓았다. 책을 읽는 것만으로도 깨어 있는 의식에 다가가는 연습이 될 수 있도록 저자가 배려한 것이다. 이와 같이 《지금 이 순간을 살아라》는 머리 중심으로 지적 헤아림을 하는 에고보다 우리 안의 주시자, 가슴 속의 존재에게 말을 거는 영적 지혜서이다.

나는 이 책에서 두 가지를 확실하게 이해했다. 첫째, 내가 자신이라고 동일시하고 붙들어 왔던 것이 사실은 거짓 자아인 에고일 뿐이라는 것, 둘째, '과거-현재-미래'라는 시간의 흐름은 망상을 지속시키는 틀이며 존재의 진정한 시간은 늘 '현재'라는 것이다.

먼저 에고에 관하여 톨레는 "마음의 활동으로 이루어지며 끊임없는 생각을 통해서만 유지될 수 있는" 거짓된 자아가 에고라고 선언한다.

인간은 성장함에 따라 개인적이고 문화적인 조건에 기초해서 자신이 누구인가 하는 이미지를 만들어냅니다. 이런 거짓된 자아를 '에고'라고 합니다. 에고는 마음의 활동으로 이루어지며 끊임없는 생각을 통해서만 유지될 수 있습니다. 에고라는 용어는 사람에 따라 의미가 다를 수 있겠지만, 내가 에고라는 말을 사용할 때는 무의식적으로 자기 자신을 마음과 동일시함으로써 창조된 거짓된 자아를 뜻합니다.

에고에게는 현재의 순간이 존재하지 않습니다. 과거와 미래만이 중요할 뿐입니다. 이것은 진리를 정면으로 거스르는 일이 아닐 수 없습니다. 에고로 존재하는 한 우리의 마음은 부작용을 일으킬 수밖에 없는 것입니다.

'저건 못마땅해', '좋아, 그렇게 하고 싶다' 따위의 감정들에 일관성이 있으며, 이런 생각과 감정을 이어 나가는 독립된 마음의 주인이 내 육신 안에 있다는 믿음은 가짜이고 허구라는 말이다. 허구일 뿐 아니라 매우 골치 아픈 것이 에고이다. 톨레는 에고가 머릿속에서 끊임없이 늘어놓는 독백이나 대화의 내용들은 대체로 자신을 공격하거나 처벌하는 '고문 도구'에 불과하다고 말한다.

또한 그는 중단될 줄 모르고 꼬리를 물고 이어지는 생각을 일종의 '중독' 혹은 '질병'으로 여긴다. 물론 마음은 잘 사용하면 좋은 도구가 될 수도 있지만, 사람들이 자기도 모르게 하는 생각들은 80~90퍼

센트가 반복적이고 부질없는 잡념이거나 부정적인 성질을 띠고 있어 결국 자신에게 해로울 뿐이라는 것이다.

돌이켜보면 나는 얼마나 생각하기를 좋아하고 그것에 붙들려 다녔던가? 어떤 상황을 문제라고 규정하면 그것을 해결하기 위해 문제의 원인들을 분석하고, 다른 사람들의 반응을 추측하고, 나름대로 해법을 짜냈다. 그러고는 그것이 우월한 해결책이라고 주장하며 다른 의견을 내놓거나 내 의견을 가볍게 여기는 사람들에게 부정적 감정을 품었다. 이렇게 우월해지고 싶고 타인에게 부정적 감정을 쉽게 품는 까닭은 톨레 말대로 에고로서의 "불완전함이나 결핍에 대한 감각이, 온전하지 않다는 감각이 깊이 자리 잡고" 있었기 때문이다.

톨레는 에고의 불완전함과 불안정성에서 여러 가지 심리적 두려움, 즉 불안, 근심, 초조, 긴장, 공포, 증오 등이 생겨나며, 거의 대부분의 사람이 이런 상태로 살아가고 있다고 한다. 그래서 누구나 한쪽 끝에는 조바심과 불안이, 다른 한쪽 끝에는 이유를 알 수 없는 불편함과 위기감이 있는 저울을 오락가락하게 된다. 이런 마음 상태를 깨닫지 못한 채 자신도 모르게 지배 욕구를 품거나 방어기제를 쓰면서 고통을 만들어내고 삶을 일그러뜨리고 만다. 그리고 현실에 저항하고 쉽게 부정적 감정을 품게 된다.

오늘날의 교육이 지배와 약육강식이 현실의 질서라고 가르쳐 왔기 때문에 우리의 에고는 확신을 품고 전쟁을 치르는 태도로 삶을 유지해 왔다. 하지만 톨레는 이런 부정적 감정은 정신의 오염물에 불과하다고 하며 과연 인간 외에 이 지구상의 어떤 생명체들이 그렇게 하느냐고 반문한다.

인간을 제외한 지구상의 생명체들은 부정적 감정을 알지 못합니다. 어떤 생명체도 자신을 지탱해주는 지구를 훼손하고 오염시키지 않습니다. 불행한 꽃을, 스트레스를 받는 떡갈나무를 본 적이 있습니까? 우울한 돌고래, 자존심이 상한 개구리, 편하게 쉴 줄 모르는 고양이, 증오와 원망을 품은 새를 만난 적이 있나요? 인간과 가까이 살면서 인간의 마음과 광기에 전염된 동물들만이 부정적인 감정과 유사한 무언가를 경험하거나 신경증적인 증세를 보입니다.

다행히도 에고가 가짜라는 것을 분명히 깨달으면 에고의 망상이나 무지에서 벗어나는 일이 어렵지 않다. 톨레는 자신의 마음, 내면에서 일어나는 것을 생생하게 의식하고 관찰하라고 여러 대목에서 제안한다. 의식의 빛을 비추기만 하면 무의식적인 것은 무엇이든 힘을 잃고 녹아버리므로, 무언가를 없애거나 바로잡으려 하지 말고 생각, 감정, 몸의 반응을 그대로 주시하며 깨어 있으면 된다는 것이다. 그러면 우리 내면과 주위에 고주파의 에너지 장이 형성되어, 어둠이 빛 속에서 힘을 잃듯이 낮은 주파수의 부정적인 감정이나 무지는 작동을 멈추게 된다.

'The Power of Now(지금의 힘)'라는 원제에서도 드러나듯이 톨레의 가르침에서 '지금'은 가장 중요한 시간이며, 의식의 빛이 들어오는 시간이다. 그는 현재의 순간에 완전히 집중하여 깨어 있으면 저항은 사라지고 내면에 본래 있었던 평화와 기쁨이 깨어나 나의 삶으로 스며든다고 한다.

　시간은 전혀 귀중한 것이 아닙니다. 시간이란 환상에 불과하기 때문입니다. 당신이 귀중하게 여겨야 할 것은 시간에서 벗어난 한 지점인 '지금'입니다. 그것이 가장 소중합니다. 당신이 과거와 미래에 초점을 맞출수록 당신은 가장 소중한 '지금-여기'를 잃어버리게 됩니다.

　그렇다면 왜 지금이 가장 중요한가요? 무엇보다 '지금'만이 유일하게 존재하기 때문입니다. '지금'만이 존재하는 모든 것이기 때문입니다. '영원한 현재'야말로 우리의 전체 삶이 펼쳐지는 무대이며, 언제나 우리와 함께 남아 있습니다. 삶은 '지금'입니다. '지금'이 아닌 삶이라는 건 결코 존재한 적이 없으며, 앞으로도 결코 존재할 수 없을 것입니다.

　'지금'이 가장 소중한 두 번째 이유는, '지금'만이 마음이 제한하는 범위 너머로 우리를 데리고 갈 수 있다는 데 있습니다. '지금'만이 시간도 없고 형태도 없는 '존재'의 영역에 접근할 수 있는 유일한 지점인 것입니다.

'지금'이라는 시간에 깨어 있으면 가장 단순한 움직임 하나에도 고결함과 사랑의 의식이 스며들게 된다. 과거에 겪은 불행한 경험과 피해를 되풀이해 생각하며 죄의식, 자괴감, 원망, 후회, 자기 연민을 품는 사람은 심리적으로 과거의 시간을 사는 것이기 때문에 '지금'이라는 존재의 시간을 잃어버린다. 반대로 앞으로 다가올 일을 걱정하며 거기에 골몰해 있거나 두려움에 빠진 사람도 미래에 대한 기대 속에서 살 뿐 현재와 접촉하지 못한다. 과거나 미래라는 시간의 꿈에서 깨어나지 못하는 한 우리는 진정한 자신으로 살 수도 없고 자기 삶에 만족할 수도 없어 스스로 계속 불행한 드라마를 만들게 된다. 미래가 있어야 인생의 목적이 있는 것 아니냐고 누군가 묻자 톨레는 인생이라는 여정의 목적을 이렇게 일러준다.

> 잊지 말아야 할 것이 있습니다. 여행에서 궁극적으로 가장 중요한 것은 당신이 지금 내딛고 있는 걸음이라는 것을. 그것이 전부입니다. …… 여행의 내면적인 목적은 우리가 어디를 가는지, 무엇을 하는지와 관계없습니다. 어떻게 하는지가 중요합니다. 그것은 미래가 아닌 지금 순간의 의식 수준과 관계가 있습니다. 외부적인 목적은 공간과 시간의 수평적인 차원에 속해 있습니다. 내면적인 목적은 영원한 현재의 수직적 차원으로 깊이 들어가는 것입니다.

이 책이 다듬어준 안목 덕분에 나는 여태껏 '나'라고 동일시해 온 사고 습관과 감정적 반응들을 관찰할 수 있게 되었다. 결코 쉽진 않았지만 기분 나쁜 기억이 자꾸 떠오르거나 다가올 일에 대한 걱정이 커질 때, 그것이 과거와 미래라는 심리적 시간에 매달리는 망상임을 알아차리고 현재로 돌아설 수 있었다. 그렇게 하니 묵은 마음의 짐들이 떨어져 나가 삶이 가벼워졌고, 무심히 지나치던 흔한 풍경에도 눈맞춤을 하며 작은 기쁨들을 더 잘 느낄 수 있었다. 지금, 진정한 존재로 들어가는 그 문으로 거듭 돌아오게 되었다.

따뜻한 에너지의
춤사위

한바다, 《마하무드라의 노래》

사람들은 깨달음이란 자기 홀로 뭔가 독특하고 멋진 모습으로 변모하는 일이라고 생각한다. 하지만 한바다는 갈등과 애환으로 얼룩진 기존의 삶과 인간관계에 새로운 빛의 흐름을 끌어들이는 것이 깨달음이라고 바로잡아준다. …… 깨달은 후에도 생활로 돌아가 기존의 인간관계를 보살펴야 한다면, 거꾸로 일상생활과 인간관계에 최선을 다하는 과정도 깨달음의 여정으로 이어지는 것이라고 나는 받아들였다.

［ 《마하무드라의 노래》는 1998년 양문에서 출간되었다. ］

한바다

명상 수련 단체 해피타오(Happy Tao) 지도자. 고등학교 시절부터 명상과 요가를 시작하여 서울대 불문학과 재학 시절 명상요가 동아리 회장을 지냈다. 23살이던 대학 2학년 때 몸과 마음이 사라지면서 황금빛 원 속에 녹아드는 체험을 했다. 구도와 고행을 계속하던 1986년의 어느 날 반야심경을 외다 깨달음을 이뤘다. 그 뒤 인도, 네팔, 멕시코, 미국, 수마트라, 타이 등의 영적 지대를 순례했고 1996년에 해피타오를 설립하여 대중을 위한 영성 개화 운동을 펼치고 있다.

다른 저서로 《돼지우리에 무지개 비치고》, 《삼천 년의 약속》, 《영감의 서》, 《사랑은 사랑이라 부르기 전에도 사랑이었다》 등이 있다.

몸의 움직임을 느긋한 참됨 속으로 흐르게 하고

뜻 없는 지껄임을 멈추어

그대 말의 메아리, 굽이치게 하라.

무심으로 살되

그대 자각을 독수리처럼 치솟게 하라.

– 〈마하무드라의 노래〉 중에서

〈마하무드라의 노래〉는 천 년 전 인도에서 깨달음을 완성한 틸로빠가 체험과 구도 여정에서 깨우친 지혜로 제자 나로빠의 영혼을 일깨우기 위해 불러준 아름다운 노래라고 한다. 마하무드라의 '마하'란 크다는 뜻이고 '무드라'란 우주와의 합일을 뜻하므로, 마하무드라는 궁극의 완전한 깨달음을 뜻한다.

명상가 한바다가 1980년대 말 몇 해 동안 어느 명상 모임에서 이 노래에 담긴 의미를 강의했는데, 그 내용이 10년쯤 지난 1998년에 노래와 같은 제목의 책으로 묶여 나왔다. 지금 '해피타오'라는 영적 각성 운동을 이끄는 한바다는 명상 모임에서 강의하던 시절이 자신에게 '새벽별같이 아름답고 빛나던 시절'이었다고 회고한다. 그가 〈마하무드라의 노래〉를 강의한 배경은 명상 모임 참가자들이 깨달음의 의미를 삶의 맥락에서 정리하고 그 후의 여정을 완성하도록 안내해주기 위해서였다고 한다.

《마하무드라의 노래》를 읽을 무렵 나는 일 주일에 두세 번씩 북한산 산행을 했다. 물 맑은 구기동 계곡을 끼고 보현봉이나 비봉 중턱에 올라 적당한 숲 속 그늘에서 한두 시간씩 책을 읽다가 내려오는 아주 행복한 산책이었다. 이 책을 펼쳐 들었던 날도 키 작은 나무에 기대 앉아 바람 소리, 새소리를 들으며 구도자들의 세계로 빠져들었다.

한 십여 분쯤 집중해서 읽었을까? 펼쳐진 책에서 무수한 빛의 입자들이 반짝반짝 피어오르는 게 보였다. 눈을 비벼도, 시선을 다른 데로 돌렸다가 다시 보아도 여전히 빛의 입자들이 반짝이며 피어올랐다. 청량한 날 산 정상에서 더러 그런 반짝임을 보았지만 그처럼 책에서 빛이 튀어오르는 광경은 처음 보았다. 산이라서 그랬겠지 싶었으나 집에 돌아와 형광등 불빛 아래서 책을 펼쳐도 그런 현상은 여전했다.

인쇄된 활자에도 글쓴이의 에너지가 실려서 그럴 거라고 내 나름대로 생각해보았다. 기묘한 점은 이 책보다 더 큰 감명을 주거나 심오한 가르침을 담고 있다고 느낀 책들이 꽤 있었는데도 이와 같은 빛의 반짝임을 본 적은 별로 없다는 것이다. 하여간 그런 신비로운 경험까지 덧붙여져 《마하무드라의 노래》를 읽는 내내 기쁨에 잠겨 아름다운 글귀들을 음미할 수 있었다.

이 책에 대한 기억이 희미해진 채 학위 과정을 밟느라 공부에 몰두하던 2008년 가을, 선배 언니로부터 저녁 식사 초대를 받았다. 암으로 투병하다가 2010년에 영면한 그 선배는 가녀린 체구에 구도의 열정이 가득했으며, '해피타오'에 열심히 참가하여 한바다를 스승처럼 따른

분이었다.

몇몇 사람들과 모인 저녁 식사 자리에서 처음 만난 한바다는 외양으로는 대단한 인물이란 느낌을 주지 않았다. 하지만 그가 사람들과 대화하는 모습을 보니 보통 사람과는 다른 평정심과 자비심이 풍겨 나왔다. 그의 태도에는 스승의 지위나 권위를 내세우는 느낌이 없었고, 이야기를 듣고 반응할 때도 상대방에 대한 경계심이나 반감이 전혀 보이지 않았다. 어디까지가 그 사람의 경계라고 말할 수 없을 만큼 투명하고 가벼운 느낌이었다. 나는 비언어적으로 드러나는 사람의 태도에 꽤나 민감한 편인데, 그 연배에, 추앙받는 스승의 자리에 있는 사람으로서 우월감을 풍기지 않는 사람은 처음 만난 듯했다. 그에게서 감지되는 따뜻한 에너지는 불교식으로 보자면 모든 중생의 아픔을 감싸고 자비심을 발하는 '보살'의 기운일 것 같았다.

흰바다기 쓴 이 책도 따뜻하게 다가온다. 깨달음을 추구하는 사람들이 자칫 빠지기 쉬운 미망이나 쉽게 내려놓지 못하는 에고의 습성을 명료하게 지적하면서도, 꾸짖거나 경고하는 어투가 아니라 감성을 파고드는 시적인 언어로 말을 건넨다. 불교나 힌두교의 맥락에서 폭넓게 끌어오는 에피소드들도 핵심을 유쾌하게 짚으며 "아하!" 탄성이 나오게 만든다. 여러 가지 특이한 현상과 신체적 변화를 포함하는 그 자신의 수행 경험담은 조금 신비화된 인상을 주지만 허세를 부리는 것 같은 거북스러움은 없었다.

그는 이 책에서 〈마하무드라의 노래〉를 20개의 마디로 구성해서 실제 구도의 여정과 연결지어 강의하는데, '가슴의 깨어남', '자유', '춤'이란 말을 몇 번이나 되풀이한다. 그가 묘사하는 깨어남은 자신과 만물을 초월의 마음으로 바라보게 되는 일이며, "살아 있는 가슴의 숨결"이 넘쳐흐르고, "그 속에는 사랑과 지혜, 아름다움이 빛살처럼" 흐르는 일이다. 깨어나면 머리로 무언가를 판단하여 삶을 선택하는 대신 삶이 자신을 선택하는 대로 자유롭게 살아간다. 그런 삶은 무엇을 특별히 움켜쥐지도 밀쳐내지도 않기 때문에 세상 만물과 어울려 조화를 이루어 마치 춤을 추듯 아름다운 흐름을 타게 된다고 한다.

진리는 얻어지는 어떤 물건이 아닙니다. 진리는 내가 그렇게 되어 그렇게 사는 존재적 차원의 변형입니다. 외적인 물건이든 사상이나 이념이든 또는 영적 능력이든 간에 거기에 대한 소유의 관념이 모두 사라지는 것, 그것이 깨달음입니다. 어떤 것이든 소유하는 한 그것을 잃어버릴까 하는 두려움이 생기고 두려움이 있는 한 자유롭지 못하고 어리석어져 지혜가 생기지를 못합니다. 지혜가 없으면 다시 헤매게 되고 고통에 빠집니다.

우리의 본질, 생명의 본연의 모습이 바로 깨달음입니다. 본질을 발견하여 그것과 완전히 하나가 되어 사는 것, 그것이 깨달음의 삶이자 틸로빠가 말하는 마하무드라입니다. 그러므로 깨달음은 소유하고 주장할 대상이 아니라 나 아닌 것, 나의 순수 의식에 낀 때와 먼지, 편견, 분별과 욕심, 어리석음을 지워내고 '순수한 나의 생명'으로 자연스럽게 흘러가는 그런 삶의 바탕입니다.

이 책에서 유장하게 그려내는 깨달음의 이미지들은 나를 설레게도 했고 두렵게도 했다. '나'라는 울타리가 다 무너져 커다란 지혜나 자비와 합일됨으로써 세상 모든 것에나 자신을 내어줄 수 있으리라는 비전은 상상만으로도 기쁜 일이었다. 하지만 여전히 머리로 이해가 되어야 몸이 움직이는 삶의 습관에 길들여진 초심자로서, 가슴이 열려 저절로 움직이는 방식을 나는 상상하지 못했다. 혹시라도 그것이 내가 감당하지 못할 상황으로 나를 이끌지는 않을지, 그러다 반쯤은 정신 나간 사람같이 변하지는 않을지 불안했다. 지금 생각해보면 어리석음에서 기인한 그 불안이 우습게 여겨지지만 말이다.

한바다는 책의 앞부분에서 자아의식, 이기심, 욕구의 특성을 이해하게끔 설명해주고 이런 것들을 모두 내려놓아야 비로소 진정한 수행이 완성된다고 간절하게 일러준다.

에너지가 각성되더라도 무의식 속의 이기심, 욕구와 같은 것이 해소되지 않으면 다시 자아의 틀에 갇히고 맙니다.
자아의식이 얼마나 사라졌느냐가 수행이 얼마나 나아갔느냐 하는 척도가 됩니다. 자아의식이 사라진 만큼 자유롭고 자비로워집니다.

'나'라고 하는 자아의식이 사라져야 진정으로 자신의 실체를 깨닫게 된다는 말은 《금강경》 같은 다른 가르침에서도 무수히 반복된다. 모든 진리의 왜곡, 헛된 환상의 시작은 '나'를 육신에 고정된 개별적 실체로 여기는 데서 시작된다. 그런데도 수행을 오래 했다거나 심지어 대자유의 경지에 이르렀다고 호언하는 사람들한테서도 자신이 최고라는 자만심, 마땅히 자기 앞에 머리를 조아리라는 우월감이나 지배적 태도는 흔히 볼 수 있다. 자아의식이 사라지지 않았는데도 자신은 자기를 넘어섰노라고 주장한다면 이는 범인(凡人)들만도 못한 자기기만이다.

그와 달리 벌레 한 마리, 꽃 한 송이를 소중히 여기는 사람, 세상 사람들이 탐닉하는 비싼 물건이나 맛있는 음식, 쾌락적인 유흥에 진정으로 무심한 사람들이 참된 깨달음의 향기를 간직한다. 진리는 얻어지는 것도 말로 주장되는 것도 아니며 "내가 그렇게 되어 사는 존재적 변형"이라는 그의 말은 내게 깨달음으로 가는 방향을 가리키는 나침반이 되었다.

아울러 한바다는 깨달음 이후의 삶에서 인간관계나 사회적 맥락을 놓치지 않아야 한다고 말한다. "노예와 자식을 버려라."라는 말은 인간관계에 무책임해도 좋다는 말이 아니라 우리 마음속의 애착과 두려움을 버리고 그로 인한 부질없는 행동을 버리라는 뜻이라고 바로잡는다. 사랑하고 호의를 베풀되 애착과 기대 없이 순수한 마음으로 베푸는 일, "사랑 빼기 요구, 관심과 호의 빼기 기대"를 연습하여 인간관계로부터의 자유를 누리라고 한다.

사랑하십시오. 관심을 기울이십시오. 사랑하되 순수하게 사랑만 기울이십시오. 호의를 주되 그냥 호의만 베풀고 바람은 빼십시오. 사랑 빼기 요구, 관심과 호의 빼기 기대를 연습해보십시오. 이것이 바로 관계로부터의 자유입니다. 애착하는 마음이 노예이고 그 애착에서 나오는 두려움과 분노, 좌절이 자식입니다. 그것을 버리십시오.

나만의 자유가 아니라 나의 관심과 사랑의 자발적인 참여로 다른 사람의 생명을 가꾸고 자라게 하는 힘, 이것이 관계 속에서의 자유입니다. 관계 속에서의 자유는 체험에서 나온 인간의 마음에 대한 통찰력, 순수함에서 우러나오는 진지한 사랑, 부자유스럽기 때문에 아프고 괴롭고 외로울 수밖에 없는 인간에 대한 따뜻한 이해, 그것을 해결해줄 수 있는 안목과 배려, 끊임없이 보살펴줄 수 있는 관심의 힘 등이 갖추어질 때 완전히 터득됩니다.

나도 마찬가지였지만 사람들은 깨달음이란 자기 홀로 뭔가 독특하고 멋진 모습으로 변모하는 일이라고 생각한다. 하지만 한바다는 갈등과 애환으로 얼룩진 기존의 삶과 인간관계에 새로운 빛의 흐름을 끌어들이는 것이 깨달음이라고 바로잡아준다. 진리를 추구한다면서도 자신의 선입관, 입장, 관념, 욕구를 내세운다면 주객분리의 이원성도, 에고적 자아를 고집하는 어리석은 마음도 넘어서지 못한다.

당시 나는 활동가들을 위한 교육 프로그램을 개발하고 강의하면서 의사소통과 인간관계 교육을 강화하려고 노력하는 중이었는데, 깨달음과 일상적인 인간관계의 연관성을 강조한 이 책이 내게 큰 격려가 되었다. 깨달은 후에도 생활로 돌아가 기존의 인간관계를 보살펴야 한다면, 거꾸로 일상생활과 인간관계에 최선을 다하는 과정도 깨달음의 여정으로 이어지는 것이라고 나는 받아들였다.

두렵고도 설렜던 마음공부 여정의 초기에 《마하무드라의 노래》 중에서 내게 용기를 불어넣어주었던 한 구절은 "영겁 동안 쌓여 온 어둠도/ 등불 하나에 의해 스러지나니"였다. 방안이 온통 캄캄해도 어둠을 물리치기 위해 팔을 휘젓거나 싸울 필요가 없다. 조용히 촛불 하나를 켜면 거기에 빛이 가득 차고 어둠은 더는 다른 것을 가리지 못한다. 게다가 우리 내면에는 한 번도 꺼진 적이 없는 밝음이 찬란히 자리하고 있다고 하지 않는가. 나의 무지를 탄식하며 숱한 좌절을 맛보다가도, 나는 이 구절과 작은 촛불 하나를 떠올리며 자세를 가다듬고 마음을 모아 다시 한 걸음을 내디딜 수 있었다.

관법(觀法),
깨어 있기의 첫 경험

정태혁, 《붓다의 호흡과 명상 I》

어떤 감각 작용을 밀쳐내거나 집착하는 마음 없이 '그러한 느낌'이라고 여기면서 바라보고 관찰하기 시작하면, 마치 작은 틈새로 빛이 비쳐 들듯이 감각과 자신 사이에 틈이 벌어진다. 공사장에서 시끄러운 소리가 들려도 '시끄러운 소리'와 '저 소리 때문에 시끄러워 못살겠다'는 짜증스러운 반응 사이에 틈이 벌어진다. 그러면 '시끄러운 소리가 나는구나. 저 소리를 피할 방법을 찾아야겠다.'는 쪽으로 담담하게 전환할 수 있다.

《붓다의 호흡과 명상 I》은
1991년 정신세계사에서 출간되었다.

정태혁

1922년에 태어났다. 젊은 시절 출가하여 월정사에서 지암 이종욱 스님의 도제로 득도한 뒤, 속세로 돌아와 동국대학교 불교대학, 도쿄 대학 대학원을 거쳐 오타니 대학 대학원에서 박사 과정을 수료했다. 동국대학교 인도철학과 교수로 있다가 1987년에 정년퇴직했다. 이후 동국대학교 명예교수, 동방불교대학 학장, 한국요 가학회 회장, 한국정토학회 회장 등을 지냈다. 1987년 국민 훈장 모란장을 받았다. 다른 저서로 《선의 단맛을 보라》, 《법구경과 바가바드 기타》, 《요가학 개론》, 《명 상의 세계》, 《밀교의 세계》, 《원시불교 그 사상과 생활》, 《인도종교철학사》 등이 있다.

청춘을 쏟았던 활동을 접고 학원 강사로 일하던 시절, 좌골 신경통으로 육체적 고통도 심했고 마음에는 슬픔이 그득했다. 살맛 나는 세상을 만들겠다는 꿈으로 운동에 참여했는데, 긍지나 보람은 자취 없이 사라지고 동료들과 옳고 그름을 다투던 일들이나 뒤돌아서서 비난하고 투덜대던 기억들만 남아 마음을 어지럽혔다. 길을 걷다가도, 버스를 타고 가다가도 불쑥불쑥 나도 모르게 눈물을 흘릴 만큼 괴로운 상념이 많았다.

건강이라도 지키려고 학원 동료들과 태극권을 배우기 시작했다. 부드럽게 팔을 돌리며 동공(動功, 움직이면서 하는 수련)에 해당되는 몇 가지 동작을 한 뒤, 마지막 15분 동안엔 단전에 마음을 모으고 명상하는 정공(靜功)을 했다. 이것이 내가 처음 접한 명상이었다. 몇 번의 수업이 지나서였을까, 문득 정공 후에 마음이 밝아지고 명랑한 기분이 되살아나는 게 느껴졌다. 마치 마음속에 저절로 맑은 기운이 차오르는 옹달샘이 있는 듯했다.

이런 변화에 신기해하면서도 나는 큰 의문에 휩싸였다. '나는 지금 슬픈 상태다. 괴로운 상황은 변하지 않았고 조금 전까지 나를 사로잡고 있던 감정도 슬픔이었다. 그런데 나도 모르는 사이에 내 안에 즐겁고 기쁜 감정이 솟아나 있다. 그렇다면 내 안 깊숙이, 외부 상황과는 관계없는 기쁨의 감정이 감춰져 있는 걸까? 만일 그게 사실이라면 그것도 내 감정인데 어떻게 내가 모를 수 있을까? 나는 나 자신을 다 아는 게 아니었나?'

그때는 그것이 감정이라기보다는 내면의 본성에 연결되면 저절로 드러나는 평화롭고 충만한 상태라는 것을 몰랐다. 다만 내가 아는 '나'가 전부가 아니라는 발견에 놀라서, 기쁨이 솟는 '나'를 드러내는 명상을 제대로 배워보고 싶었다. 주변 사람들에게 물으니 남방불교 명상법인 위빠사나(Vipassana)를 배워보라고 가르쳐주었다. 그때 만난 책이 《붓다의 호흡과 명상 I》이었다.

책으로 이해하는 것만으로는 부족해서 실제로 배울 길을 찾다가 1998년 여름 길상사에서 열린 4박 5일간의 위빠사나 수련회에 참가했다. 난생 처음 절에 들어서는 데 상당한 용기가 필요했으나 명상을 제대로 배워보고 싶은 의욕에 마음을 단단히 먹고 문턱을 넘어섰다.

100명 남짓 참가한 수련회는 묵언이 규칙이어서 참가자들은 닷새 동안 서로 말 한마디 없이 움직였으며, 적은 양의 세 끼 식사 외에는 달리 먹는 것도 없었다. 예불 말고는 50분 동안 앉아서 호흡과 몸을 지켜본 후 쉬는 시간 10분 동안 걸으면서 모든 걸음을 완전히 알아차리는 과정이 하루 일과의 전부였다. 이틀째 오전까지는 밀려드는 잡념과 졸음, 몸에서 느껴지는 피로를 이기기 힘들었으나 사흘째부터는 앉으면 앉는 대로, 서서 걸으면 걷는 대로 깨어서 지켜볼 수 있는 힘이 생겼다.

수련회가 끝나갈 즈음 긴 휴식 시간이 주어져 마당으로 나와 큰 느티나무 앞에 앉았다. '내가 여기 앉아 있고, 나무의 생김새는 저렇구나.' 하고 물끄러미 지켜보고 있으려니, 어느 순간 나무와 나 사이의 경계가 흐려지면서 커다랗고 둥근 흐름으로 다 같이 녹아들었다. 그 순간, 말로는 딱히 표현할 수 없으나 그냥 하나인, 시간도 공간도 개체도 실체로 존재하지 않는 존재의 영역을 힐끗 보았다.

위빠사나 수련에 처음 참가했을 뿐인데 그동안 짐작도 할 수 없었던 세계 혹은 존재 방식에 눈을 뜨게 되니 당황스러웠다. 한편으로는 내가 실체라고 믿어 왔던 현상계가 정말 허상일 수도 있겠구나 싶었다. 그 후 명상은 내 생활의 중요한 부분이 되었고 한동안 위빠사나 수련을 하면서 매 순간 호흡이나, 몸, 감각, 마음의 움직임, 바깥 대상들을 깨어서 바라보았다.

정태혁의 《붓다의 호흡과 명상 I》은 남방불교 수행법의 기초가 되는 두 가지 한역 경전을 우리말로 풀이하고 저자가 약간의 해설을 붙인 책이다. 하나는 자신의 호흡을 헤아리는 데 집중하는 관법(觀法)인 수식관(數息觀)을 담은 《안반수의경(安般守意經)》이고, 다른 하나는 매순간 몸, 감각, 마음의 작용, 일체의 대상을 깨어서 지켜보는 지관(止觀) 수행, 곧 위빠사나 수행을 담은 《대념처경(大念處經)》이다. 《붓다의 호흡과 명상 I》의 초판은 1991년에 나왔으며, 요가 수행자로서 동국대에서 인도철학을 강의하고 퇴임한 정태혁 옹이 번역하고 해설했다.

경전을 글자 그대로 옮긴 직역투에 한자식 불교 용어도 익숙하지 않아서 둘째 권인 《붓다의 호흡과 명상 II》는 아예 읽을 엄두도 못 냈다. 그런데도 김정빈의 《마음공부》나 김열권의 《보면 사라진다》 등 위빠사나를 소개하는 다른 책을 제쳐 두고 이 책을 택한 데는 근본적인 것을 중시하는 내 성향이 작용했다. 어려운 개념과 산스크리트어 때문에 좀처럼 진도가 안 나갔지만 덕분에 중요한 불교 용어들을 배울 수 있었다.

먼저 《불설대안반수의경》 두 권 중 상권을 구절별로 번역해놓은 《안반수의경》에서는 안반수의의 근본 원리, 안반수의의 실천 원리, 안반수의의 방법, 수식과 상수, 지와 관, 환과 정, 그리고 안반수의의 위대한 공덕의 순서로 호흡법 수행의 원리와 방법을 알려주고 그 효과를 설명한다. 안반수의(安般守意)는 산스크리트어 아나파나사티(anapanasati)를 한역한 말인데, '아나(ana)'는 들숨을, '아파나(apana)'는 날숨을, 수의(守意)에 해당하는 '사티(sati)'는 의식의 집중을 뜻한다. 종합하면 안반수의경은 들숨과 날숨의 호흡에 집중하여 수행함으로써 깨달음을 얻는 길을 가르치는 경전이다.

숨쉬기는 모든 생명체가 의식하지 않아도 자연스럽게 하는 일인데, 이를 통해서 깨달음이라는 최고의 경지에 이른다는 말은 쉽게 납득되지 않았다. 하지만 생각해보면 진리는 우리가 알아차리지 못할 뿐 늘 단순하고 쉬운 것 속에 깃들어 있다. 《안반수의경》에서는 호흡을 알아차리는 수행의 힘을 이렇게 말한다.

호흡은 육체적인 생리 현상인 동시에 정신적인 현상이라고 했다.
삶은 육체적인 들숨과 날숨만으로 이루어질 수 없으며, 거기에 반드시 정신이 작용하고 있다는 사실을 알아야 한다.

숨이 들어올 때 들어오는 숨에 정신을 집중하면 그 숨은 길고도 충분하게 들어온다. 숨이 나갈 때 그 숨에 정신을 집중하면 그 숨 또한 길고도 충분하게 나간다. 이것은 생명 창조와 휴식을 끊임없이 되풀이하면서 자연의 도리를 그대로 행하는 것이다.

들숨에 정신을 집중하여 생각이 한결같이 따르게 되면 마음은 고요한 적정(寂靜)의 세계에 안주한다. 정(靜)이란 마음이 고요하여 더없이 순일한 경지에 이른 상태이다. 정에 들면 어떠한 사물을 대하더라도 그 사물의 진상을 뚜렷하게 볼 수가 있다.

숨을 내보낼 때도 마찬가지다.

나가는 숨을 의식적으로 길게 내뿜는 것을 되풀이하는 동안에 호흡은 새로운 모습으로 바뀌어 마음도 따라서 순일한 적멸(寂滅) 상태로 가게 된다.

현대인들은 호흡을 반자동으로 일어나는 신체적 생리 현상으로 간주한다. 호흡은 몸이 알아서 하니 거의 의식하지 않은 채 머릿속 생각에 빠져 생각을 먹고, 생각을 걷고, 생각을 산다. 그런데 생각이 끊긴 잠 속에서도 호흡은 이어지며 내 생명을 지탱한다. 그런가 하면 화가 나거나 놀란 경우 호흡이 평상시와 달라진다. 이렇듯 호흡에는 감정, 생각, 무의식적인 반응, 육체적 생명 활동 등이 모두 연결되어 있다.

그러므로 들숨을 들숨이라고 알아차리고 날숨을 날숨이라고 알아차리며 매순간 호흡에 깨어 있는 사람은 자신의 깊은 내면 상태에도 깨어 있게 된다. 그 상태가 명료하게 이어지고 쓸데없는 근심이나 잡념에 시달리지 않음으로써 맑은 마음을 유지할 수 있다. 이것이 지속

되는 가운데 어디에도 물들지 않고 어디에도 걸리지 않는 무심의 경지
로 나아갈 수 있다고 이 책은 말한다.

나는 위빠사나 수행을 담은 《대념처경》 부분을 더 관심 있게 읽었
다. 내용은 60쪽에 불과할 정도로 간략하다. 먼저 대념처경을 설(說)
한 네 가지 목적을 밝히고, 이어서 각각 신(身), 수(受), 심(心), 법(法)이
라고 하는, 몸에 대한 관찰, 감각 작용에 대한 관찰, 마음에 대한 관
찰, 법에 대한 관찰을 해설했다. 《대념처경》의 팔리어 원제목은 '절대적
인 가치를 지닌 올바른 생각으로 대상을 관찰하는 것을 가르치는 경
전'을 뜻한다고 한다. 여기서의 '관찰'이 곧 위빠사나이며, 사물을 분
별하여 집착하지 않는다는 의미를 담고 있다. 대념처경의 첫머리에서
는 그것을 이렇게 표현하였다.

비구들이여, 이것은 중생을 청정하게 하기 위해서, 근심과 슬픔을 없
애기 위해서, 올바른 이치를 알게 하기 위해서, 열반을 얻게 하기 위해
서 가야 할 유일한 길이니, 곧 네 가지를 바르게 생각하는 것이다.

무엇이 네 가지인가 하면, 비구들이여, 몸에 대하여, 몸을 관하여 머
물고, 부지런히 애써서 올바른 지혜와 올바른 생각으로 세상의 욕망과
고뇌를 버려라.

감수하는 것에 대하여, 감수 기능을 관찰하여 머물고 부지런히 애써
서 올바른 지혜와 올바른 생각으로 세상의 욕망과 고뇌를 버려라.

마음에 대하여, 마음을 관찰하여 머물고 부지런히 애써서 올바른 지

혜와 올바른 생각으로 세상의 욕망과 고뇌를 버려라.

법에 대하여, 법을 관찰하여 머물고 부지런히 애써서 올바른 지혜와 올바른 생각으로 세상의 욕망과 고뇌를 버려라.

《대념처경》의 가르침과 비교할 때 내가 참여했던 위빠사나 수련회에서는 호흡과 몸을 관찰하는 아주 기본적인 방법을 연습한 셈이었다. 좌선을 하는 동안에는 호흡을 주시하며 몸 안에서 일어나는 갖가지 느낌을 지켜보았고, 쉬는 동안에는 걸으면서 걸을 때의 몸동작을 세밀하게 알아차리는 데 집중했다. 그렇게 호흡과 몸동작에 주의를 기울이니 우선 산만한 생각에 빠져들지 않고 집중력이 높아지는 효과가 있었다. 또 주시하는 힘이 생겨 그전에는 그냥 지나쳤던 느낌이나 반응을 뚜렷하게 인식하게 되었다.

그렇기에 이 책에서는 단순한 알아차림이 깊어지는 것이 중요하며, 이로써 청정한 상태, 순일한 삼매가 가능하다고 말한다. 아주 잠시나마 내가 나무와 하나로 어우러지는 경계를 보았던 것도 위빠사나를 통해 몸과 마음이 하나로 이어진 상태가 된 덕분인 듯하다.

몸의 움직임에 마음을 함께하는 수행을 쌓으면 드디어 몸과 마음이 함께하는 사람이 되어, 마음에 따라 움직이는 주체적인 행동이 이루어진다. 몸의 행동과 마음이 함께하면 몸과 마음이 둘이면서도 하나가 된다. 몸과 마음이 차별 없는 상태가 계속되면 몸의 움직임을 떠나지 않고도 마음을 삼매의 세계에 안주토록 할 수 있다.

움직임이 시작되면서부터 끝날 때까지 항상 순일한 행동과 심경을 유지할 수 있으니, 이 세상의 어느 것에도 걸리지 않게 된다.

《대념처경》에 의하면 몸에 대한 관찰은 걷고, 서고, 앉고, 눕는 동작에서 끝나지 않는다. 몸의 안과 밖에서 피부와 내장 기관까지 관찰할 수 있으며, 죽어서 썩는 상태까지 지켜볼 수 있다. 그다음으로 보고, 듣고, 냄새 맡고, 맛보고, 감촉을 느끼는 감각 작용을 관찰한다. 어떤 감각 작용을 밀쳐내거나 집착하는 마음 없이 '그러한 느낌'이라고 여기면서 바라보고 관찰하기 시작하면, 마치 작은 틈새로 빛이 비쳐 들 듯이 감각과 자신 사이에 틈이 벌어진다.

공사장에서 시끄러운 소리가 들려도 '시끄러운 소리'와 '저 소리 때문에 시끄러워 못살겠다'는 짜증스러운 반응 사이에 틈이 벌어진다. 그러면 '시끄러운 소리가 나는구나. 저 소리를 피할 방법을 찾아야겠다.'는 쪽으로 담담하게 전환할 수 있다. 감각 작용을 이렇게 알아차리듯이 마음에서 일어나는 작용도 알아차릴 수 있고, 그다음으로는 세상 만물의 움직임과 이치를 지켜보고 관찰할 수 있다. 이것이 순서대로 신(身), 수(受), 심(心), 법(法)에 대한 관찰이다.

몸의 동작을 관찰하는 것만도 벅찬데 언제 마음이나 온갖 대상들까지 다 관찰한단 말인가 하고 염려할 필요는 없다. 《대념처경》의 마지막은 누구나 그런 염려를 내려놓을 수 있다며 깨어 있기를 실천해보라고 자애롭게 길을 제시해준다. 처음에는 7년간 닦으라고 했다가, 다음에는 6년간, 아니 1년간만 닦아도 윤회에 들지 않는다고 한다. 그다음에는 일곱 달 동안만 닦아도, 여섯 달 동안, 아니 보름 동안, 결국에는 7일 동안만 닦아도 최상의 경지에 이를 수 있다고 격려한다.

긴 인생에서 7일은 얼마든지 낼 수 있는 시간인데도 나는 아직 7일 동안 지속적으로 깨어 있는 관찰 수행을 해보지 못했다. 하지만 4박 5일간의 첫 위빠사나 명상 경험이 그 후 깨어 있기를 향해 10여 년간 노력하는 데 원동력이 되었음은 분명하다.

야만이 문명에게 보내는
영혼의 호소

말로 모건, 《무탄트 메시지》

오스트레일리아 오지의 사막에서 벌거벗고 맨발로 다니는 참사람부족의 이야기는 무엇이 문명이고 무엇이 야만인지 그동안 내가 알고 있던 기준을 흔들었고 급기야는 내 인식에 역전을 일으켰다. 수천년을 살면서도 오스트레일리아의 자연 생태계를 훼손하지 않았던 그들의 '야만적' 생활 방식이야말로 세상 만물과의 존재적 연결감을 존중한 높은 의식 수준을 갖춘 문명이었다.

《무탄트 메시지(Mutant Message Down Under)》는 1990년 미국에서
자비 출판으로 처음 출간되었다. 한국어판은 1994년 정신세계사에서
김석희가 번역한 《무탄트》로 처음 나왔고, 2001년 류시화가
새로 번역하여 《그곳에선 나 혼자만 이상한 사람이었다》로 개정판이 나왔다.
2003년에 두 번째 개정판 《무탄트 메시지》가 나왔다.

말로 모건 Marlo Morgan

자연예방의학을 전공한 의사로서 오스트레일리아에서 의료 활동을 하던 중 사막
에 사는 원주민 참사람부족과 만났다. 참사람부족의 집회에 초대받아 부족과 함께
몇 달 동안 도보 여행을 떠나 인생이 바뀌는 체험을 했다. 지금은 미국으로 돌아가
강연과 글을 통해 참사람부족의 메시지를 계속 전하고 있다.

오래 전 한 후배와 주고받았던 이야기다.

"아들 때문에 너무 속상하고 힘들었는데, 미워하는 마음을 바꿔서 난생 처음으로 걔를 위해서 집중 기도를 하고 있어요. 그랬더니 나도 마음이 한결 편해지고, 기도 덕인지 개도 하는 짓이 좀 변하는 거 같아."

후배의 고백에 내가 반색을 하며 말했다.

"그래? 이건 축하 잔치를 열어야 할 일이네. 생일을 축하할 게 아니라 그렇게 영혼의 진보를 이룬 날을 축하하고 기념해야 하잖겠어?"

"어머! 언니는 우리 상담 선생님하고 똑같은 말을 하네?"

후배의 말을 들으며 내가 언제부터 그런 생각을 하게 되었는지 돌이켜 보았다. 바로 말로 모건이 쓴 《무탄트 메시지》을 읽었을 때부터였다. 현생 인류를 무탄트(돌연변이)라고 부르는 오스트레일리아 원주민 참사람부족은 나이는 별다른 노력을 들이지 않아도 저절로 먹게 되므로 생일을 축하하지 않는다. 참사람부족에게 메신저로 선택된 백인 여의사 말로 모건이 그들에게 물었다.

"나이 먹는 걸 축하하지 않는다면, 당신들은 무엇을 축하하죠?"

그러자 그들이 대답했다.

"나아지는 걸 축하합니다. 작년보다 올해 더 훌륭하고 지혜로운 사람이 되었으면, 그걸 축하하는 겁니다. 하지만 그건 자기 자신만이 알수 있습니다. 따라서 파티를 열어야 할 때가 언제인가를 말할 수 있는 사람은 자기 자신뿐이지요."

《무탄트 메시지》는 2003년 세 번째 개정판으로 나온 제목이며, 내가 1990년대 말에 읽은 책의 제목은《무탄트》였다. 2001년의 두 번째 개정판은《그곳에선 나 혼자만 이상한 사람이었다》라는 긴 제목으로 나왔다. 이보다 전에 출판된《빠빠라기》또한 남태평양 원주민 부족의 투이아비 추장이 유럽 문명을 처음 보고 나서 원주민의 시선으로 서구인들의 생활 방식을 비판한 책인데,《무탄트 메시지》와 함께 많이 읽혔다.

나는 영감 가득한 일화들이 많은《무탄트》가 훨씬 재미있었다. 이 책을 읽으며 역사적으로 가장 진보한 세상이라고 여겼던 문명 사회의 모습을 원초적이고 자연사적인 관점에서 바라보는 기회를 가졌다. 학교 교육은 인류가 조악한 도구를 다루던 고대로부터 끊임없이 물질적인 진보를 이룩해 왔고 진보의 정점에 현대 서양 문명이 군립하고 있다고 가르쳤다. 자본주의를 비판하는 사회주의적 관점에서도 물질적 진보는 당연히 추구해야 할 방향이었으며, 오직 필요한 것은 소수 자본가 세력에 의한 지배-피지배 관계를 역전시키는 일이었다.

그런데 오스트레일리아 오지의 사막에서 벌거벗고 맨발로 다니는 참사람부족의 이야기는 무엇이 문명이고 무엇이 야만인지 그동안 내가 알고 있던 기준을 흔들었고 급기야는 내 인식에 역전을 일으켰다. 수천 년을 살면서도 오스트레일리아의 자연 생태계를 훼손하지 않았던 그들의 '야만적' 생활 방식이야말로 세상 만물과의 존재적 연결감을 존중한 높은 의식 수준을 갖춘 문명이었다. 이에 비해 설탕의 단맛에 집착하고 순수한 음식을 소스로 덮어버리길 좋아하는 현대 '문명인'들은 당장의 물질적 욕구를 충족하기 위해 자연에 엄청난 오염을 초래하고 지구를 숨쉬기 어려운 곳으로 만드는 야만적인 의식 수준에 머물러 있다.

무탄트들의 야만이 지배하는 지구상에서 스스로 생존을 포기하고 떠날 채비를 하는 참사람부족은 무탄트들을 비난하는 대신 메신저 모건을 통해 가슴을 울리는 호소를 보낸다.

우리는 영원한 존재입니다. 이 우주에는 우리 뒤를 이어서 올 영혼들이 육신을 얻어 태어날 장소가 많이 있습니다. 우리는 최초로 지구상에 나타난 존재들의 직계 자손입니다. 시간이 시작된 이래, 우리는 생존을 위협하는 온갖 시험을 통과했으며, 원래의 가치 체계와 법을 흔들림 없이 지켜 왔습니다. 지금까지 지구를 하나로 묶어준 것은 우리의 집단의식이었습니다. 이제 우리는 떠나도 좋다는 허락을 받았습니다. 세상 사람들은 달라졌고, 땅의 영혼을 배반했습니다. 우리는 하늘에 있는 그 영혼을 만나러 갈 것입니다.

당신은 우리가 떠난다는 사실을 당신과 같은 바깥 세상의 무탄트들에게 전해줄 메신저로 선택되었습니다. 어머니와 같은 이 대지를 당신들에게 맡기고 우린 떠날 것입니다. 아무쪼록 당신들의 삶의 방식이 물과 공기, 그리고 당신들 자신에게 어떤 영향을 주고 있는지 깨닫기 바랍니다. 이 세계를 파괴하지 않고 당신들 문제에 대한 해결책을 찾

아내기를 바랍니다. 물론 무탄트들 중에는 자신의 참된 자아를 이제
막 되찾으려고 하는 이들도 있습니다. 충분히 관심을 기울인다면 지구
의 파괴를 돌이킬 시간은 남아 있습니다.

이 이야기는 자연치료법을 진공한 미국인 여의사 말로 모건이 오스
트레일리아 보건사회화센터에서 일하게 되면서 시작된다. 오스트레일
리아에서 질병 예방을 위해 일하던 모건은 20대의 원주민 혼혈 청년
들이 목표 없이 방황하는 모습을 보고, '성공하는 젊은이'라는 단체를
만들어 그들이 방충망 사업을 하도록 돕는다. 그러다가 자신이 참사
람부족에게 무탄트 메신저로 선택된 것은 까맣게 모른 채 2천 킬로미
터 떨어진 곳에 사는 한 원주민 부족으로부터 방문해 달라는 초청을
받아들인다. 그러고는 예기치 않은 4개월간의 사막 횡단 여행에 참가
하여 그들과 소통하고 그들의 삶의 방식을 접하면서 문명인의 사고
방식과 서구 문명의 한계를 성찰하게 된다.

참사람부족은 '오스틀로이드'라고 하는 오스트레일리아 남서부의
원주민 부족인데, 5만 년 이상 오스트레일리아 대륙에서 살아왔다고
추정된다. 이들은 백인과 타협하지 않으려고 오지의 사막인 '아웃백'으
로 들어갔다. 기후가 변하고 동물과 식물의 번식이 줄어드는 것을 목
격하면서, 62명만 남은 부족민들은 더는 아이를 낳지 않음으로써 지
구상에서의 생존을 끝내기로 결의했다. 그리고 그동안 어떤 백인과도
접촉하지 않으면서 지켜 왔던 그들의 삶의 방식과 세상에 대한 진정한
지식을 전수하고자 모건을 메신저로 불러들여 약 4개월간 사막 여행
을 함께한다.

모건은 물질문명의 혜택을 누리며 살아온 전형적인 백인 여성이었지만, 낯선 원주민들과 사막 횡단 여행을 할 용기와 그들의 삶을 통해 참된 영혼의 지혜를 배울 수 있는 열린 가슴의 소유자였다. 그녀가 참사람부족에게서 본 '전혀 알지 못하던 세계'의 큰 특징 가운데 하나는 자연과의 단단한 연결이었다.

그들은 우주에 변덕이나 무의미한 일이란 존재하지 않으며 지구상에 존재하는 것들은 모두 어떤 이유나 목적을 품고 있다고 믿었다. 식물들은 동물과 인간에게 먹을 것을 제공하고, 흙을 껴안아주고, 세상을 더 아름답게 만들기 위해 존재하며, 대기의 균형을 잡아주고 소리 없이 노래를 불러준다. 동물은 인간의 친구이고, 인간의 일을 도우며, 때로 인간의 스승으로 존재한다. 참사람부족은 세상을 풍요로운 장소로 여기고 자신들이 먹을 것을 요청하면 우주는 언제나 응답한다고 믿기에, 식량을 전혀 준비하지 않고 사막 속으로 걸어 들어갈 수 있다. 이와 대조적으로 자연과의 깊은 연결감을 상실한 우리 무탄드들은 두려움에 사로잡혀 살아간다.

참사람부족에 따르면 두려움은 동물계의 감정이다. 동물의 세계에서는 두려움이 생존에 중요한 역할을 한다. 하지만 인간이 자신에 대해 알고 우주의 모든 일들이 우연이 아니라 어떤 계획에 따라 일어난다는 것을 깨닫는다면 더는 두려움을 느낄 필요가 없다. 사람은 신념이나 두려움 중에 하나를 가질 수는 있어도, 두 가지를 함께 가질 수는 없다. 물질은 두려움을 낳는다. 사람은 가지면 가질수록 더욱더 두려워하게 된다. 아직도 충분하지 않은 것 같아 불안하기 때문이다. 그런 사람은 결국 물질의 노예가 되어 살아간다.

━━━

나는 그들의 텔레파시 능력에도 상당히 호기심이 일었다. 코카콜라로 상징되는 현대 문물을 접하기 전까지만 해도 아프리카의 소수 부족 가운데는 수십 킬로미터 떨어진 곳의 동료와 텔레파시로 소통하는 부족들이 있었다고 한다. 참사람부족 통역자인 오타는 모건에게 자신들이 텔레파시를 주고받을 수 있는 것은 전혀 거짓말을 하지 않고 결코 남을 속이지 않기 때문이라고 말했다. 누구에게도 자신의 속마음을 숨길 필요가 없으니 마음으로 정보를 전달할 수 있다는 것이다.

이들은 인간이 본래 텔레파시로 소통하도록 창조되었으며, 말은 마음이나 가슴으로 하는 것이라고 믿는다. 목소리는 말하기 위한 것이 아니라 노래와 축제와 치료를 위한 것이다. 모건은 텔레파시가 무탄트의 세상에서는 불가능하다고 생각한다. "회사에서 공금을 횡령하고, 세금을 속이고, 배우자 몰래 바람을 피우는 그런 곳에서 서로의 마음을 읽게 내버려 둘 리가" 없는 까닭이다.

남에게 거짓말을 하고 실제 일어난 생각이나 감정을 마음 깊이 숨겨 두면 그것이 과연 온전하게 남아 있을까? 마음 안에서 하나의 진실한 목소리가 울려 나오지 못하고 숨겨 둔 마음의 파편들이 끊임없이 웅얼거릴 때 그 마음에 행복이나 평화로움이 깃들 수 있을까? 영적 스승 앞에 가면 누구나 펼쳐진 책과 같아서 모든 것이 드러난다는 말이 있다. 평범한 사람도 욕심이나 편견이 없는 순간에는 상대방의 내면의 목소리를 들은 것처럼 진실을 알아차릴 때가 있다. 평화를 외치는 사람의 가슴에서 평화의 울림이 나오고 법과 정의를 주장하는 사람들 마음에서도 법과 정의의 목소리가 들린다면, 우리도 오래전에 잃어버린 신뢰와 연결감을 회복하여 텔레파시로 소통을 할 수 있을지 모른다.

사막 여행 중에 참사람부족민인 '위대한 돌수집가'가 절벽 아래로 떨어져 종아리뼈가 부러졌을 때, 이를 치료하는 과정은 매우 인상적이었다. 하와이 원주민 치료사인 카후나들도 이들처럼 외과적인 처치 없이 노래와 기도로 치유했다고 한다. 참사람부족의 주술사와 여자 치료사는 다친 환자와 함께 그 뼈에게 건강했을 때를 기억하도록 노래를 불러주며 신께 부탁을 했다. 그러자 밖으로 튀어나왔던 뼈가 어느 순간 원래 자리로 들어갔다. 너덜너덜해진 살들 역시 부목이나 붕대 없이 부족민들만의 접착제 같은 치료약으로 봉합되었다. 마술 같고 믿기 어렵지만 물질과 의식을 이분법적으로 다루지 않는 그들의 전통이 지닌 지혜에서는 자연스러운 일이리라 수긍이 갔다.

또한 그들은 다치거나 고통을 겪는 일도 그저 경험으로 여긴다. 환자를 치료한 여자 치료사는 모든 경험은 질 관찰하고 거기서 깨달음을 얻은 뒤 그것을 축복하고 평화롭게 떠나면 된다고 모건에게 일러준다.

다른 사람과의 모든 만남은 하나의 경험이고, 모든 경험은 영원히 연결됩니다. 우리 참사람부족은 모든 경험의 순환 고리들을 그때그때 완성시킵니다. 우리 참사람들은 무탄트들처럼 경험을 마무리하지 않은 채로 놓아두진 않습니다. 만일 당신이 어떤 사람에게 나쁜 감정을 품고서 그와의 경험을 마무리 짓지 않고 그냥 떠난다면, 훗날 당신 인생에서 그 일이 되풀이될 것입니다. 그렇게 되면 고통은 한 번으로 끝나지 않고, 당신이 깨달음을 얻을 때까지 끊임없이 계속될 겁니다. 삶에서 경험하는 일들을 잘 관찰하고 거기서 깨달음을 얻어 전보다 현명해지는 것은 좋은 일입니다. 어떤 경험이 끝나면 그것을 축복하듯 고맙다고 말하고 평화롭게 떠나는 게 좋습니다.

모건은 참사람부족과 사막을 횡단하여 마침내 그들 부족의 비밀스럽고 신성한 동굴에 다다른다. 그녀는 그 동굴에서 유일하게 남은 원주민 부족의 역사와 문화 유산을 보고 축제의 시간을 보낸다. 정식으로 참사람부족의 대변인이 되는 의식을 치르고, '두 가슴'이란 새 이름을 얻는다. 부족의 어른인 '검은 백조'와의 특별한 인연도 밝혀지는데, 어떤 인연인지는 독자들의 호기심으로 남겨둔다.

사막 여행을 하는 동안 백인 여자 모건이 씻지도 못하고 한뎃잠을 자면서 나무 열매나 뿌리, 게다가 뱀, 개구리, 물고기 등 무엇이든 주어지는 대로 먹는 장면이나, 달라붙는 파리 떼와 딩고(들개) 떼에 시달리는 장면은 편안하게 읽어 넘기기 어려웠다. 하지만 어떤 종교적 교의에 입각한 가르침을 접하기 전에 이 보잘것없고 원시적인 것처럼 보이는 참사람부족의 삶에서 생생한 진리의 원형을 만난 덕분에, 나는 자연스러움이 담긴 마음공부의 여정을 추구하게 되었다. 그 점에서 우주 안에서 우연이나 무의미하게 일어나는 일이란 결코 없다는 참사람부족의 말은 맞다. 나에게 당도한 깨달음을 전 지구적으로 일깨우기 위해 무탄트 메신저를 택했던 것이라고, 저 하늘 어딘가로 돌아간 참사람부족이 고개를 끄덕이고 있을지도 모른다.

아름다운 삶, 사랑 그리고 마무리

헬렌 니어링 지음/ 이석태 옮김/ 보리

53년 동안 함께 살았던 헬렌 니어링과 스코트 니어링 부부. 손수 돌집을 짓고 자연 친화적인 농사를 지으며 채식을 했던 그들의 생활은 진실한 삶은 예술로 승화된다는 것을 보여준다. 소유나 소비를 덜어내고 존재의 뿌리로 사는 길, 그런 마음의 길을 향하게 한다.

핀드혼 농장 이야기

핀드혼 공동체 지음/ 조하선 옮김/ 씨앗을뿌리는사람

핀드혼 농장은 오늘날 영국에서 가장 커다란 국제 공동체이자 대표적인 친환경 공동체다. 이 책은 스코틀랜드의 척박한 모래땅 핀드혼에 1960년대 초반 다섯 명의 신비가들이 찾아가 생명 넘치는 풍요의 농장을 일궈낸 이야기를 기록했다. 농작물과 대화하고 기도를 보내며 엄청난 크기의 양배추나 호박을 길러냈던 이 농장의 기적을 읽다 보면 모든 존재계가 연결되어 있음을 실감할 수 있다.

빠빠라기

투이아비, 에리히 쇼이어만 지음/ 유혜자 옮김/ 가교

문명을 접하지 않고 살았던 남태평양 사모아 제도의 투이아비 추장이 유럽을 직접 방문하고 돌아와 폴리네시아 원주민들에게 전한 이야기를 엮은 책이다. 《무탄트 메시지》가 원주민들의 삶의 철학을 알려주는 책이라면, 《빠빠라기》는 그들의 눈에 비친 현대 문명, 우리 자신의 모습이 얼마나 기괴할 수 있는지를 드러낸다. 성냥갑처럼 생긴 아파트, 사건들만 전하는 신문, 영혼 없이 생각으로만 살아가는 현대인의 모습을 접하면서 지금 자신의 영혼은 어떤 모습인지 돌아보게 된다.

스베덴보리의 천상여행기 : 천국편
스베덴보리(원저)/ 레너드 폭스, 도널드 로즈 지음/ 김원옥 옮김/ 다산초당

18세기 스웨덴의 천재 과학자로서 57세부터 27년간 영계를 마음대로 드나들며 천국과 지옥을 보고 천사들과 이야기를 나누었던 스베덴보리의 저작이다. 오늘날의 임사체험과 유사한 점이 많고, 아주 구체적이고 아름답게 천국을 묘사한다는 점에서도 관심을 가질 만하다. 직접 언급하지는 않지만 천국과 지옥은 생존시 그 사람의 마음 상태와 관련이 깊다는 것을 알게 된다.

나를 찾아 떠나는 17일간의 여행
조현 지음/ 한겨레신문사

고통과 스트레스에서 벗어나고자 하는 현대인들에게 멀게만 느껴졌던 수행 공동체들과 수행 방법 17가지를 구체적으로 안내한 책이다. 저자가 직접 명상에 참가했던 경험을 담아서 생생하게 와 닿을 뿐 아니라, 불교, 천주교, 기독교, 원불교 등 각 종교의 전통 수련 프로그램과 일반 수행 프로그램을 망라하여 마음공부의 여러 길을 한 권에 집약해놓은 좋은 지침서다. 2008년도에 내용을 대폭 보완한 개정판이 나왔다.

2장

이성에서 마음으로,
틀을 바꾸다

역동적 평형 상태의
세상

프리초프 카프라, 《새로운 과학과 문명의 전환》

세상에 존재하는 것들은 기계론적 세계관에서 상상하는 것처럼 딱
딱한 고체로 분리되어 있지 않다. 인간이 기본적인 생존을 위해 숨
을 들이쉬고 내쉬고 음식물을 먹고 배설하는 것만 보아도 우리는 환
경과 분리되지 않고 끊임없이 상호작용하는 열린 시스템의 일부이
다. 모든 존재들은 전체 시스템 안에서 상호작용하며 각자의 균형을
잡아 간다.

《새로운 과학과 문명의 전환(The Turning Point)》은 미국에서 1982년에
처음 출간되었다. 한국어 번역본은 1985년에 구윤서, 이성범 번역으로
범양사에서 나왔고 2003년에 개정판이 출간되었다.

프리초프 카프라 Fritjof Capra

오스트리아 출신의 물리학자. 철학과 물리학을 종합하는 데 앞장서 '신과학 운동'
의 기수로 불린다. 1939년에 태어나 빈 대학에서 이론물리학으로 박사 학위를 받
았다. 유럽과 미국의 여러 대학과 연구소에서 근무하며 소립자 물리학을 연구하고
가르쳐 왔다. 지속 가능한 삶을 추구하는 미국 캘리포니아 주 버클리의 비영리 단
체 생태 읽기 센터(Center for Ecoliteracy, CEL)를 창립했고, 현재 영국의 생태 교육
공동체인 슈마허 대학 교수로 있다.
한국에 나온 다른 저서로《현대 물리학과 동양사상》,《생명의 그물》,《신과학과 영
성의 시대》,《다빈치처럼 과학하라》등이 있다.

요즘엔 고양이를 기르는 집도 많고 길고양이도 흔하게 볼 수 있지만 10년 전만 해도 그렇지 않았다. 가까이해본 일도 없고 눈매도 매서워 고양이는 내게 썩 호감 가는 동물이 아니었다. 그런데 어느 날 보니 내가 살던 집 뒤의 축대 한구석에 고양이가 새끼를 낳아 기르고 있었다. 집의 외벽과 거의 붙어 있는 축대는 꽤 높아서 사람이 들어갈 수 없는 안전한 곳이었다. 가끔 베란다의 반투명 유리창에 고양이들의 모습이 어른댔다.

　어미 고양이와 새끼 고양이들은 거의 한 덩어리로 뒤엉켜 잠을 자는 듯했다. 날이 밝으면 어미 고양이는 어디를 갔는지 보이지 않고 새끼 몇 미리만 옹기종기 있는 모습이 비쳤다. 신기하게도 새끼 고양이들은 어미가 돌아올 때까지 울음소리도 안 내고 돌아다니는 법도 없이 한데 모여 꼼지락대기만 했다. 더욱 기이한 일은 어두운 축대 밑인데도 그들의 자리가 유독 환하게 빛나는 것이었다. 처음에는 햇살이 그 부분에만 비치는가 싶었다. 그런데 구름 낀 한낮이든 오후든 새끼 고양이들이 있는 자리는 변함없이 환했다.

　나중에 동생이 제왕절개로 아들을 낳을 때 유사한 광경을 보고 나서야 고양이들의 그 빛이 이해가 갔다. 당시 동생은 전신 마취에서 깨어나지 못해 나와 제부가 온몸을 두세 시간 동안 마사지해주었는데,

그때 동생 몸 언저리에서 미세하지만 밝은 빛이 파동 치며 나오는 것을 보았다. 그 광경을 보면서 새 생명이 태어나는 일에는 빛이 연결됨을, 출산이란 어머니가 자녀를 낳는 것 이상으로 더 높은 차원이 관여된 일이라는 것을 직감했다.

고양이들과 조금씩 가까워지는 느낌이 들 즈음, 이미 고양이가 밤에도 낮에도 보이지 않았다. 며칠 지나도 돌아오지 않자 나는 어린 새끼들을 어떻게 도와줘야 할지 몰라 걱정이 되었다. 마냥 굶게 놔둘 수는 없어 조심스럽게 새끼들 근처에 우유와 밥을 놓아두기 시작했다. 그렇게 어설프게 돌본 지 얼마 지나지 않아 새끼 고양이들도 떠나갔다.

나는 가슴에서 우러난 진심으로 그 어린 고양이들이 다치지 않기를, 아프지 않기를, 두려움에 사로잡히지 않고 생의 순간순간을 누리기를 기도했다. 그 일은 나와 관계없다고 느꼈던 동물 하나를 생명의 형제로 받아들이는 계기가 되었다. 그 후 다른 동물이나 벌레에 대한 태도도 달라졌다. 예전에는 방 청소를 하다가 쥐며느리나 노린재를 보면 "저 벌레!" 하며 기겁해서 쫓아버렸는데, 이제는 징그럽다는 생각 없이 바라보며 벌레가 가던 길을 가도록 기다려줄 수 있게 됐다.

이런 일이 개별적이고 미시적 차원에서 생명이 하나라는 연결성을 경험한 것이라면, 프리초프 카프라의 《새로운 과학과 문명의 전환》은 거시적인 차원에서 전체 생명이 하나라는 패러다임을 보여준다. 프리초프 카프라는 오스트리아 출신 이론물리학자로서 미국 캘리포니아에서 활동하며 여러 권의 신과학(new science, 종래의 자연과학에 대한 사고방식을 근본적으로 반성하고 새로운 과학적 사고방식을 모색하는 개혁운동) 명저들을 출간했다. 그의 대표적인 저서는 《현대물리학과 동양사상》이며, 이밖에도 《신과학과 영성의 시대》, 《생명의 그물》, 《히든 커넥션》, 《다빈치처럼 과학하라》 등 여러 권이 우리말로 번역되었다.

카프라는 《새로운 과학과 문명의 전환》에서 이론물리학자로서 고전물리학의 패러다임을 완전히 바꿔버린 양자물리학의 새로운 실재관을 전파했을 뿐 아니라, 노장 사상을 포괄하는 중국 철학, 힌두교와 불교 등을 연구하고 명상 수련을 한 사람으로서 그 자신의 경험과 사상을 책에 함께 녹여냈다. 그가 바닷가에서 명상 수련을 하다가 전체가 하나의 흐름으로 녹아드는 체험을 한 일화는 널리 알려져 있다. 1969년 여름 그는 바닷가에 앉아 밀려오는 파도를 바라보며 그것이 바다의 숨결 같다고 느꼈다. 밀려오고 밀려가는 바다의 숨결을 느끼는 동안 자신의 숨결도 그 리듬 안에 통합되는 체험을 했다. 그 순간 분리된 것은 아무것도 없고 온 우주가 하나의 거대한 춤이라는 것을 깨달았다.

이 책의 기본 명제는 "모든 것은 하나의 동일한 위기가 각각 달리 나타나는 것이며, 이 위기는 본질적으로 인식의 위기"라는 것이다. 즉, 오늘날 개인, 사회, 자연 환경에 나타나는 서로 다른 위기의 징후들은 사실 하나의 동일한 위기에서 비롯된 것이며, 그 위기의 근원은 바로 잘못된 세계관이다. 카프라는 위기의 근원인 데카르트의 기계론적 세계관에서 벗어나 전일적이고 시스템적인 세계관으로 옮겨 가야 할 필요성을 역설한다.

카프라는 잘못된 세계관으로부터 '시스템적, 유기체적 세계관'으로 패러다임의 전환을 논의하기 위해 물리학만이 아니라 생물학, 의학, 심리학, 경제학 등의 방대한 최신 연구와 논의를 이 책 안에 펼쳐놓는다. 총 4부 가운데 1부에서는 이 책의 주제인 패러다임 전환을 문명사적 맥락에서 개관한다. 2부에서는 데카르트적 세계관이 발전해 온 역사와 그것이 과학적 사고방식에 끼친 영향을 다룬 후, 이에 대비하여 시간, 공간, 물질, 객체라는 관념을 뒤흔들어버린 양자물리학의 실재관을 보여준다. 3부에서는 특히 데카르트적 세계관과 그 근저에 있는 가치 체계의 한계성이 개인과 사회 전반에 얼마나 심대한 위기를 가져왔는지 낱낱이 분석한다. 4부에서는 전체를 하나의 시스템 혹은 유기체로 보는 세계관을 가질 때 건강에 대한 의료적 관점도 바뀔 수 있고, 심리치료에서도 서양과 동양의 다양한 기법이 통합될 수 있으며, 생태적이고 여성적인 관점으로 자연환경과의 관계나 태양 에너지에 대한 접근이 바뀔 수 있다는 인식을 보여준다.

이 책은 무엇보다도 자연과학 지식의 보고(寶庫)에 접하는 즐거움을 준다. 카프라가 전문적인 과학 지식이 없는 일반 대중을 염두에 두고 쓴 덕분에, 나 같은 문외한도 자연과학 분야 주요 이론의 핵심 개념들과 그것의 발전 과정을 일목요연하게 이해할 수 있었다.

게다가 이 책은 두 가지 측면에서 내 인식을 밀어올리는 지렛대가 되어주었다. 첫째로 그때까지 내 사유 방식의 뼈대와도 같아 좀처럼 바꾸기 힘들었던 근대적 합리주의 세계관이 얼마나 협소하고 볼품없는 것인지를 분명하게 인식하게 만들었다.

둘째로 당시에 홀리스틱 교육(holistic education, 인간의 전일성에 주목하여 지성만이 아니라 신체, 감성, 영성까지를 교육에서 포괄하고자 하는 논의) 이론을 접하며 막연하게 관심이 생겼던 전일적 관점과 시스템 이론의 핵심을 확실히 이해하게 되었다. 이러한 인식의 변화를 통해 외관상으로는 분리되고 고정된 실체로 보이는 개별 존재들을 상위 시스템의 흐름과 역동 안에서 함께 움직이는 잠정적인 그 어떤 것, 바다에서 잠시 떠오른 파도와 같은 것으로 볼 수 있는 확장된 시각을 얻었다.

카프라는 근대 학문의 기초가 된 합리적이고 이성 중심적인 세계관이 기계적 세계관이라고 지적하며 이렇게 말한다.

> 우리 문화에서 합리적 사상에 대한 강조는 데카르트의 유명한 "Cogito ergo sum(나는 생각한다. 그러므로 나는 존재한다.)"이라는 말 속에 요약되어 있으며, 이런 사고방식은 서구 사람들로 하여금 자신을 전체적 조직체라기보다는 합리적 마음이라고 생각하도록 강권했다. 정신과 육체가 분리되면서 그 영향이 우리 문화 전체를 통해 나타난은 우리는 알 수 있으리라. 정신 속으로 후퇴함으로써 우리는 우리의 육체로 '생각'하는 일과 육체를 지적 수단으로 사용하는 일을 잊어버리게 된 것이다. 그렇게 함으로써 우리는 또한 우리 자신을 자연환경으로부터 격리했으며, 자연의 수많은 살아 있는 조직체들과 사귀고 협동하는 방법을 잊어버린 것이다.
>
> 정신과 물질의 분리는 우주를 분리된 객체들로 구성된 기계 조직이라고 보고, 분리된 객체는 다시 기본적인 구성체로 환원되며, 이들 구성체의 성질과 상호 작용이 모든 자연 현상을 완전히 결정한다는 우

주관을 유도했다. 이 데카르트적 자연관은 나아가 생물에게까지 연장되어 생물 역시 분리된 부품으로 구성된 기계로 간주하기에 이르렀다. 이러한 기계론적 세계관이 아직도 과학의 기반으로 여겨지고 있으며 인간 생활의 여러 측면에 영향을 주고 있음을 우리는 알게 될 것이다. 이것이 잘 알려진 전문 분야의 분화와 정부 조직의 단편화를 가져왔으며, 자연환경을 마치 분리된 부품으로 구성된 것처럼 취급하여 다양한 이익 집단이 이것을 이용할 수 있게 하는 구실을 준 것이다.

이러한 데카르트의 기계론적 관점에 뉴턴의 역학이 결합함으로써 지난 300여 년간 기계론적 세계관이 지배적인 패러다임이 될 수 있었다. 뉴턴에게 공간은 기하학적 3차원 공간이며, 시간은 과거에서 현재, 미래로 선형적으로 흘러가는 시간이었다. 그 구조 속에서 물질의 최소 단위인 입자가 중력에 의해 운동을 하는 것이 뉴턴의 물리적 세계였다. 이러한 세계는 불변의 법칙에 지배되어 기계처럼 작동하므로, 정신과 분리되어 조작과 변형이 가능한 대상으로 다룰 수 있는 것이다.

카프라는 이러한 기계론적 세계관이 다른 학문과 사회 영역에 얼마나 광범위한 영향을 끼쳤는지 분야별로 세세하게 검토한다. 의학에서는 기계론적 인체관이 지배적인 관점이 되어 질병은 기계적 고장으로, 치료는 기술적 조작으로 환원되는 공학적 접근법을 조장했다. 이런 의학에서 의사는 환자가 아닌 증상에 초점을 맞추고 그 증상에 해당하는 치료법을 제시하는 전문가일 뿐이다. 심리학에서도 인간 유기체를 외부 자극에 반응하는 복잡한 기계로 보고 일정한 행동이라는 반응을 얻기 위해 자극을 조절하는 데 몰두하는 행동주의, 곧 '영혼 없는 심리학'이 대두되었다.

경제학 영역도 다르지 않았다. 애덤 스미스의 고전경제학이건, 마르크스주의건, 케인스 모델이건 "오늘날 경제학의 가장 뚜렷한 특징은 성장에 대한 강박관념"이며, 이러한 지속적인 경제 성장 추구는 근대적 세계관이 반영된 것이다. 카프라는 이와 같이 기계적 세계관이 현대 사회의 각 분야에서 지배적인 위치를 차지하면서 인간의 육체적·정신적 건강은 물론 생태계 전반이 위험에 처하는 소위 '성장의 암흑면'에 접어들었다고 본다.

이러한 위기는 부분적인 해법으로 감당할 수 없으며 전체가 새로운 실재관으로 패러다임을 전환해야 극복할 수 있다. 카프라는 이를 '시스템적 견해'라고 요약한다.

시스템적 견해는 세계를 관계와 통합의 견지에서 보는 것이다. 시스템이라는 것은 통합된 전체이며, 그 성질은 작은 단위의 성질로 환원될 수가 없는 것이다. 시스템적 접근은 기본적인 구성체나 구성 요소를 집중적으로 다루는 대신 조직체의 기본 원리를 강조하는 것이다. 시스템의 예는 자연 속에 많이 있다. 박테리아에서 광범위한 식물과 동물을 거쳐 인간에 이르기까지 모든 유기체는 그 하나하나가 통합된 전체이며, 그래서 살아 있는 시스템들인 것이다. 세포는 살아 있는 시스템이며, 육체의 여러 가지 조직과 기관도 그러하고, 가장 복잡한 예로 인간의 두뇌도 그러하다. 그러나 시스템은 개별적인 유기체나 부분에만 국한되는 것은 아니다. 개미탑, 벌집, 또는 인간의 가족과 같은 사회 제도, 그리고 다양한 유기체와 무생물로 이루어져 상호 작용하는 생태계에도 그와 동일한 전체성이 표현되는 것이다. 야생 지역에 보존되어 있는 것은 개개의 나무나 유기체가 아니라 그들 사이의 복잡한 관계의 그물인 것이다.

이처럼 각 수준별로 모든 부분이 연결되어 있으며 각 부분은 고정된 실체가 아니라 유연하게 끊임없이 서로 상호작용하며 전체의 균형을 유지해 나간다는 것이 시스템적 세계관이다. 이 세계관으로 인식의 전환이 이루어져야 우리는 생태계 전체에 관한 이해를 바탕으로 해서 인간의 삶을 위치 지을 수 있고, 하나의 사회 생태계를 함께 만들어 가는 사회 구성원이나 집단으로서 상호작용할 수 있다. 또한 지구 전체의 생물권이라는 시스템이 건강하게 작동하는 것과 인간 생존의 보장을 연관 지어서 볼 수 있게 된다.

시스템적 세계관으로 전환하면 의학이나 심리학, 경제와 에너지 문제도 다른 차원에서 다루게 된다. 의학에서는 질병을 부조화와 불균형을 유발하는 형태적 원인에 기인하는 것으로 보게 된다. 그러면 아픈 사람의 심신이 역동적 평형을 찾는 데 주안점을 두는 접근이 가능하다. 또한 새로운 심리학에서는 "인간 유기체를 상호 의존적인 육체와 심리 형태를 내포하는 하나의 통합된 전체"로 봄으로써, 켄 윌버나 스타니슬라프 그로프가 접근한 초개인 의식이나 무의식까지 포괄적으로 다룰 가능성이 열린다.

카프라는 새로운 패러다임에 의한 경제 및 에너지에 대한 인식 전환도 매우 중시한다. 기존 경제학은 화폐 가치로만 측정되는 일면적 성장 논리와 이윤 추구로 불평형 상태를 가속화해 왔다. 이제 슈마허가 말했듯이 "유기적이고 온화하며 비폭력적이고 우아하고 그리고 아름다운 것을 지향하는 과학과 기술의 새로운 방향"으로 재조정이 필요하다. 이를 위해서는 분산적이고 작은 규모의 경제 시스템이 필요하다. 아울러 카프라가 '태양 시대(Solar Age)'라고 낙관적으로 명명한 것처럼, 태양 에너지로의 전환도 필요하다.

카프라가 반복해서 말하는 '역동적인 평형(dynamic balance) 상태'가 내게는 시스템적 패러다임을 가장 근사하게 요약한 말로 들린다. 세상에 존재하는 것들은 기계론적 세계관에서 상상하는 것처럼 딱딱한 고체로 분리되어 있지 않다. 인간이 기본적인 생존을 위해 숨을 들이쉬고 내쉬고 음식물을 먹고 배설하는 것만 보아도 우리는 환경과 분리되지 않고 끊임없이 상호작용하는 열린 시스템의 일부이다. 모든 존재들은 전체 시스템 안에서 상호작용하며 각자의 균형을 잡아 간다.

부단히 역동하는 상태에 있는 시스템에서는 가가의 요소보다 관계와 상호작용이 중요하다. 카프라는 시스템의 유기체적 특성을 "기계는 만들어지고 유기체는 자란다."라는 말로 압축한다. 기계는 구조에 의해 활동이 결정되지만, 유기체는 상호작용하는 과정에서 구조가 결정된다. 이로 인해 유기체는 융통성과 유연성을 발휘한다.

살아 있는 유기체는 구성 요소들을 계속 새롭게 바꾸는 자기 갱신과, 기존의 상태를 넘어서 진화해 가는 자기 초월이라는 일견 모순되어 보이는 역동성을 갖는다. 이런 역동성은 또한 일정한 리듬을 갖는 진동 패턴으로도 이해된다. 그러므로 전체 시스템은 "지속적인 무도

(舞蹈)와 진동 운동을 하고 있다."고 카프라는 말한다. 카프라 자신이 바닷가에서 빠져든 경험이 바로 춤과 같은 그런 진동이었다.

시스템적 세계관으로 보면 나와 그 고양이들은 동네라는 시스템 안에서, 생물이라는 시스템 안에서 분리되지 않고 상호작용한다. 더 근본적으로 보면 독립된 실체라고는 없는 우주의 진동 안에서 특정한 진동 패턴으로 함께 춤추는 생명 현상들이다. 그와 같이 전체가 하나로 진동하는 자리를 체득하는 일은 명상이나 마음공부를 실천해야 가능하다. 그런 의미에서 카프라가 이 책에서 제시하는 신과학적 설명은 달이 아니라 달을 가리키는 손가락일 뿐이다. 그래도 근대 합리주의의 기계론적 세계관에 길들여진 나 같은 사람들의 무지를 깨뜨리는 데 그 손가락은 매우 유용하다.

홀로그램 직물로 짜인 우주

마이클 탤보트, 《홀로그램 우주》

인간의 눈으로 보는 세상은 우주를 보는 다양한 시각적 버전 가운데 하나일 수 있겠다는 생각이 들었다. 그렇게 생각하니 세상은 거대한 실체이고 나 자신은 거기에 맞서는 미미한 개인이라고 여기던 이원적 대립 구도에서 벗어날 수 있었다. 나와 세상이 분리되어 있는 것처럼 보이는 것은 환영이고 모든 것은 파동 치는 가운데 전체와 연결되어 있다고 보게 되니, 주관성에도 가치를 부여할 수 있었다.

《홀로그램 우주(The Holographic Universe)》는 미국에서 1991년에
처음 출간되었다. 한국어 번역본은 1999년에 이균형 번역으로
정신세계사에서 나왔다.

마이클 탤보트 Michael Talbot

1953년에 미국에서 태어나 소설가이자 기자로 활동했다. 영성과 과학의 관계에
관심을 품게 되면서 양자물리학, 종교, 신비 현상 등을 연구하기 시작했다. 대표적
인 저서《홀로그램 우주》는 양자물리학자 데이비드 봄과 신경생리학자 칼 프리브
램의 '홀로그램 우주론'을 바탕으로 삼아 다양한 신비 현상을 과학적으로 설명한
책이다. 1992년 서른여덟의 나이에 백혈병으로 세상을 떠났다.

마음공부를 하는 과정에서 예전과는 다른 경험들을 하게 된다. 위빠사나를 수련한 지 1~2년 정도 되던 초기에 나는 빛에 대한 감각이 달라지는 경험을 했다. 하루는 저녁 늦게 명상을 마치고 집으로 돌아가는데, 주변 불빛들이 평상시보다 서너 배는 밝게 느껴졌다. 희뿌옇던 가로등에서도 생생하게 빛살이 뻗쳐 나왔고, 동네 골목에서 마주친 자동차 헤드라이트에서는 눈부신 빛살들이 골목길을 가득 채울 정도로 뻗쳐 나왔다. 다음 순간 "아!"하는 탄성이 일었다.

그때까지 내가 배워 알고 있던 빛의 성질은 직진과 굴절이었다. 빛은 방해물을 만나면 굴절하며, 그전까지는 곧게 뻗는 성질이 있다고 배웠다. 그런데 10여 미터 전방의 자동차에서 나오는 빛살들은 내 쪽으로 휘어져 들어오고 있었다. 특히 위와 아래로 유난히 밝고 긴 두 가닥의 빛살이 뻗어 나와 위의 빛줄기는 내 머리 쪽으로, 아래의 빛줄기는 가슴께로 휘어지며 다가왔다. 이전에는 본 적이 없는 광경이라 의아해서 몸을 이리저리 움직여보았지만 두 빛줄기는 내 몸의 같은 지점을 향해 따라왔다. 자동차 불빛보다 약한 가로등 불빛 역시 그랬다.

빛이 휘어지며 나에게 다가오는 것은 근대 과학이 알려준 빛의 성질로는 이해할 수 없는 현상이었다. 관찰자의 참여에 의해 관찰 대상이 변한다는 양자물리학적 관점이라야 설명이 가능한 일이었다. 어쩌면 세상과 내가 연결된 방식도 이 광경과 비슷할지 모른다는 생각이 들었다. 세상은 그저 보이는 대상으로서 나와 동떨어진 채 존재하는 것이 아니라, 불빛이 나를 향해 휘어져 오듯이 보는 자인 나에 의해 영향을 받으며 끌어당겨지는 것처럼 보였다. 많은 가르침들이 세상은 자신 안에 있다거나, 세상과 나는 별개가 아니라 상호 형성하는 관계 속에 있다고 한 뜻을 실감한 경험이었다.

빛에 대한 감각이 예민해지고 나서는 나무나 활짝 핀 꽃에서도 생생한 생명력이 투명한 빛처럼 감지될 때가 있다. 명상이나 수련을 오래 한 사람들 가운데는 빛에 대한 감각보다 기감(氣感, 기의 감각)이나 육감이 남다르게 발달하는 사람들도 있다고 들었다. 페테르 에르베는 매우 높은 의식 수준에 오른 인간은 무려 52가지 감각을 계발할 수 있다고 말했다. 슈타이너의 인지학 이론에서는 모든 어린이가 12가지 감각을 통합적으로 발달시킬 수 있으며 여기에는 오감 외에 생명감각, 운동감각, 균형감각, 열감각, 언어감각, 사고감각, 자아감각 등도 포괄된다고 한다. 이렇듯 개발할 수 있는 다양한 감각이 누구에게나 잠재해 있다.

그런데도 인간의 감각은 오감뿐이며 그밖의 감각들은 어쩌다 나타나는 예외적인 현상이라고 보거나 증명되기 전까지는 비과학적인 것이라고 일축해버리는 경향이 있다. 학교 교육과 학문적인 훈련을 오래 받은 사람일수록 가시적이고 물질적인 수준에서 경험되지 않는 것은 배제하려 든다. 이 또한 다양한 현상이나 경험에서 얻을 수 있는 광범위한 통찰을 제한하는 근대 과학의 한계에서 기인한다.

마이클 탤보트의《홀로그램 우주》는 이런 한계를 뛰어넘는다. 과학적 실험과 연구 결과들을 최대한 활용하여 우주가 객관적이고 질서정연한 법칙에 따라 움직이는 물체들의 세계가 아니라, 실체가 잡히지 않는 홀로그램으로 파동 치는 세계임을 드러낸다. 마이클 탤보트 자신이 어려서부터 신기한 초상현상((超常現象, 염력, 초능력과 같은 심령현상 가운데 실험이 가능한 현상들)을 많이 겪은 사람으로서 이를 과학적으로 설명하려고 노력하는 가운데 여러 가지 신비 현상을 새로운 과학 이론과 우주관으로 풀어냈다.

지금도 대중적으로 알려지지는 않은 홀로그램 이론은 이 책이 국내에서 발간된 1999년 당시에는 더욱 생소한 이론이었다. 이 책은 양자물리학자 데이비드 봄과 신경생리학자 칼 프리브램의 연구를 기초로 하여 일반 대중도 홀로그램 이론을 이해할 수 있도록 쉽게 소개한다. 이 올리 그동인 생리학, 심리학, 인체의학, 정신의학 능의 다양한 실험과 연구가 다루었던 초상현상을 홀로그램 이론으로 설명한다. 책 속에는 가톨릭 사제나 신도들이 경험했던 기적적인 현상들을 비롯해 염력, 텔레파시, 물질화 현상, 원격투시, 전생 체험, 임사체험 같은 초상현상의 다양하고 흥미로운 사례들이 가득하다.

염력이나 원격투시처럼 기인 수준의 특이한 능력까지 홀로그램 이론으로 설명해내려는 탓에 독자에 따라서는 이 책의 신빙성에 의심을 품을 수도 있다. 하지만 책에 나오는 사례들만으로도 기존의 과학이 인간과 자연의 여러 현상을 모두 담아내기에는 허술한 구멍이 많을 뿐만 아니라 너무 작은 그릇임을 알게 된다. 또한 이 책은 우주가 차가운 별들이 떠다니는 공허한 공간이 아니라 우리와 연결되어 함께 흘러가는 부드럽고 친밀한 존재라는 것도 보여준다.

이 책은 총 3부로 이루어져 있다. 1부에서는 데이비드 봄과 칼 프리브램의 연구를 중심으로 삼아 홀로그램 이론의 핵심을 밝히고 이것을 우주론으로 확대한다. 2부에서는 홀로그램 이론에 기반을 둔 연구들을 통해 기존의 과학이 설명하지 못했던 마음과 신체의 특이 현상들을 밝혀낸다. 3부에서는 홀로그램 이론으로 시간의 비선형성과 초공간성을 설명하면서 시간이 과거–현재–미래로 단선적으로 흐르지 않으며 공간도 견고한 입체가 아님을 일러준다.

우선 1부에서 홀로그램 이론의 출발점이 된 홀로그램 사진술부터 이해해야 뒤에 나오는 우주론이나 인간의 신체와 마음에 관한 새로운 과학적 관점을 따라갈 수 있다. 홀로그램은 하나의 레이저 광선을 두 갈래로 나누어 만든다. 첫 번째 광선은 피사체에 반사시키고 두 번째 광선은 피사체에서 반사된 광선에 부딪치게 하여, 이 둘이 서로 만들어 낸 간섭 무늬를 필름 위에 기록한다. 여기에 다른 레이저 광선을 통과시키면 허공에 환영(幻影) 같은 생생한 3차원 입체 영상이 나타나는데 이것이 홀로그램 사진이다. 놀라운 사실은 이 사진의 필름에서 잘라낸 작은 조각 하나로도 원래 피사체의 전체상을 재현할 수 있다는 점이다.

프리브램은 이 원리를 두뇌에 적용하여 기억이란 뇌세포의 특정 부분의 작용이 아니라 뇌세포들을 연결하는 파동적 성질, 즉 홀로그램 방식으로 이루어진다고 밝혔다. 홀로그램 모델은 두뇌를 설명하는 데

국한되지 않고 우리가 사는 세상 역시 홀로그램으로 존재할 가능성을 보여준다. 마이클 탤보트는 "현실은 마야, 곧 환영이며 외부에 있는 세계는 사실 공명하는 파동 형태들의 거대한 교향곡이고, 오직 우리 감각 속으로 들어온 이후에야 우리가 알고 있는 그런 세계로 변환되는 하나의 주파수 대역"일 수도 있다고 말한다. 데이비드 봄은 홀로그램 이론을 우주론으로 확장했다.

　봄의 가장 놀라운 주장 중의 하나는, 우리 일상 속의 감각적인 현실이 사실은 마치 홀로그램과도 같은 일종의 환영이라는 주장이다. 그 이면에는 존재의 더 깊은 차원, 즉 광대하고 더 본질적인 차원의 현실이 존재하여, 마치 홀로그램 필름이 홀로그램 입체상을 탄생시키듯 그것이 모든 사물과 물리적 세계의 모습을 만들어낸다는 것이다. 봄은 이 실재의 더 깊은 차원을 '감추어진' 질서라 하고, 우리의 존재 차원을 '드러난' 질서라고 부른다.

봄은 우주의 만물이 감추어진 질서에 의해 이음새 없는 홀로그램 직물로 짜여 있다고 본다. 우주를 '부분'들의 조합으로 보고 각 부분에 이름을 붙여 구별하는 것은 인간이 만들어낸 인습적이고 임의적인 방식일 뿐이라는 것이다. 봄은 샘물에서 솟아나는 물줄기를 샘물에서 분리된 것으로 본다면 터무니없는 일이 아니냐고 한다. 그의 비유는 인도의 성자 카비르의 시를 연상시킨다. 카비르는 "나는 물과/ 그 물결의/ 차이점을 생각하고 있어./ 솟구치더라도, 물은 여전히 물이고,/ 낮아지더라도, 역시 물일 뿐이야./ 어찌해야 그 둘을 갈라놓을 수 있는지 알려주오."라고 노래했다.

사람들은 물이니 물결이니 물방울이니 이름을 붙여 구별해 왔지만, 이는 물의 실체와는 전혀 상관없이 인간적 필요에 따른 일이다. 형형 색색의 실로 짜인 벽걸이 장식 태피스트리에는 아름다운 나무와 꽃, 동물들이 나타나지만 그것은 실체가 아니다. 태피스트리의 실체는 색 실로 짜인 직물일 뿐이며, 실의 색깔과 형태에 따라 꽃이나 동물 같은 문양이 표현되는 것이다.

이 책을 처음 읽을 때만 해도 홀로그램 이론은 무척 어려웠다. 그렇 지만 외부 세계가 고체여서가 아니라 고체로 인식하게 되어 있는 사 람의 지각 방식 때문에 딱딱하게 보인다는 점은 수긍이 갔다. 그렇다 면 인간의 눈으로 보는 세상은 우주를 보는 다양한 시각적 버전 가 운데 하나일 수 있겠다는 생각이 들었다.

그렇게 생각하니 세상은 거대한 실체이고 나 자신은 거기에 맞서는 미미한 개인이라고 여기던 이원적 대립 구도에서 벗어날 수 있었다. 나 와 세상이 분리되어 있는 것처럼 보이는 것은 환영이고 모든 것은 파 동 치는 가운데 전체와 연결되어 있다고 보게 되니, 주관성에도 가치 를 부여할 수 있었다. 봄이 말하듯 "우주에서는 모든 개체 의식이 서 로 연결되어 있고, 인류의 의식은 깊은 차원에서 하나"이므로, 외부 세 계를 바꾸기 위한 행위보다 마음공부로 존재의 본질에 다가가는 일이 더 중요할 수도 있다는 생각이 들었다.

지금까지 거대한 이론을 주로 소개했지만 이 책에는 신비 현상에 흥미를 느끼는 사람들이 솔깃해할 이야기들도 많이 들어 있다. 특히 초개인심리학의 원조격인 스타니슬라프 그로프가 환자들의 정신 치료를 위해 시도했던 환각제 LSD 투여 실험은 매우 이채롭다. 환자들에게 3천 회 이상, 의사, 간호사 등 동료들에게도 2천 회 이상 LSD를 투여한 실험에서 환자든 아니든 모든 실험 대상자가 엄청난 의식의 확장을 경험했다고 한다. 그들이 엄마 자궁 속에 있을 때의 기억은 물론이고, 다른 생명체나 무생물, 조상들, 인종 등의 집단적 기억, 지구의식, 우주의식, 심지어는 인간이 아닌 영적인 존재들까지 조우하는 무한한 의식의 확장을 경험한 이야기가 풍부하게 펼쳐진다.

그런가 하면 '오라'라고 하는 인체 에너지장(場)을 읽을 줄 아는 NASA 출신 과학자 바버라 브래넌의 일화나, 저자 마이클 탤보트와 상담한 인체 에너지장 상담가 캐럴 드라이어의 일화에서는 몸이나 에너지 영역에서도 개인의 모든 정보가 홀로그램으로 떠 있을 가능성이 드러난다.

3부 '시간과 공간'에서는 구체적인 사례들을 통해 기존의 시공간에 대한 관념을 해체한다. 여러 지혜서에서 시간이 과거-현재-미래로 단선적으로 흐르지 않는다고 배웠지만 나는 여전히 그것을 추상적으로만 이해하고 있었다. 그런데 여기에 제시된 사례들, 보지 못한 과거를 읽어내는 역행인지(逆行認知)나, 아직 오지 않은 미래를 알아맞히는 원격투시 사례들을 보면 모든 시간이 현재에 포괄됨을 사실로 받아들일 수밖에 없다.

역행인지를 하는 네덜란드의 게라르트 크로이제트는 아무리 작은 뼛조각이라도 그것의 과거 내력을 정확히 읽었으며, 뛰어난 투시가였던 스테판 오소비키는 기원전 1만 5천 년경의 석기를 만지면서 그 시대 여인들의 헤어스타일까지 볼 수 있었다고 한다. "과거는 일종의 감추어진 질서로서 현재 속에 살아 있다."는 봄의 말을 입증하는 일화들이다. 미래를 내다보는 예지적 원격투시력을 지닌 심령가인 가렛은 '투시의 차원에서 시간이란 분할될 수 없는 일체'라고도 했다. 이런 사례들을 접하니 길게 늘어져 보였던 시간의 선이 '현재'라는 하나의 입체적인 점으로 응축되는 듯했고, 삶에서 지금-여기 외에 따로 구할 것이 없다는 것이 분명해졌다.

공간 역시 홀로그램 이론에서는 3차원이라는 의미를 잃어버린다고 마이클 탤보트는 말한다.

홀로그램 우주에서는 위치라는 것 자체가 하나의 환영이라는 사실을 명심하라. 사과의 이미지가 홀로그램 필름 위에서는 어떤 특정한 위치도 갖고 있지 않은 것과 마찬가지로 홀로그램 방식으로 조직된 우주에서는 사물 역시 특정한 위치를 가지고 있지 않다. 의식을 포함하여 모든 것이 궁극적으로는 초공간적이다. 그러므로 우리의 의식이 머릿속에 위치하고 있는 것 같아도 어떤 조건에서는 아무 어려움 없이 방안의 천장 한구석에 떠 있거나, 잔디밭 위를 떠다니거나, 혹은 건물 3층의 창턱에 놓인 테니스화의 신발끈에 코를 갖다대고 있을 수도 있는 것이다.

우주가 홀로그램처럼 파동 치는 하나의 실재라면 공간은 환영이고 거기에는 특정한 위치가 없는 게 맞다. 예를 들어보면 우리는 꿈에서 어디를 가거나 집에서 무엇을 하는 등 공간에서 움직인다. 하지만 깨고 나면 꿈속의 그런 공간들은 실제가 아니고 의식이 만들어낸 이미지였음을 안다. 그런데 사람들은 꿈속의 공간은 잠에서 깨면 사라지므로 실재하지 않는다고 이해하면서도 현실의 공간은 오늘도 내일도 똑같이 지속되므로 환영으로 인식하지 못하고 실체라고 생각한다. 사람들이 몸이라는 공간에 개별적 존재라는 실체성을 부여하는 탓에 에고 의식을 넘어서기 어렵듯이, 공간도 물리적으로 지속되는 것처럼 느끼기에 이를 환영으로 인식하기가 좀처럼 쉽지 않다.

그래도 바른 인식에 도달할 수 있는 길은 있다고 모든 영적 전통은 가르쳤다. 페르시아의 수피들은 "명상을 통해 깊은 무의식으로 내려가면 처음에는 외부에 있고 눈에 보이던 것이 모든 것을 감싸고 포함하고 있는 어떤 것으로 변하는 내부 세계에 도달하게 된다."고 했다.

자신의 내부 세계로 내려가야 이 환영과도 같은 시공간을 넘어선다는 것은 또 하나의 역설이다. 시공간을 벗어나서 모든 것을 포함하며 전체가 하나인 상태를 체득하는 일은 각자에게 달린 여정이므로 누구도 장담할 수 없다. 하지만 《홀로그램 우주》에 등장하는 많은 심령현상의 주인공들이 거기에 가까이 다가갔다는 점에서 절반의 위안과 절반의 자신감을 얻을 수는 있다.

'나'라는 경계 밖으로
걸어 나오기

켄 윌버, 《무경계》

켄 윌버는 '자기'와 '비자기'로 안과 밖을 나누게 되는 최초의 출발점, 근원적 경계는 우리 몸의 피부 경계선이라고 한다. …… 우리는 피부 안쪽에 있는 것은 나이며 내 것이고, 그 바깥쪽에 있는 것은 나를 둘러싼 환경, 혹은 세계라고 자연스럽게 구분한다. 그러면서 바깥 세상으로부터 '나'라는 경계의 안쪽을 안전하게 지키려고 노력하지만, 켄 윌버는 경계 짓기 자체가 이미 전쟁의 시작을 의미한다고 말한다.

《무경계(No Boundary)》는 미국에서 1979년에 처음 출간되었다.
한국어 번역본은 2005년에 김철수 번역으로 무우수에서 나왔다.

켄 윌버 Ken Wilber

생태학, 철학, 심리학, 종교학 등 다양한 학문을 집대성한 독보적 사상을 펼치고 있는 학자. 1949년 미국에서 태어나 듀크 대학에서 의학을 공부하다가 노자의 《도덕경》을 비롯한 동양 사상에 큰 감화를 받았다. 이후 네브래스카 대학으로 옮겨 생화학 석사와 박사 과정을 밟으면서 영적 수행을 계속했다.

23살에 출간한 첫 책 《의식의 스펙트럼》에서 동서양의 심리학을 통합하는 독창적인 사상을 확립했다. 1998년에 통합 연구소(Integral Institute)를 설립하여 통합 심리학, 통합 정치학, 통합 의학, 통합 교육학 등 다양한 분야의 학자들과 함께 연구 활동을 하고 있다.

한국에 소개된 다른 저서로 《에덴을 넘어》, 《감각과 영혼의 만남》, 《모든 것의 역사》, 《의식의 스펙트럼》, 《세상에서 가장 아름다운 용기》 등이 있다.

활동가로 일하던 30대 중반까지 나는 체력이 달려서인지 곧잘 아
팠고 심할 때는 악몽에도 시달렸다. 같은 인물에게 쫓기는 꿈을 일 년
에 두어 번씩 몇 년 동안 꾼 적도 있는데, 당시에는 꿈에서나 깨어서나
몹시 힘들고 두려웠다. 그런 꿈을 꾸는 이유를 모르니 해결책도 알
수 없어서 무척이나 답답했다.

그러던 중 몇몇 강사들과 팀을 이루어 어느 회사 노동조합의 교육
을 맡게 되었다. 강원도의 한 연수원에 200명 정도의 조합원이 모였
고, 강사들은 각각 50명 단위로 나뉜 조를 맡아 그룹 토론을 진행했
다. 노동조합의 조직력 강화를 위한 단계별 집중 토론이어서 시간이
오래 걸렸으니, 참가자들의 의견이 수렴되는 과정에서 토론의 열기는
점점 높아져 갔다. 방관자적 태도를 보이던 사람들도 서서히 마음을
열었다. 내가 강사로서 특정한 방향으로 주도하지 않고 참가자들이
내놓은 의견을 수렴하여 의제로 모아 가는 방식에 그들이 높은 신뢰
를 보내는 게 느껴졌다. 밤이 깊도록 토론이 이어져 피곤했을 텐데도
참가자들의 얼굴에는 기쁨과 생기가 감돌았다. 토론을 마친 후 나는
녹초가 되어 다른 강사들과 함께 심야 버스를 타고 서울로 돌아왔다.

새벽녘에야 잠이 들었는데 다시 쫓기는 악몽이 시작되었다. 꿈속에
서 이리저리 피해 다니던 내가 뛰어내린 자리에 마침 하수구 구멍이 있

었다. 나를 쫓아와 뒤따라 뛰어내린 그 인물이 순식간에 그 구멍으로 빨려 들어가기 시작했다. 나는 재빨리 그 구멍을 틀어막았다. 꿈속에서도 이제 쫓기는 일이 끝났다는 것을 알 수 있었다.

그러면서 꿈에서 깼다. 잠시 홀가분한 기분이 들었고 이어서 이루 말할 수 없는 평온감에 잠겼다. 내가 내 몸보다 약간 떠 있는 것처럼 육체에 대한 느낌이나 중량감이 전혀 없었다. 실오라기 하나의 무게도 없는 듯한 투명한 가벼움과 적정(寂靜)이라 할 만큼의 고요함이었다. '이건 뭘까?' 새로운 경험에 놀라움을 느끼다 다시 잠이 들었다.

다음 날, 몇 년간 시달리던 꿈에서 갑자기 벗어나게 된 원인이 궁금했으나 특별히 떠오르는 게 없었다. 그러다 오후에 문득 전날 교육에서 참가자들과 나누었던 교감, 그들이 보여준 신뢰와 지지가 떠올랐다. '아하! 그들의 에너지 덕분이구나.' 싶었다. 비록 꿈속에서였지만 내 힘에 부치던 문제가 다른 사람들이 보내준 공감의 에너지를 받아 해결된 것이었다.

이 경험을 통해 나는 우리 모두가 보이지 않는 수준에서 실제로 연결되어 있고 에너지를 주고받는다는 것을 이해할 수 있었다. 톨스토이의 우화에 나오는 "사람은 스스로를 살피고 염려하는 마음으로 살아가는 것이 아니라 사랑으로 살아가는 것이다."라는 구절이 이때 생생하게 이해되었다.

분리된 개체성을 중심으로 하여 현실이 견고하게 구축되어 있는 까닭에, 누구도 쉽사리 '나'라는 경계 밖으로 걸어 나올 수 없다. 켄 윌버의 《무경계》는 '나'라는 경계, 진실에 다가가는 데 걸림돌이 되는 그 경계를 다루는 책이다. 켄 윌버는 '나'라는 경계가 생기기 시작한 근원부터, 그 경계가 점점 좁아지면서 일어나는 심리적인 장애나 증상, 그리고 반대로 이 경계를 점점 넓혀감으로써 궁극의 합일의식에 이를 가능성까지 폭넓게 다룬다.

나는 《무경계》를 읽으며 방대한 지식을 하나의 독창적인 질서로 꿰는 켄 윌버의 통찰력에 경이로움마저 느꼈다. 그전까지 읽은 두툼한 학술 서적들은 연대기적 서술이나 유형 분류법을 택해 많은 정보를 나열하는 식이었다. 하지만 켄 윌버는 원인 진단과 치료가 제각각인 여러 심리학 이론들과, 궁극의 진리를 자기들 방식으로 표현한 여러 종교적 전통들을 '의식의 스펙트럼'이라는 새로운 체계 안에 산뜻하게 자리매김했다. 마치 한두 번의 손놀림으로 뒤엉킨 카드를 순서대로 늘어놓는 마술사의 솜씨를 보는 듯했다. 나중에 켄 윌버 사상의 완결판이라고 할 수 있는 《모든 것의 역사》와 최근에 나온 《통합심리학》도 읽었지만 내게는 《무경계》가 가장 매력적인 책이었다.

이 책에서 각기 다른 진단과 치료법을 제공하는 심리학 이론들의 차이를 인간의 의식 수준에 조응시켜 설명한 점이 나에게는 가장 큰 도움이 되었다. 예전에 아이들을 다 키우고 나서 공허감으로 우울증을 겪는 주부 이야기를 들은 적이 있다. 그녀의 심리 상담가는 밖에 나가 규칙적인 운동을 하고 삶의 재미를 느낄 만한 취미를 찾아보라고 권했다고 한다. 나는 이 말을 듣고 그 치유책이 그녀의 상황을 위로 끌어올리기보다 아래로 끌어내리는 듯해서 아쉬움을 느꼈다.

또 지체 장애가 심한 데다 오래 살기 어려울 것이라는 진단을 받

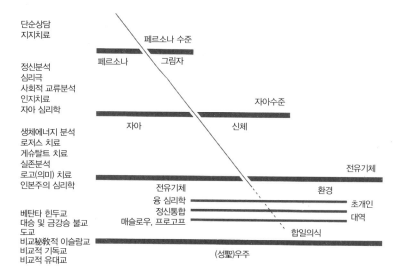

치료기법과 스펙트럼 수준 (《무경계》 38쪽)

은 한 소녀 이야기도 들었다. 그 소녀는 어느 스님으로부터 "너는 하루도 빼먹지 말고 절해야만 살 수 있다."는 말을 듣고 비틀린 몸으로 절 수행을 꾸준히 하여 잘 자라나 성공한 화가가 되었다고 한다. 만약 소녀가 만난 사람이 스님이 아니라 의사였다면 그는 약물을 처방하거나 물리치료를 권했을 것이다. 이처럼 동일한 증상이나 심리 상태에 대해 심리 이론이나 종교마다 다른 해결책을 내놓으니 사람들은 과연 어느 것이 타당한지 혼란을 느낀다. 켄 윌버는 그처럼 다른 심리 치료 접근법들이 의식 수준의 어디에 대응하는지 보여줌으로써 이러한 혼란을 해소해준다.

또한 켄 윌버는 페르소나(persona)부터 완전한 합일의식까지 중층적으로 포괄하는 '의식의 스펙트럼' 안에 인간의 심리를 일컫는 여러 개념들을 질서 있게 배열했다. 프로이트 심리학 이후 무의식이나 자아

(ego), 자기(self) 등 인간의 심리 구조에 대한 개념적 구별이 이루어졌지만, 일반인이 이해하기에는 그 차이가 모호했다. 나는 켄 윌버의 '의식의 스펙트럼'에서 여러 가지 페르소나들의 차이, 자아와 자기의 차이 등 심리학적 개념의 상대적 의미를 제대로 이해할 수 있었다.

《무경계》는 1979년에 미국에서 처음 발행된 후 2001년에 개정판이 나왔으며, 우리나라에서는 김철수의 번역으로 2005년에 출판되었다. 총 10장으로 구성된 이 책의 기본 뼈대는 '나는 누구인가'라는 질문에 대한 답이다. 즉, 어디까지 선을 그어 '나'라는 경계 짓기를 하느냐에 따른 사람들의 의식 수준과, 그 경계에서 겪는 고통과 갈등의 양상을 드러내준다.

'나'의 경계 범위를 가장 좁혀서 보는 것이 페르소나의 의식 수준이고, 그다음 순서로 자아 수준, 전유기체 수준, 초개인 의식 수준으로 경계 짓기는 점차 넓어진다. 나의 경계를 최대로 넓히면 최종적으로 지고의 정체성인 무경계 의식으로 나아가는데, 이 무경계 의식이 모든 종교와 영원의 철학에서 주┼하는 의식의 본질인 합일의식이다. 《무경계》는 각 장별로 '의식의 스펙트럼' 다섯 단계의 특징과 각각의 단계에서 주로 드러나는 심리적인 문제들을 재치 있는 문체로 풀어내면서 치료에 도움이 되는 방법과 책들도 소개한다.

나는 특히 두 가지, 우리는 왜 경계 짓기에서 벗어나지 못하는가와 무경계란 과연 무엇인가를 이해함으로써 큰 도움을 받았다. 켄 윌버는 '자기'와 '비자기'로 안과 밖을 나누게 되는 최초의 출발점, 근원적 경계는 우리 몸의 피부 경계선이라고 한다. "피부 경계라는 부정할 수 없는, 유기체와 환경 사이의 자연스러운 선"이 구별과 분리를 시작하는 환상적 경계, 환상적 담장이 된다.

우리는 피부 안쪽에 있는 것은 나이며 내 것이고, 그 바깥쪽에 있는 것은 나를 둘러싼 환경, 혹은 세계라고 자연스럽게 구분한다. 현대인에게는 이런 분리가 아주 명확한 사실이어서 "내 손이 내 손이 아닐 수 있다."거나 "내 생각이 내 생각이 아닐 수 있다.", 또는 반대로 "저 길 위의 돌이나 지나가는 사람들도 모두 나와 연결되어 있다." 등은 말이 안 된다고 생각한다. 그러면서 바깥 세상으로부터 '나'라는 경계의 안쪽을 안전하게 지키려고 노력하지만, 켄 윌버는 경계 짓기 자체가 이미 전쟁의 시작을 의미한다고 말한다.

단순한 사실은 우리 모두가 경계의 세계 속에서 살고 있기 때문에 갈등과 대립의 세계에 산다는 것이다. 모든 경계선은 또한 전선(戰線)이기 때문에, 경계를 확고히 다질수록 전쟁터 역시 점점 더 확고하게 된다는 사실이야말로 인간이 처해 있는 곤경이다. 쾌락에 집착하면 할수록 어쩔 수 없이 고통은 더 두려운 것이 된다. 선을 추구하면 할수록 악에 대한 강박관념은 더욱더 강해진다. 성공을 추구하면 할수록 실패를 더욱 걱정할 수밖에 없게 된다. 삶에 단단히 매달릴수록 죽음은 더 두려운 것이 된다. 무언가에 가치를 두면 둘수록 그것의 상실이 두려워진다. 다시 말해, 우리가 안고 있는 대부분의 문제는 경계의 문제이며, 경계가 만들어낸 대립의 문제라는 것이다.

이 책에 인용된 노자의 한 구절도 같은 관점을 보여준다.

예와 아니오 사이에 무슨 차이가 있겠는가?
선과 악은 그 거리가 또한 얼마나 되겠는가?
사람들이 두려워한다고 나도 두려워해야만 할까?
이 얼마나 허황한 일인가!
있음과 없음은 서로를 낳아주고,
어려움과 쉬움은 서로를 전제로 하여 성립하며,
길고 짧음은 상대를 드러내주고,
높고 낮음은 서로에게 기대며, 앞과 뒤는 서로를 뒤따른다.

'나'라는 경계를 높게 세우면 세울수록 제약이 많아지고 불안이 커지는 것이 사실이다. 예컨대 자신이 부자여야만 한다고 경계를 세워놓으면 돈벌이에 관련된 생각과 행동으로 자신의 운신의 폭을 좁히고 돈벌이와 관련되지 않은 모든 것들은 대립물로 밀쳐내게 된다. 이러면 스스로 불안감을 높이는 셈이 되며 돈 없이도 누릴 수 있는 행복의 여지는 차단된다.

노자가 말했듯 있음과 없음은 서로를 낳아주고 생겨난 것은 사라지게 마련인 것이 세상의 이치인데 그 이치를 거스르려고 하니 엄청나게 힘을 써야 하고 고통을 짊어지게 된다. 하지만 부자가 되어야 한다는 경계를 세우지 않으면 경제적으로는 조금 가난하더라도 가족과 나누는 정감 어린 대화나 한 끼 식사에서 얼마든지 충만한 행복을 느낄 수 있다.

이 책이 강조하는 무경계 자각도 마음공부의 중요성을 확인시키는 중요한 대목이다. 켄 윌버는 경계 짓기가 야기하는 심리적인 증상들과 제약을 층위별로 드러내는 가운데 거기서 벗어나 자신이 무경계임을 자각하라고 이른다. "실재는 무경계"이니 자신의 진정한 정체성은 지고의 정체성임을 깨달으라고 한다. 여러 종교 전통마다 보편자, 성체, 브라흐만-아트만, 자성, 공, 진여, 최상의 신 등으로 다르게 불려온 그 실재가 바로 내 의식의 최심층부에 있다고 한다. 그리고 마지막 장인 '궁극의 의식 상태'에서는 실재에 이르는 길을 찾는 것에 대한 '에고'의 숨겨진 저항을 들춰낸다.

(마이스터) 에크하르트가 말한 것처럼, 궁극에 이르는 수단은 없다. 아무런 기법도, 길도 없다. 왜냐하면 궁극에는 모든 곳과 모든 때에 존재하는 편재적 성질이 있기 때문이다. 우리가 안고 있는 문제는 축축함을 찾아 이 파도에서 저 파도로 도약하는 사람의 문제와 흡사하다. 우리는 자신의 현재 상황을 충분히 이해할 수 있을 정도로 고요함을 유지하지 못한다. 언제나 다른 곳을 보고 있다. 그렇기 때문에 실제로는 답으로부터 물러난다. 늘 저 너머를 바라볼 경우, 현재 상황에 대한 본질적인 이해는 드러나지 않기 때문이다. 우리의 찾음, 우리 자신의 욕망, 그것이 발견을 앞질러 방해한다. 간단히 말해서, 우리가 찾고 있는 열쇠를 쥐고 있는 것은 언제나 바로 이 현재 경험임에도 불구하고, 우리는 언제나 현재 경험으로부터 물러나고 있다는 것이다.

켄 윌버는 우리의 속마음은 지고의 정체성이 자신임을 인정하지 않으려고 저항하고 있지 않은가 되묻는다. 그런 저항을 진정으로 내려 놓으면 어떤 길이나 방법을 찾을 필요 없이 이미 자신이 합일의식, 무경계에 도달했음을 알게 된다고 말한다. "진리는 가까이에 있다. 진리를 찾으려 할 필요는 없다. 진리를 찾는 자는 결코 그것을 발견하지 못할 것이다."라는 크리슈나무르티의 말 또한 같은 의미이다. "합일의식을 추구해야겠어."라는 다짐은 이미 자신을 구도자로 경계 짓는 것이며, 이렇게 하는 한 아이러니하게도 의식의 스펙트럼의 가장 좁은 부분인 페르소나 의식 수준으로 퇴행하고 만다. 그렇다고 속마음의 저항을 연구하거나 퇴행을 염려하며 시간을 보낼 필요는 없다. 이미 지고의 정체성이 나라는 진실이 주어졌으니 거기로 걸어 들어가 진실을 살면 된다.

몸을 치유하는
마음

조안 보리센코 · 미로슬라브 보리센코,
《마음이 지닌 치유의 힘》

조안 보리센코는 치유란 궁극적으로는 두려움에서 사랑으로 건너가
는 일이라고 말한다. 고통이나 질병 그 자체가 아니라 그것에 대한
두려움이 우리를 힘들게 한다. 고통은 때때로 새로운 이해나 새로운
변화를 가져오기 위해 거쳐야 하는 의미 있는 과정이다.

《마음이 지닌 치유의 힘(The Power of the Mind to Heal)》은 미국에서
1995년에 처음 출간되었다. 한국어 번역본은 2005년에
장현갑, 추선희, 김종성 번역으로 학지사에서 나왔다.

조안 보리센코 Joan Borysenko

의학자, 심리학자, 요가와 명상 지도자. 미국 하버드 대학 의대에서 암세포 생물학을 연구하여 박사 학위를 받았다. 터프츠 대학 의대 교수로 근무하다 아버지를 암으로 여의면서 인간이 느끼는 고통 자체에 관심이 깊어졌다. 이후 하버드 대학에서 행동의학과 정신신경면역학을 연구하고 심리 상담가 자격을 취득했다.
1987년에 미국에서 처음 출간한 《Minding the Body, Mending the Mind》가 〈뉴욕타임스〉 베스트셀러에 올랐다. 심신건강과학 법인(Mind/Body Health Sciences, LLC)을 창립하고 몸과 마음, 정신과 건강의 관계를 계속 연구하고 있다.

미로슬라브 보리센코 Miroslav Borysenko

미국 터프츠 대학 의대의 해부 및 세포 생물학과 부교수와 하버드 의과대학 방문교수를 지냈다. 조안 보리센코와 함께 심신건강과학 법인을 설립했다.

오래전 한겨레문화센터에서 의사소통 강좌를 진행할 때였다. 강좌 첫머리에 참가자들이 자기 소개를 하던 중에 평범한 직장인으로 보이는 30대 초반의 남성이 놀라운 이야기를 털어놓았다. 고교 졸업 후 중장비 면허를 따서 타워크레인 기사로 일하던 그는 3년 전에 큰 사고를 당해서 죽을 고비를 넘겼다. 타워크레인에서 일하다가 전기에 감전된 것이다.

몸에 전기가 관통하면서 '이대로 죽는구나.' 싶은 찰나에 마치 강력한 서치라이트가 켜진 것처럼 커다란 빛이 그를 향해 뻗쳐 왔다. 엄청난 빛에 압도되어 두려움이 일었고, 중고등학교 시절에 교회에 몇 번 나가본 게 전부인 그는 자기도 모르게 "하느님, 잘못했습니다. 용서해주세요."라는 말을 하고 의식을 잃었다. 깨어나 보니 기적처럼 약간의 화상만 입고 살아 있었다고 한다.

그는 자신이 살아났다는 기쁨보다도 죽을 뻔한 순간에 나타났던 그 엄청난 빛과 자기도 모르게 용서를 빌었던 일에 대한 의문에 사로잡혔다. 누구도 말해준 적이 없는 삶과 죽음의 의미에 골몰하기 시작했다. 사는 게 무엇인지, 죽으면 어떻게 되는지를 알지 못한 채 사는 인생은 아무 의미가 없는 듯했다. 그래서 몇 년 동안 진리를 전한다는 종교 단체를 기웃거려보고 기독교인들의 공동체에 들어가 아무 대가 없이 일하며 살아보기도 했다.

그는 그동안 어디서도 분명한 답을 얻지 못했고 오히려 실망만 커졌다고 지친 표정으로 말했다. 나는 이미 베티 이디의 책을 통해 임사체험에 관해 알고 있었지만 그 경험의 유사성에 놀라지 않을 수 없었고, 그러한 경험으로 평범한 사람이 진리 추구의 길로 들어섰다는 점에서도 깊은 인상을 받았다.

조안 보리센코와 미로슬라브 보리센코의 《마음이 지닌 치유의 힘》은 임사체험의 과정과 의미에 대한 연구를 한층 더 자세히 다룬다. 그중 하나인 심리학자 케네스 링의 연구에 따르면 임사체험자들이 공통으로 겪는 첫 번째 경험은 평화에 대한 초월적인 느낌인데, 그들은 '상상을 초월하는 평화'를 느끼게 된다고 한다. 그 후 육체에서 벗어나 자신의 몸을 내려다보고, 뒤이어 어두운 터널 같은 곳으로 굉장히 빠른 속도로 들어간다. 그 끝에서 신, 예수, 천사 혹은 절대자의 빛이라고 사람들마다 각각 다르게 명명하는 성스러운 빛과 조우하게 된다.

이러한 과정은 베티 이디가 《그 빛에 감싸여》에서 말한 경험과 거의 일치한다. 이와 다르게 내 강좌에 왔던 젊은이가 강렬한 빛에 압도당하면서 바로 의식을 잃었던 것은 감전의 충격 때문에 사후 과정이 압축적으로 일어난 탓일지도 모른다. 성스러운 빛과 조우하는 단계에서 사람들은 지극한 사랑의 감정을 느끼는 가운데 홀로그램처럼 펼쳐지는 자신의 인생을 돌아보며 자신으로 인해 타인이 느꼈던 고통과 기쁨을 생생하게 체험한다고 한다. 그리고 그 성스러운 빛 속으로 들어

갈지 아니면 자신의 몸으로 되돌아갈지 결정하는 단계를 거친다.

이 책의 임사체험 사례 중에 관심을 끄는 두 가지 이야기가 있다. 하나는 심각한 자동차 사고 후 절대자의 빛 앞으로 나아간 여성의 경우였는데, 성스러운 빛은 그녀에게 세 가지 선택을 제시했다. 빛 속으로 들어오거나, 경미한 부상을 입고 살아나거나, 혹은 식물인간이 되는 것이었다. 게다가 식물인간이 될 경우와 그렇지 않은 경우에 그녀 주변 사람들의 인생을 보여주어 선택에 앞서 고려하도록 도왔다고 한다. 이는 우리의 삶과 죽음이 절대자에 의해 일방적으로 심판되지도 않고, 그렇다고 개인의 자유의지에 전적으로 맡겨지지도 않음을 시사해준다. 어쩌면 우리는 지금의 인생을 신과 함께 디자인했을지 모르며, 지금의 모습을 선택한 중요한 의미가 각자의 삶에 숨겨져 있을지도 모른다.

또 하나의 이야기는 조안 보리센코의 친구 사례인데, 10대 때 자살을 시도했던 친구는 자살 후 존재의 빛으로부터 꾸지람을 들었다고 한다. 존재의 빛은 "인생은 신성하고 위대한 기회이며, 생명을 버리려고 하는 것은 신의 뜻에서 자신의 역할을 부정하는 것"이라고 했다. 그녀가 부모의 단점을 열거하며 아무도 자신을 사랑하지 않았다고 불평을 늘어놓자 존재의 빛은 부드러우면서도 분명한 목소리로 "자기 자신을 사랑하는 법을 배워야 하며 진심으로 자기 자신을 사랑하게 될 때까지는 결코 다른 이의 사랑을 느낄 수 없을 것"이라고 말했다.

그녀만이 아니라 자살 후 임사체험을 경험한 사람들은 다시는 목숨을 버릴 생각을 안 한다고 한다. 그들은 성스러운 빛을 통해 인생의 모든 시련, 장애, 심지어 두려움까지도 다 가치가 있으며, 모든 상처와 실망은 잠재적으로 그들에게 지혜와 사랑의 능력을 갖도록 하려는 것이라는 점을 분명하게 이해하기 때문이다.

임사체험 이야기가 길어졌지만 이것이 이 책의 중심 내용은 아니다. 하버드 대학의 심리신경면역학(면역 기능과 심리적 요인의 상호 작용이나 연관 메커니즘을 연구해 온 의학 분야) 교수로서 마음이 몸의 치유에 끼치는 영향을 오랫동안 연구해 온 저자 조안 보리센코는 새로운 의학 치료 방법으로 몸과 마음을 통합적으로 다루는 심신의학의 원리를 소개하고, 그와 관련하여 자신이 워크숍에서 진행하는 명상과 기도 등 실제적인 치유 기법을 소개한다. 번역은 우리나라에 MBSR(마음챙김 명상)에 기반한 프로그램을 도입하고 존 카밧진의 저서들을 번역한 장현갑 교수가 했는데, 그 자신이 자동차 사고로 가족을 잃고 입원했을 때 이 책의 도움을 많이 받아 번역하게 되었다고 한다.

이 책은 전체 22장으로 구성되어 있으며 1부는 심신의학의 원리를 소개하고 2부는 실제 기법을 제시한다. 1부 '치유의 법칙'은 11장까지 심리신경면역학의 최신 연구 성과 등 마음과 몸의 전일성(wholeness)에 기반을 둔 새로운 의학적 접근법들을 희귀한 임상 사례들과 함께 서술한다. 2부 '치유와 수련'은 12장부터 22장까지로 구체적인 치료 기법, 즉 심상화 기법, 이완 명상, 티베트 불교에서 하는 통렌(Tonglen) 명상, 기도 명상 등의 방법을 상세히 다루었다.

그전까지 읽었던 책들에서 주로 자기와 타자, 자신과 외부 세계, 물질과 의식이라는 외적인 이원성을 넘어서는 지혜를 얻었다면, 이 책에서는 몸과 마음의 내적인 연계성, 특히 신경계와 면역계의 변화가 생각이나 감정과 밀접하게 관련돼 있다는 것을 배울 수 있었다. 조안 보리센코는 몸과 마음을 가진 개인이라는 정체성을 깔고 논의하므로 켄 윌버의 '의식의 스펙트럼'에서의 '전유기체적' 의식 수준을 크게 넘어서지 못한다. 그렇지만 자신의 마음과 생각이 바뀌면 몸이 치유될 수 있고, 다른 사람의 기도나 자비, 혹은 신과 같은 궁극의 본성에 연결됨으로써 치유가 일어날 수 있다는 전일성의 관점을 보여준다.

심리신경면역학의 기존 연구들이 스트레스와 면역의 관련성에 집중되어 있어서인지 이 책에서도 스트레스를 많이 다룬다. 조안 보리센코는 스트레스란 "스스로의 대처 반응이 부적절하다는 느낌으로 인해 배가된 육체적 혹은 감정적 위험에 대한 인식"이라고 정의한다. 우리의 몸은 스트레스를 받으면 자율신경계의 교감신경이 활성화되면서 '싸우거나 달아나거나(fight-or-flight)'의 반응을 보이게 된다.

문제는 만성 스트레스 상황인데 이때는 코르티솔의 분비가 지속적으로 많아진다. 코르티솔은 단기적으로는 스트레스 방어 호르몬이지만 장기적으로는 면역 억압제의 기능을 하여 면역력을 떨어뜨린다. 다시 말해 만성적인 스트레스를 받으면 몸도 질병에 취약한 상태가 되고 만다. 그런 상황에서도 무기력, 절망, 낙담과 같은 태도를 취하느냐, 기쁘고 즐거운 생각을 하느냐에 따라 면역계와 신경계의 반응이 달라질 수 있다. 생각이나 태도로 몸의 기능을 변화시키는 연결고리가 되는 이 지점을 조안 보리센코는 이렇게 설명한다.

당신이 기뻐하면 몸 속 모든 세포가 그 정서에 반응하고, 우울해하면 그 기분이 뉴로펩타이드 체계를 통하여 온 심신으로 전달된다. 더구나 뇌만이 유일한 뉴로펩타이드 생산 공장은 아니다. 몇몇 임파구와 마찬가지로 소화기 세포들도 뉴로펩타이드를 만들어낸다. 그러므로 소화계나 면역계가 거꾸로 뇌의 기능과 기분에 영향을 끼칠 수 있는 물질을 생산할 수 있는 것이다. 엔도르핀을 발견한 과학자 가운데 한 사람인 신경과학자 칸데스 퍼트 박사는 소화기관에서 분비된 뉴로펩타이드가 소화기 기분의 생리적 원인일 것이라고 말했다.

이에 따르면 과다한 업무나 인간관계의 갈등으로 인한 만성 스트레스 상황도 의학적 치료에 의존하지 않고 스스로 대처할 수 있다. 중요한 것은 자신에게 기쁘고 즐거운 생각을 불어넣는가 아닌가다. 심리학자들은 어려운 상황이나 질병 앞에서 비관론자와 낙관론자가 각각 자신에게 하는 말이 다르다고 한다.

《긍정 심리학》의 마틴 셀리그먼에 따르면 비관론자들은 "그건 내 잘못이야.", "나는 하는 일마다 엉망으로 만들어.", "그게 내 인생이야."라는 세 가지 형태의 내적 설명을 한다. 이런 말은 피그말리온 효과, 곧 자성예언(自成豫言) 효과가 부정적 방향으로 일어나도록 하여 자신의 활기를 빼앗아버린다. 그런가 하면 같은 스트레스 상황이라도 잘 견디고 성장하는 사람들이 있다. 수잔 코바사 박사는 스트레스에 강한 사람들의 자질을 도전(challenge), 몰입(commitment), 통제(control)라는 3C로 요약했다. 즉 스트레스 상황에서도 낙관적인 사람들은 변화와 위기를 도전의 기회로 보고 그것을 피하지 않으며, 외부 상황은 통제가 안 돼도 그 대처 방식은 언제든지 통제할 수 있다고 생각한다.

스트레스 상황에서 자신의 생각이나 기분을 바꾼다고 해서 상황이 바뀌는 일은 거의 없다. 하지만 마음속으로 자신을 낙담시키거나 불평의 말을 늘어놓으며 스스로 스트레스를 가중시켜 득이 될 것도 없다. 부정적인 생각을 멈추는 법이 없는 에고의 투덜거림을 따라가는 대신 기분 전환을 선택하면 된다. 녹차 한 잔을 마시며 마음을 가라앉히거나, 마음속에서라도 자신을 격려하며 사랑과 감사의 말을 할 수 있다. 약물보다 빠르고 부작용도 없이 자신의 신경계와 면역계를 활성화시키는 방법이 있는데 쓰지 않을 이유가 없다.

조안 보리센코는 치유란 궁극적으로 두려움에서 사랑으로 건너가는 일이라고 말한다. 고통이나 질병 자체가 아니라 그것에 대한 두려움이 우리를 힘들게 한다. 고통은 때때로 새로운 이해나 새로운 변화를 가져오기 위해 서쳐야 하는 의미 있는 과성이나. 15세기의 성사인 십자가의 성 요한은 고통과 혼란의 시기를 '영혼의 어두운 밤'이라고 칭하였으며, "난관을 돌파하는 잠재력과 치유는 이런 혼란기에 존재하므로 이는 영적 여정에서 꼭 필요한 부분"이라고 했다.

조안의 남편 마이런(미로슬라브 보리센코)의 일화도 두려움에서 벗어나 고통의 정체를 바로 볼 때 치유가 일어나 마음 깊이 자리한 사랑 안으로 들어갈 수 있게 된다는 것을 아름답게 보여준다. 별로 우는 일이 없던 의사인 마이런은 한 치유 미사에 참석하여 처음 눈물을 흘리게 되면서 어린 시절의 몇 장면을 기억해낸다. 그 기억 중에는 우크라이나를 떠나 미국에 이민 와서 두려움과 부끄러움에 떨었던 어릴 적 영어를 못한다고 수녀 선생님에게 손바닥을 맞았던 고통스러운 장면이 있었다.

어린 시절의 그 두려움이 그에게 고스란히 남아 있었고, 그는 생존하기 위해 자기도 모르게 심리적으로 방어기제를 만들어 왔다. 한편으로는 희생자로서, 다른 한편으로는 비판자로서 잠재인격을 발달시킨 것이다. 자신의 두려움을 기억하고 자신에게 덧씌워 온 심리적 태도를 통찰하게 되자 마이런은 가슴을 열고 고통을 이해하기 시작했다. 그는 대학에서 자기가 가르치는 학생들이 겪는 두려움과 불안에 비로소 공감하게 되었으며, 대중 앞에서 강연할 때의 긴장감도 극복할 수 있었다.

그렇게 치유가 시작되자 오랫동안 거의 남남처럼 지내던 아버지를 찾아가 "아버지의 어린 시절 이야기를 해주십시오."라고 말하며 마음을 열었다. 마이런은 그때 처음으로 자기 아버지가 스탈린 치하에서 겪었던 끔찍한 굶주림과 고통에 관한 이야기를 들었으며, 그로써 그간의 분노와 상처 대신 사랑과 이해로 아버지를 바라볼 수 있게 되었다. 아들에게서 빛나는 사랑과 존경의 눈빛을 본 아버지 또한 치유될 수 있었다고 한다.

이처럼 고통에 대한 두려움은 사람들로 하여금 방어기제를 만들고 잠재인격이라는 위장막을 치게 한다. 이 잠재인격이나 방어기제를 내려놓지 않는 한 영혼의 성장은 가로막힌다. 하지만 치유를 통해 그것을 직시하고 넘어서면 각자가 경험한 고통들은 독특하게 빛나는 치유의 징표로 전환된다. 조안 보리센코는 그러한 전환을 다음과 같이 빼어나게 묘사한다.

우리에게 있는 잠재인격은 습관 또는 삼스카라(samskara), 즉 오랫동안 사용하여 익숙해져 있고 그 양식을 의식하게 되어 치유하고자 할 때까지는 계속 함께 하는 영혼에 새겨진 각인과 같은 것이다. 치유를 하면 그 잠재인격은 지혜의 왕관을 장식하는 보석이 될 것이다. 예를 들어, 희생자의 가면 뒤에는 자비심의 재능이 숨어 있다. 고통을 받은 후 치유된 이들은 고통받는 이들에게 특별한 동정심을 품게 된다. 완벽주의의 가면 뒤에는 아름다움과 균형을 향한 깊은 이해가 있다. 치유된 비판자는 모든 이의 독특한 재능을 알아보는 능력을 가진 훌륭한 분별자가 될 수 있다.

이 책을 읽으며 나는 비로소 몸에서 일어나는 마음의 반응과 마음에 담긴 몸의 상태라는 긴밀한 상호 작용을 명확하게 알게 되었다. 미세하게 분비되는 호르몬의 역할과 신경계·면역계의 작농 원리를 이해함으로써 몸도 시스템적인 관점에서 섬세하게 중층적으로 인식할 수 있었다. 또한 질병의 증상을 없애는 데만 목적을 두고 발전해 온 서양 의학계에, 심신의 상호작용을 인식하여 심신의 균형 회복을 위해 노력하면서 치유와 영혼의 성장을 연결하는 흐름이 생겨나는 것 같아 반가웠다. 인간을 전일적인 존재로 보는 의학 패러다임의 전환에서 한 발짝 더 나아가 3세대 의학까지 내다보는 저자의 관점도 기대가 되었다.

다시 임사체험의 이야기로 돌아가면, 누구나 삶의 여정 끝에서 죽음을 만나게 된다. 임사체험자들의 증언대로라면 절대자의 빛 앞에서 자신의 인생을 돌아보게 될 때, 각자의 영혼에 새겨진 각인이 드러나고 자신으로 인해 고통 받은 타인들의 감정이 재현되는 일을 피할 수는 없다. 그런 일이 생기기 전에 그 고통스러운 각인이 지혜의 왕관에 박힌 찬란한 보석으로 바뀌도록, 그래서 절대자의 빛을 만나 함께 기뻐할 수 있도록 누구의 삶에서든 치유가 필요하다. 몸의 증상만이 아니라 몸의 뿌리인 마음의 두려움까지 돌보는 일 말이다.

꿈을 수리하는 자,
꿈에서 깨어나는 자

페테르 에르베, 《우리는 신이다》

마음공부를 하며 '참나'를 찾고자 하는 사람은 꿈에서 깨어나려고 하는 자이다. 즉각 꿈에서 깨어나지 못하는 사람들은 자칫 꿈을 수선하는 일에 마음을 기울이게 된다. '자비로운 사람'이 되고자 하고, 열심히 '수행하는 사람'이 되고자 하고, 진리를 말하는 '멋진 사람'이 되고자 애쓴다. 꿈에서 깨어난 자의 자리에서 보면 악몽을 꾸는 것이나, 그럴듯하게 수선한 꿈을 꾸는 것이나 꿈에 빠져 있다는 것은 매한가지일 터이다.

《우리는 신이다(God I Am)》는 오스트레일리아에서
1991년에 처음 출간되었다. 한국어 번역본은 1998년에
조경숙 번역으로 아름드리미디어에서 나왔다.

페테르 에르베 Peter Erbe

1938년 독일에서 태어났다. 2차 세계대전을 겪으면서 어려서부터 삶의 의미에 관심을 품었다. 20살에서 36살까지 33개국에 달하는 다양한 나라를 여행하고 여러 직업을 거치면서 진정한 자신과 삶의 진리를 찾기 위해 끊임없이 노력했다. 36살 때 오스트레일리아에 정착하여 3개의 사업체를 설립하고 성공적으로 경영했지만 삶의 진리를 찾는 데는 실패했다고 생각했다. 그러나 실패했다고 여기고 포기하는 순간 깨달음을 얻었고, 10년 후 트라이어드 출판사를 세워 깨달음의 내용을 담은 《우리는 신이다》를 출간했다.

노동교육을 더 공부하려고 뒤늦게 대학원 석사 과정을 밟던 2000년 초반 어느 날, 아침마다 틀던 카세트 라디오가 고장이 났다. 뉴스도 듣고 뉴에이지 연주곡도 즐겨 듣던 내 문화생활에 공백이 생긴 셈이었다. 부랴부랴 전자제품 대리점에 가보니 10만 원 정도의 작은 카세트 라디오들은 음질이 썩 좋지 않았다. CD 플레이어와 더블 데크가 장착되고 음질도 좋은 미니 컴포넌트가 마음에 들었지만, 가격이 32만 원이라는 말을 듣고 아쉬운 마음으로 발길을 돌렸다.

며칠 후 전화가 한 통 걸려 왔다. 대학원에서 생각지도 않았던 장학금을 준다는 전화였다. 등록금을 낸 후에 장학금은 별도로 지급된다고 했다. 고맙다며 액수는 얼마냐고 물으니, 수화기 너머로 기분이 좋아지는 웃음과 함께 답변이 들려왔다.

"이 장학금은 많지는 않아요. 32만 원이에요."

전화를 끊는데 '풋' 하고 웃음이 터져 나왔다. 대학원 등록금이 얼마나 비싼데 그런 소액을 장학금이라고 주다니, 게다가 30만 원, 50만 원도 아니고 32만 원이라니. 대체 어떻게 산정된 액수일까 궁금하면서도 묘한 기분이 들었다. 마치 미니 컴포넌트를 사고 싶은 내 마음을 누가 엿보고 유머 섞인 윙크와 함께 딱 그 액수를 보내준 것 같았다. 마음공부를 하며 내 마음의 움직임과 세상이 연결되는 이치를 면밀히 주시해보니 이처럼 필요가 응답받는 일이 퍽 자주 일어났다. 물론 주문한 물건이 배달되듯 꼭 들어맞게 충족되지는 않았다. 기대하지 않았던 일에서, 예상 밖의 인물이 무언가를 제공하는 식으로 필요는 우회적으로 채워지곤 했다.

페테르 에르베는 《우리는 신이다》에서 이런 우주의 작용 방식을 한마디로 줄여 "내 존재 자체가 나를 부양한다."고 말한다. 이 책의 5장 '공급의 법칙'에서 몇 번이나 되풀이되는 이 강력한 문장은, 본래의 존재인 '참나'는 개성 자아가 자각하기도 전에 무엇이 필요한지 알고 있음을 의미한다.

그러니 우리는 부족함에 시달리며 생존을 보장받기 위해, 혹은 더 많이 갖기 위해 '가지기 게임'을 할 필요가 없다. 더 많이 갖기 위해 집단과 개인이 벌이는 경쟁은, 공급이 한정되어 있다는 그릇된 인식에서 비롯된 '거짓자기(altered Ego)'들의 게임이다. 페테르 에르베는 공급의 법칙을 설명한 가장 아름답고 고무적인 표현이라며 성경의 '산상수훈(마태오복음 6:28-33)'을 소개한다.

28. 또 너희는 어찌하여 옷 걱정을 하느냐? 들꽃이 어떻게 자라는가 살펴보아라. 그것들은 수고도 하지 않고 길쌈도 하지 않는다.

29. 그러나 온갖 영화를 누린 솔로몬도 이 꽃 한 송이만큼 화려하게 차려입지 못하였다.

30. 너희는 어찌하여 그렇게도 믿음이 약하냐? 오늘 피었다가 내일

아궁이에 던져질 들꽃도 하느님께서 이처럼 입히시거든 하물며 너희야 얼마나 더 잘 입히시겠느냐?

31. 그러므로 무엇을 먹을까 무엇을 마실까, 또 무엇을 입을까 하고 걱정하지 마라.

32. 이런 것들은 모두 이방인들이 찾는 것이다. 하늘에 계신 아버지께서는 이 모든 것이 너희에게 있어야 할 것을 잘 알고 계신다.

33. 너희는 먼저 하느님의 나라와 하느님께서 의롭게 여기시는 것을 구하여라. 그러면 이 모든 것들도 곁들여 받게 될 것이다.

이 책을 덮으며 내 마음 깊이 아로새겨진 대목이 바로 '산상수훈'이었다. 마치 이 성경 구절을 처음 접하는 것처럼 그 뜻에 문득 눈떴으며, 이 말씀이 비유가 아니라 '사실'임을 깨달았다. 사랑을 본성으로 하는 참된 존재가 바로 자신임을 받아들이고 그 본성이 '의롭게 여기시는 것을 구하면' 사랑의 에너지가 흘러 공급 부족은 일어나지 않는다. 문제는 사람들이 자신을 분리된 육신으로 한정하고 육신의 생존을 위해 먹을 것, 마실 것, 입을 것을 차지하려고 경쟁하는 것이고, 그래서 부족 사태가 발생하는 것이다.

이 책에 담긴 메시지는 내게 매우 강력한 느낌으로 다가왔으며, 그래서인지 처음 읽었을 때는 심리적인 저항도 상당했다. 하지만 서사시처럼 웅장한 몇몇 문장들에서는 꿈에 빠진 사람들을 깨우는 비범한 목소리를 감지할 수 있었다. 이 책은 21세기 초반부터 본격화할 인류의 집단적 의식 변화를 예고하는 면에서는 《천상의 예언》과 이어지고, '거짓자기'의 왜곡된 사고방식을 벗겨내며 '참나'를 자각하라고 이끄는 면에서는 에크하르트 톨레와 연결되는 책이었다.

페테르 에르베는 그리 잘 알려진 인물이 아니며 1998년에 번역된 《우리는 신이다》 외에 더 번역된 책은 없다. 1938년 독일 베를린에서 태어난 그는 독일 남부의 풍요로운 자연 속에서 어린 시절을 보내며 영적 풍요로움을 경험했고, 12세 무렵에 강물에 발을 담근 채 '신 나 (God-SELF)'에 녹아드는 체험을 했다. 젊은 시절에는 여러 나라를 여행하고 사업을 벌이면서 세속적 가치에 물들어 살았다. 마지막으로 오스트레일리아에 정착했으며 삶의 여러 굴곡을 경험한 끝에 1980년 어느 날 평화로운 근원 안에서 새롭게 깨어났다.

이 책은 여섯 장에 걸쳐 '참된 인식(True Perception)'을 발달시키는 순서를 좇아 전개된다. '참된 인식'은 잠에 빠진 인간들이 원래 자신인 '신 나'로 다시 깨어나도록 연결짓는 다리와 같은 것이다. 1장에서는 우리가 경험하는 우주에서 윤회 혹은 환생의 법칙이 지닌 의미를 재해석한다. 2장에서는 본래 '한 나(ONE SELF)'였던 우리가 물질계에 사로잡히기 시작하면서 마음의 상상이 빚어낸 분리에 의해 '거짓자기'가 되어 간 과정을 보여준다. 3장에서는 '거짓자기'의 사고 패턴들이 낮은 수준에서 공명하여 인류 집단의 사고방식이 되어버린 '세상사고방식(Global Thoughtform)' 혹은 사회의식을 파헤친다.

4장과 5장은 '참된 인식'을 발전시키기 위해 비(非)판단의 자세로 모든 분리를 넘어서 균형을 잡을 필요성과 부족하다는 두려움에 빠지지 않고 존재 자체가 부양하는 공급의 원리를 받아들여 사랑을 확장해 나가도록 이끈다. 마지막 6장에서는 '참된 인식'을 고정시키고 영혼이 깨어나 '참나'로 돌아가기 위해서는 실천이 중요하며, 이를 위해 특히 믿음과 전심(專心)이 필요함을 일깨운다.

📖

　저자는 사람들이 자신을 육신과 동일시하면서 분리되고 한정된 존재로 여기는 것이 '거짓자기'의 꿈에 불과하다고 여러 차례 역설한다. 꿈을 깨기만 하면 원래 '한 나'였던 상태가 되므로, 꿈에 사로잡히지도, 꿈과 싸우지도, 꿈을 수선하려 애쓰지도 말고 그냥 꿈에서 깨라고 한다.

　그런데 왜 우리는 '거짓자기'에 사로잡히고 말까? 이는 사람들이 자신의 몸을 정체성으로 삼아 자신이 분리된 개별적 존재라는 습관화된 인식을 고착시켰기 때문이다. 이것이 모든 대립과 두려움을 낳고 세상을 전쟁터로 만든 원인이기 때문에 그는 "모든 악의 뿌리는 하나 상태에서의 분리"라고 말한다. 모두가 하나임을 망각한 채 육신의 정체성에 매달려 살아가는 사람들의 모습을 그는 신랄하게 묘사한다.

　　그리하여 몸을 섬기는 것이 우리의 유일한 과제가 되었다. 이 뼈대에 잠잘 곳을 주고 먹이고 입히는 일로 분주해진 영혼은 진짜 중요한 일들을 까맣게 잊었다. 아름답게 꾸미고, 장식하고, 몰락하고, 성공하고, 단지 생존하기 위해 '땀 흘려' 일하고, '거짓자기'의 정신 나간 요구들에 충심으로 복종하는 것이 인간 삶의 의미가 되고 만 것이다. 그러다가 마지막에 가서 모든 것이 이루어지고 나면, '거짓자기'의 노예들은 죽음을 노임으로 받으려 줄지어 선다. 이렇게 해서 '거짓자기'의 승리는 완벽해진다. 장례식에서조차 하나인 생명, 하나인 신의 영광을 증거하는 경우는 거의 없다.

이렇게 '분리된 자신'이라는 거짓 마음이 인류 전체의 마음으로 공명되어 있는 상태가 페테르 에르베가 말하는 '세상사고방식'이자 사회의식이다. 사회의식은 제한성을 전제로 하므로 늘 부족과 두려움에 시달리게 되고, 사람들은 삶의 흐름에 저항하면서 상황과 싸우는 모습을 취하게 된다.

페테르 에르베는 저항을 내려놓으라고 말한다. 나무가 위로 자라면서 동시에 아래로도 자라고, 신은 야채뿐 아니라 잡초도 만드셨으니, 진리는 대립하지 않고 함께 흘러간다는 것이다. 우리가 무언가를 두려워하고 거부하면 이는 두려움의 대상에게 권능을 주고 에너지를 주어 그것을 오히려 강하게 만드는 결과를 초래한다. 그러니 "해류를 평가하지 않고 생명의 물방울을 튀기면서 활기와 쾌활함으로" 바다를 헤엄치는 돌고래처럼 삶을 판단하지 말고 받아들이라고, 그렇게 비저항으로 삶의 흐름에 녹아들 때 우리는 모든 것 속에서 신성을 볼 수 있다고 그는 말한다.

페테르 에르베의 '세상사고방식'에 대한 통렬한 지적에 나는 처음에는 저항했고 그다음에는 마음이 뜨끔거려 힘들었다. 대학 때부터 오래도록 비판적 지식인의 사고방식을 지니고 살았으며, 비판할 줄 모르는 지성은 길들여진 지성이자 개인주의적인 빈약한 의식이라 폄하해 왔다. 그런데 가난과 탐욕, 억눌림과 지배, 빼앗김과 착취 등 모든 대립을 넘어서라는 말은 사회 문제에 대한 책임을 외면하는 것으로 보였다.

그러면서도 한편으로는 나를 포함한 활동가들의 저항 활동이 근본적인 원인보다는 눈앞의 증상 해결이라는 단견에 빠진 경우가 많았던 점, 그리고 습관화된 비판적 태도가 인간관계에서 갈등과 반목을 악화시켜 왔던 점을 인정하지 않을 수 없어 곤혹스러웠다.

페테르 에르베는 말한다, 지상의 모든 빛 무늬들이 하나의 태양의 투영이듯 수십억 개의 영혼 무늬들 역시 하나의 '신 나'의 투영일 뿐이라고. 그리고 어둠을 벗어던지기 위해서는 판단을 껴안음으로써 양극성의 균형을 잡으라고 말한다.

예를 들어 어떤 상황이나 사람이 싫다면? 또 어떻게 적을 껴안을 수 있으며 어떻게 사랑하지 않는 사람을 사랑할 수 있는가? …… 첫 번째로 지적할 것은 모두가 사랑스럽다는 것이다. …… 아이를 자기 존재의 일부로 여기는 어머니가 그러하듯, 우리 역시 동료 인간을 우리 존재의 일부로 여겨야 한다. 이것은 누구나 실행할 수 있는 태도다. 이 태도는 치유한다. 여기에 어둠에서 빛으로 건너가는 비밀이 숨어 있다. 하나임에 이르는 길이 여기에 있다.

모든 지구상의 인간을 내 동료로 여기는 태도, 나아가 들꽃과 나무, 물고기와 새들까지 한 식구로 여기는 태도. 페테르 에르베는 이것이 누구나 실행할 수 있는 태도라고 말하지만 현대인에게는 정말 어려운 태도다. 하지만 그는 어떤 것이 오더라도 부정하지 말고 환영하고 껴안고 맞아들이면 어떤 것도 두렵지 않으며 사랑의 진동이 일어나게 될 것이라고 한다.

'참된 인식'을 얻는다 하더라도 영혼이 깨어나기 위해서는 실천이 필요하다. 자신도 삶의 많은 고비를 겪은 사람으로서 페테르 에르베는 혼탁한 세상에서 '참된 의식'을 품고 살려면 사막을 걷는 혹독한 행진처럼 단단한 준비가 필요하다고 충고한다.

행진을 앞두고 챙겨야 할 가장 중요한 봇짐은 믿음과 전심(專心)이다. 전심이란 긴 시간 주의를 붙잡아 두는 능력이며, 레이저 광선처럼 초점을 한곳으로 모으는 일이다. 초점을 모으는 방식은 의식적으로 주의를 기울이기보다 마음이 후퇴하고 물러나도록 허용하여 가슴에 공간을 내어주는 것이다. 이를 위해서는 날마다 내면의 영성에 헌신하는 시간을 따로 내어 완전히 홀로 있는 시간을 만들어야 한다. '홀로 있기(aloneness)'는 외로움이 아니라 '완전히 하나됨(all-oneness)'을 뜻한다. 나는 그가 말하는 전심이 '깨어 있기(mindfulness)'와 같고, 홀로 있음은 곧 명상이자, 묵상기도이며 그 안에서 '분별지혜(discernment)'가 작동하는 영적인 시공간임을 나중에야 알게 되었다.

페테르 에르베의 비유를 따르자면 자신을 분리된 존재로 확신하며 사는 사람은 꿈에 사로잡힌 자이다. 이제 마음공부를 하며 '참나'를 찾고자 하는 사람은 꿈에서 깨어나려고 하는 자이다. 그런데 즉각 꿈에서 깨어나지 못하는 사람들은 자칫 꿈을 수선하는 일에 마음을 기울이게 된다. '자비로운 사람'이 되고자 하고, 열심히 '수행하는 사람'이 되고자 하고, 진리를 말하는 '멋진 사람'이 되고자 애쓴다. 꿈에서 깨어난 자의 자리에서 보면 악몽을 꾸는 것이나, 그럴듯하게 수선한 꿈을 꾸는 것이나 꿈에 빠져 있다는 것은 매한가지일 터이다. 영혼은 사다리를 오르지 않는다. 무수한 단계와 우회로를 거쳐야 깨어나는 것이 아니다. 꿈을 수선할 필요 없이 다만 꿈에서 깨어나기만 하면 된다는 페테르 에르베의 말은 우회로 없이 바로 목적지를 가리키는 선명한 지침이다.

현대 물리학과 동양 사상

프리초프 카프라 지음/ 이성범 옮김/ 범양사

같은 저자의 《새로운 과학과 문명의 전환》과 짝을 이루는 책. 현대 물리학의 성
과를 개관하면서 입자가 곧 파동이 되는 새로운 물질관이 동양 사상과 일치한
다는 것을 힌두교, 불교, 도교, 선 등 여러 가지 사상과 연계하여 설명한다. 객관
에 치우친 과학적 연구와 주관에 치우친 동양 철학이 연결되는 접점에서 독자는
자신의 세계관이 변형되거나 융합하는 경험을 할 수 있다.

모든 것의 역사

켄 윌버 지음/ 조효남 옮김/ 대원출판사

켄 윌버가 23세의 나이에 3개월 만에 탈고했던 《무경계》의 핵심 사상을 전 우
주를 포괄하는 4개의 영역으로 확장한 방대한 저서. 역사적으로는 우주의 시
원부터 오늘날의 포스트모던 시대까지를 아우르고, 인류에 있어서는 개인적인
측면과 더불어 문화, 사회, 과학 전체 영역을 포괄하여 다룬다. 가상의 질문자
를 내세워 그에 대답하는 형식으로 서술함으로써 엄청난 지식을 접하는 독자
의 힘겨움을 덜어준다. 삶의 모든 부분을 영적이고 의식적인 진화의 양상으로
포착해서 볼 수 있다.

마음이란 무엇인가

달라이 라마 지음/ 김선희 옮김/ 씨앗을뿌리는사람

달라이 라마는 1990년을 전후하여 불교 전통과 긴밀하게 관련된 생물학, 인지
과학, 신경과학, 심리학, 철학 분야의 세계적인 학자들과 정기적으로 대화해 왔
다. 이 책은 그중 감정과 신체적인 건강의 관계를 중심으로 나누었던 대화 내

용을 엮은 것이다. 긍정적 감정과 부정적 감정이 면역 체계와 건강에 어떻게 영향을 끼치는지 알 수 있으며, 과학자들과 대화하는 달라이 라마의 솔직하고 인간미 넘치는 모습도 엿볼 수 있다.

불교와 일반 시스템 이론
조애너 메이시 지음/ 이중표 옮김/ 불교시대사

미국의 여성 생태철학자인 조애너 메이시의 《불교와 일반 시스템 이론》은 동양의 종교 사상과 서양의 최신 학문 분야인 시스템 이론을 상호 인과율로 연결해낸 매우 독창적인 책이다. 불교의 연기론에 익숙한 사람들은 그 관점을 자아와 사회의 연기까지 넓힐 수 있으며, 시스템 이론에 익숙한 사람들은 그 이론이 과학적 대상물의 설명만이 아니라 자신의 개별성을 해체하는 철학의 근거가 됨을 알 수 있다. 천천히 한 단계씩 소화하며 읽어나가야 좋은 책.

성장 심리학
듀에인 슐츠 지음/ 이혜성 옮김/ 이화여자대학교출판부

요즈음 널리 알려진 긍정 심리학 이전에도 인간이 본래 지닌 자아 실현과 성장 추구의 경향성에 주목했던 심리학자가 있었다. 《성장 심리학》은 그들의 견해를 대중적으로 이해하기 쉽게 엮은 책이다. 올포트, 로저스, 프롬, 매슬로, 융, 프랑클, 펄스 등 주요 학자들의 인간 잠재력에 대한 논의를 한꺼번에 접할 수 있다. 자신이 인간을 보는 관점을 돌아보고 좀 더 긍정적으로 확장하는 기회가 된다.

3장

존재의 가르침,
삶으로 물들이다

삶으로 일깨운
자비

김진태,《달을 듣는 강물》

그동안 내가 인간의 본성, 참존재를 깨닫고자 하는 소망을 품고 그려보던 깨달은 자의 상(像)은, 모든 근심을 가볍게 내려놓고 어떤 일에도 흔들림 없이 고상하게 미소짓는 모습이었다. 그런데 끝없이 나무를 하고 소를 먹이고 손이 뭉개지도록 일을 하다가 밤이면 삼매에 드는 수월 스님은, 깨달음은 그런 게 아니라고, '나'가 흔적도 없이 사라지는 자리라고 자신의 삶으로 가르쳐 보였다.

《달을 듣는 강물》은 1996년에 해냄에서 처음 출간되었다.
2004년에 학고재에서《물 속을 걸어가는 달》로 개정판이 나왔다.

김진태

1952년에 태어나 서울대학교 법학과를 졸업했다. 대학 4학년 때 민청학련 사건에
연루되어 백봉 스님의 거처로 피신한 것이 계기가 되어 불교에 눈을 떴다. 이후 효
당 스님, 무천 스님 등에게 불교와 주역을 배웠다. 1982년에 사법고시에 합격하고
1985년부터 검사로 일했다.《달을 듣는 강물》로 수월 스님의 삶을 처음 세상에 알
렸다.

1990년대 말, 한 기독교 여성 단체 회원들과 어울려 무주로 나들이를 다녀오게 되었다. 사회 문제와 마음공부에 관심이 많은 분들이라 서로 즐겁게 이야기를 나누다가 최근에 감명 깊게 읽은 책으로 화제가 돌아갔다. 내가 꼽은 몇 권의 책 중에는 한국 근대 불교의 고승 수월 스님의 일대기를 다룬 《달을 듣는 강물》이 있었다. 읽는 사이사이 감동의 눈물이 복받쳐 몇 번을 울었다고, 최근에 그토록 사무치게 다가온 책은 없었다고 하니 한 전도사님이 반색을 하며 말을 받았다.

　"아, 그 책! 나도 그랬지요. 어찌나 감동적이던지 읽다 말고 일어나 몇 번이나 책에 대고 절하며 읽었다니까요."

　기독교인이 책에 절을 했다는 말이 재미있기도 하고 놀랍기도 했다. 그때 좋은 책은 종교의 벽을 넘어 읽는 사람의 마음속으로 곧장 들어간다는 것을 알았다.

　머슴살이를 하다가 출가했다는 수월 스님에 관해서는 탄생지나 탄생 연도, 출가 이전의 이름 등 개인 정보가 거의 알려져 있지 않다. 나이 서른이 넘어 절에서 허드렛일을 하며 천수대비주(《천수경》에 나오는 핵심 구절인 신묘장구대다라니의 별칭)를 외우다 대삼매를 얻은 뒤 사람들을 놀라게 한 이적(異跡)들과, 땅을 잃은 소작민들이 만주로 쫓겨가는 길목에서 묵묵히 짚신을 삼고 주먹밥을 만들어주었다는 일화들만 전해져 올 뿐이다. 저자 김진태는 서문에서 자신이 왜 지리산부터 만주, 간도, 북녘까지 수월 스님과 인연이 있는 지역과 사람들을 두루 찾아다니며 전설에 가까운 여러 일화들을 조각보 깁듯 엮어냈는지 이렇게 밝혔다.

> 자신의 삶을 찰나도 포기하지 않고 온전히 살아가면서도 그 삶 그대로를 모두 남에게 주어버렸다는 이야기는 삼독(三毒)에 힘겨워했던 저에게는 천둥이었고 벼락이었습니다.

나에게도 수월 스님의 삶은 천둥같이, 벼락같이 다가왔다. 천둥은 내 가슴 저 밑바닥까지 울리며 자비를 깨우는 큰 소리였고, 벼락은 두 번 다시 외면할 수 없는 진리의 참모습을 비추어준 빛발이었다. 수월 스님이 깨친 진리는 무색투명하고 냉철한 옳은 말씀이 아니라, 그지없고도 지극한 자비와 한 몸을 이룬 것이었다. 그는 한 오라기의 허세도 남지 않은 깨달음을 이루고 그 안으로 들어가 자비를 살아버린, 감히 흉내낼 수 없는 경지의 인간을 보여주었다. 설령 이 책이 저자가 지어낸 허구라 해도 내게는 상관없었다. 그처럼 자비와 겸손으로 오롯이 한평생을 사는 인간의 모습을 접한 것 자체로 충분했다.

그동안 내가 인간의 본성, 참존재를 깨닫고자 하는 소망을 품고 그려보던 깨달은 자의 상(像)은, 모든 근심을 가볍게 내려놓고 어떤 일에도 흔들림 없이 고상하게 미소 짓는 모습이었다. 그런데 끝없이 나무를 하고 소를 먹이고 손이 뭉개지도록 일을 하다가 밤이면 삼매에 드는 수월 스님은, 깨달음은 그런 게 아니라고, '나'가 흔적도 없이 사라지는 자리라고 자신의 삶으로 가르쳐 보였다. 나 아닌 다른 사람은 물론이고 개나 소, 강가의 물고기조차 지극한 마음으로 돌보며, 다른 생명들도 저절로 알아보고 반기는 것이 큰 진리임을 보여주었다.

이 가르침이 진하고 아름답게 내 가슴에 와 닿은 덕분에 마음공부 과정에서 '나'를 내세우는 마음이 일어나면 이것은 참된 길이 아니라고 바로잡을 수 있었다. 또 삶의 힘겨운 과제들에 부딪칠 때 메마른 지혜를 구하기보다 자비의 힘을 더 기르려 노력하게 되었다.

현직 검사인 저자 김진태가 오래 마음을 기울여 쓴 《달을 듣는 강물》은 1996년에 처음 나왔다. 이 책을 읽은 1998년 봄 무렵은 내가 본격적으로 불교를 접하기 전이라 스님들의 일대기에 관심이 없었을 텐데 어떻게 읽게 되었는지 모르겠다. 읽고 나서는 여러 사람들에게 선물하거나 일독을 권했는데 아쉽게도 곧 절판되었고 도서관에서도 찾아보기 어려워졌다. 그러다가 2004년도에 학고재 출판사에서 《물 속을 걸어가는 달》이라는 제목으로 많이 수정된 개정판이 나왔다. 개정판은 고증에 좀 더 힘을 기울인 듯 하나 나는 초판에 워낙 진한 감동을 받은 데다가 초판이 스님의 일화와 일화 사이를 좀 더 감성적으로 연결한 듯해서 《달을 듣는 강물》을 더 즐겨 권한다.

남의 집 머슴살이를 하다가 그 집에 과객으로 묵던 어느 스님에게서 부처님 말씀을 듣고 출가를 결심했다는 수월 스님은 글을 몰랐다. 출가 후 스승으로부터 천수대비주로 공부를 하라는 말씀을 듣고는 자나 깨나 밭에서 일할 때나 소를 먹일 때나 오로지 천수대비주를 외었다. 다른 잡념 없이 오직 일념으로 대비주를 외고, 대비주와 하나가 되어 그 깊이 안에 녹아들어 스님은 깨달음을 이루었다.

그 후 한밤중에 사람들이 불이 난 줄 알고 양동이를 들고 달려갈 정도로 방광(放光, 깨달은 자의 몸에서 빛이 나는 현상)하는 이적을 몇 번이나 보였다. 뿐만 아니라 세 가지 특별한 힘이 생겨서 한번 보고 들은 것은 잊어버리지 않았고, 잠이 없어졌으며, 아픈 사람의 병을 대번에 고칠 수 있었다.

수월 스님이 진리를 깨친 과정은 수행법의 우열이, 이를테면 화두냐 천수대비주냐가 문제가 아님을 보여준다. 진리를 깨치는 핵심은 공부 방법이나 방편이 아니라 오직 마음을 하나로 모으는 데 있다. 마음을 하나로 모으는 게 핵심이라고 수월 스님이 직접 일러주신 말씀을 한 스님은 이렇게 기억한다.

도를 닦는 것이 무엇인고 허니, 마음을 모으는 거여. 별거 아녀.
이리 모으나 저리 모으나 무얼 혀서든지 마음만 모으면 되는 겨.
하늘천 따지를 하든지, 하나 둘을 세든지, 주문을 외든지
워쩌튼 마음만 모으면 그만인 겨.
나는 순전히 '천수대비주'로 달통한 사람이여.
꼭 '천수대비주'가 아니더라도 '옴 마니반메훔'을 혀서라도 마음 모으기를, 워쩌깨나 아무리 생각을 안 하려고 혀도 생각을 안 할 수 없을 맨큼 해야 되는 겨.

아이들이 쫓아다니며 "원숭이 중, 원숭이 중"하고 놀릴 정도로 못생기고 행색도 남루했던 수월 스님은 눈빛만큼은 형형했다고 한다. 삼매 이후 큰 깨달음을 이루어 천장암, 지리산 천은사 등에서 몇 번이나 방광을 했으면서도, 스님은 법상에 올라 어른 행세를 하는 법 없이 늘 똑같이 물 긷고 나무 하며 일을 했다.

자신을 찾는 사람이 너무 많아지면 조용히 몸을 숨겨 다른 곳으로 떠나곤 했는데, 1915년경에는 러시아 국경 부근 만주의 수분하(綏芬河)라는 곳까지 갔다. 거기에서 수월 스님이 대도인(大道人)인 줄 모르는 젊은 주지 밑에서 모진 대우를 받았으나 역시 아무 내색 없이 묵묵히 일하고 짚신을 삼고 주먹밥을 만들어 동포들에게 나누어주었다고 한다. 수월 스님은 그 젊은 주지의 고약한 행패를 가르침 삼았노라고, 깨달음 이후의 수행인 보림(保任)으로 여겼노라고 말씀하셨다.

열심히 수행혀라. 이 공부하는 데는 다 쓸데없다. 오직 이 마음 하나 비우면 그만이 겨. 세상에서 마음 비우는 일보담 더 어려운 게 없어. 또 참는 일보담 더 어려운 일도 없어. …… 그때 나는 내 도를 다 이루기 위해 여섯 해 동안 어떤 젊은 스님 밑에 있었던 겨. 그 젊은 스님이 내게 무신 행패를 부리고 무신 욕지거리를 퍼부어도 나는 한순간도 성내는 마음이 일지 않았어. 나는 그런 내 보림 생활이 참으로 기쁘고 즐거웠던 겨. 그러니 그 젊은 스님은 내게 더없이 소중한 스승이었단 말여. 나는 그 사람 때문에 내 보림을 이룬 셈이여.

오늘날 한 분야에서 대단한 업적을 이루었으며 누구에게나 최고라고 존경을 받는 60대 초반의 전문가가 그 분야의 초심자인 젊은이에게 이와 같이 비난을 받거나 수모를 겪는다면 어떨까? 혹은 오래도록 수행을 하여 깨친 바도 있고 많은 청중 앞에서 진리에 대해 강연하는 지도자가 이런 일을 겪는다면? 아마 몇 번은 참을 수 있겠지만 수월 스님처럼 "한순간도 성내는 마음이 일지 않기는" 어려울 것이다. 스님의 마음자리는 물질계의 허상에 물들지 않은 밝은 본성의 동체대비심(同體大悲心, 남과 나를 가르지 않고 모두를 자비로 대하는 마음)을 벗어나지 않았기에, 스님은 참는 과정을 즐거운 수행으로 여기고 자신에게 시련을 준 사람을 '더없이 소중한 스승'으로 여길 수 있었다.

잭 콘필드가 말하듯 "우리가 행복과 깨달음을 얻는 길은 바위 치우기에 있지 않다. 바위들과 우리의 관계를 변화시키는 데 있다." 수월 스님은 '나'라는 마음을 비우고 '나'를 넘어서서 바위와 자신과의 관계를 변화시킴으로써 6년의 보림을 기쁨으로 마쳤다.

마음공부를 하며 지혜의 가르침을 자주 접하다 보면 자신은 그렇게 살지 못하면서도 머리로는 다 이해한 듯한 자만이 일어날 때가 있다. 그러다가도 사소한 불편에 부딪치면 금방 불쾌감이 일어나고 마음이 거칠어진다. 이럴 때 나는 "마음을 비우라."는 수월 스님의 목소리를 기억함으로써 나의 현실을 직시하고 마음 자세를 바로잡게 된다.

이 책을 읽다 보면 수월 스님의 범상치 않은 수행 일화들이 그 지역의 특징이나 시대적 배경, 불교의 가르침과 연결되어 손에 잡힐 듯한 영상으로 되살아난다. 스님이 만주 땅으로 넘어가기 직전 경원 지방에 머물며 가끔 두만강에 나가 대비주삼매에 들었다는 대목도 아름답기 그지없다. 스님이 돌부처처럼 앉아 큰 소리로 대비주를 외면, "강물 속에서 살던 크고 작은 물고기 떼가 은빛 비늘을 번쩍이며 한 길씩이나 뛰어올라 세상에 다시없는 큰 구경거리를 이루었다."고 한다. 상상만 해도 진풍경이다.

모든 존재를 감싸며 그 근원을 향해 울리는 스님의 대비주로 물고기들조차 고양되어 펄쩍펄쩍 뛰었다니, 힘겹던 그 시절 추운 고장에서 얼마나 큰 위로가 되었을 것인가. 말이 통하지 않는 존재들, 물고기나 강가의 풀 하나도 자비의 말씀으로 돌보고자 했던 어른이 이미 20세기 초반에도 이 땅에 계셨으니, 이제 '나'에 연연하는 못난 마음을 내려놓고 진정으로 참된 자각을 향해야 마땅할 것 같다.

1928년 스님이 일흔네 살 되던 해, 모처럼 다른 스님들과 함께한 여름 안거를 마친 다음 날, 점심을 드신 스님은 "나, 개울에 가서 몸 좀 씻을 텨."라는 말씀을 남기고 개울로 가서 열반에 드셨다. 삶의 끝자락에 당도했다는 것을 아시고도 어수웁의 파편 인사 한마디 없이, 잠시 나갔다가 돌아올 것처럼 말씀하시고는 홀연히 세상의 옷을 벗었다.

겉으로 보면 깡마르고 초라하기 그지없던 한 노인의 정신세계가 얼마나 깊었기에 가시는 뒷마무새까지 이토록 단정했는지 마음이 숙연해진다. 스님의 생애에 관한 세세한 이야기들은 독자들이 읽고 느낄 몫으로 남겨 둔다. 그분이 삶으로 가르친 깊이를 내 눈높이에서 말하는 일이 더는 부질없을 것이기에.

오랜 세월을
돌아서 만난 기도

마더 테레사, 《사랑하라, 온 세상을 다 가진 것처럼》

엄마에게 신은 두렵고 냉정한 심판자였고, 자신의 고생스런 삶이나
파킨슨병도 신이 내린 벌이라고 여겼다. 그러다 고통이 극에 달하
면 신을 원망하게 되어 두려움과 원망이라는 두 감정 사이에서 동요
하셨다. 그런 엄마가 안타까워서, 내가 알게 된 기도는 그런 게 아니
라고, 마더 테레사가 말하듯 '기도는 기쁨이고, 사랑이고, 평화'라고
알려드리고 싶었다.

《사랑하라, 온 세상을 다 가진 것처럼(Words to Love by……)》은
1983년 미국에서 처음 나왔다. 한국어 번역본은 2008년
이창희 번역으로 마음터에서 출간되었다.

마더 테레사 Mother Teresa

1910년 유고슬라비아에서 태어나 1928년 아일랜드 로레토 수녀원에 들어갔다.
1929년부터 20여 년 동안 인도 콜카타의 성 마리 고등학교에서 교사로 재직했다.
1950년 인도에 귀화한 뒤 콜카타에 사랑의 선교회((Missionaries of Charity)를
설립했다. 이후 죽어 가는 사람들을 위한 집, 한센병 환자를 위한 집, 어린이들을
위한 집, 에이즈 환자를 위한 집 등을 마련하여 가난하고 버림받은 이들을 돕는
데 헌신했다. 1979년 노벨평화상을 수상했다. 1997년에 심장 질환으로 세상을
떠났다.

몇 해 전 10년 넘게 파킨슨병을 앓으시면서도 당신 집에서 혼자 살기를 고집하던 엄마가 몹시 긴장된 목소리로 "나 이사 가야지, 도저히 안 되겠다."라고 하셨다. 불안에 싸인 엄마를 다독여 자초지종을 들으니, 밤마다 잠을 못 자게 괴롭히는 소리가 들려 다섯 달째 고생해 왔다는 것이다. 환청이 왔음을 직감했다.

처음부터 의사는 파킨슨병 약의 부작용으로 환청, 환각, 치매, 변비 같은 증세가 생길 수 있다고 주의를 주었다. 그동안 다른 민간요법을 병행하며 무리 없이 지내셨는데 이제 한계에 도달한 모양이었다. 엄마는 지난 다섯 달 동안 밤마다 젊은이들이 문 앞에 와서 떠들었으니, 화가 나서 "어서 가라."고 소리를 지르기도 했고 새벽에 경찰에 신고해서 두 번이나 경찰이 다녀갔다는 놀라운 고백을 하셨다. 다섯 달 동안이나 자식들에게 말을 안 한 이유를 물으니 자신을 믿어주지 않고 헛소리한다고 할까 봐 그랬다는 것이다.

약의 부작용으로 생긴 환청이라 다른 약을 쓸 수도 없고 그대로 가면 증상이 더 심각해질 터라 나라도 정신을 바짝 차려야겠다고 생각했다. 나는 엄마 손을 붙잡고 눈을 마주 바라보며 아주 진지하게 말했다.

"엄마, 나도 비슷한 걸 겪어봐서 이해할 수 있어요. 엄마한테는 분명히 무슨 소리가 들리지만 그게 다른 사람한테는 안 들려요. 아주 진짜 같은데 누가 내는 소리가 아니라 엄마 귀에만 들리는 소리예요. 그런 걸 환청이라고 그래. 딸이 엄마한테 안 좋은 걸 시킬 리는 없겠지? 그러니 오늘부터 우리 집에 가서 며칠 지내봐요. 그 젊은이들이 우리 집은 모르니 거기까지 쫓아오지는 않을 거 아니야? 만약 우리 집에서도 그 소리가 들리면 그게 환청이구나 하고 엄마가 분명히 알고 이겨낼 방법을 찾아야 해요."

혼란스럽고 불안한 표정으로 우리 집으로 오신 엄마는 잠시 후에 여전히 그 소리가 들린다고 하셨다. 어찌할 바를 몰라 하는 엄마에게 나는 다시 한 번 침착하게, 그리고 분명한 어조로 말했다.

"환청이 딴 게 아니고 약 때문에 생긴 부작용인데, 그걸 고칠 약이 따로 없어요. 그러니 엄마가 마음을 굳게 먹고 '이게 환청이구나.' 하면서 이겨내셔야 해요. 그게 진짜 소리가 아니니까 엄마 마음만 하나로 모으면 다 물리칠 수 있어요. 무슨 소리가 들리기 시작하면 거기에 마음 쓰지 말고 엄마가 늘 하시는 기도를 하세요. 오로지 기도에만 마음을 쏟고 있으면 진짜가 아닌 소리는 물러가게 되어 있어요. 몸이 병든다고 정신까지 흐려지면 안 되잖아? 그러니 엄마가 간절하게 마음을 모아 기도하시면 다 잘될 거예요. 그 소리가 사라지고 안정이 될 때까지 우리 집에서 지내시고요."

일단 엄마를 안심시키기는 했지만 마음 약한 엄마에게 쉽지 않은 일이라 뭔가 힘을 주는 조치가 필요하다는 생각이 들었다. 가톨릭 신자인 엄마를 위해 성당에 가서 상황을 말씀드리고 수녀님을 급히 집으로 모셔 왔다. 평소 신에 대한 두려움과 죄의식이 깊었던 엄마는 수

녀님을 보시더니 어린애처럼 엉엉 우시며 자신이 죄가 많아서 큰 벌을
받는 모양이라고 하셨다.

수녀님은 환한 미소를 지으며 "주님은 절대 벌을 주는 그런 분이
아니세요. 자매님을 깊이 사랑하십니다. 걱정하지 마세요."라고 위로
해주셨다. 그 말씀에 엄마의 눈빛에 맑은 기운이 돌아오는 것이 보였
다. 그 후 엄마는 기도를 하면 귀에서 들리던 소리가 작아지거나 사
라지는 것을 경험하시고는 그 소리가 환청이었음을 분명히 이해하게
되었고 차츰 안정을 되찾으셨다.

기도. 마흔 살 가까이 되어서야 내 마음에 품게 된 말. 학교에서 배
우는 지식이 세상을 이해하는 유일한 길인 줄 알았던 중고등학교 시
절은 물론이고 '물질이 의식에 우선한다'는 유물론적 세계관으로 사
고 체계를 구축했던 대학 시절 이후에도, 내가 기도를 하게 되리라고
는 상상하지 못했다.

30대 후반, 사찰 수련회에서 《자비경》을 접하고 기도의 아름다움을
처음으로 실감했다. 그 이전까지 보았던 기도는 죄를 고백하고 신께
용서를 구하는 기도나 원하는 일이 이루어지도록 요청하는 기도, 말
하자면 구하는 바가 있는 기도였다. 하지만 "살아 있는 모든 것은 다
평화롭고 안락하고 행복하기를 기원합니다."로 시작되는 《자비경》의
기도는 '나'가 비워진 자리에서 더 큰 마음을 향해 열리는 기도였다.
그런 기도에서 '나'의 비좁았던 마음 안으로 기쁨과 평화가 흘러드는
것을 느꼈고, 기도의 고귀한 힘을 엿보았다.

마더 테레사의 《사랑하라, 온 세상을 다 가진 것처럼》은 육신의 병 못지않게 마음의 고통이 심했던 엄마에게 기도를 되찾아드리고 싶어 함께 읽었던 책이다. 신부와 수녀를 많이 배출한 외가의 영향으로 모태에서부터 가톨릭 신자였던 엄마는 성경을 제대로 공부해본 적이 없으셨다. 또 자식들을 키우는 동안 계명을 어기고 냉담(가톨릭 신자가 오랫동안 미사에 참석하지 않는 것)했던 일에 심한 죄의식을 품고 있었다.

엄마에게 신은 두렵고 냉정한 심판자였고, 자신의 고생스런 삶이나 파킨슨병도 신이 내린 벌이라고 여겼다. 그러다 고통이 극에 달하면 신을 원망하게 되어 두려움과 원망이라는 두 감정 사이에서 동요하셨다. 그런 엄마가 안타까워서, 내가 알게 된 기도는 그런 게 아니라고, 마더 테레사가 말하듯 '기도는 기쁨이고, 사랑이고, 평화'라고 알려드리고 싶었다.

기도는 기쁨이며
사랑이고
평화입니다.
기도는 설명할 수 없고
직접 겪어야 합니다.
불가능한 일이 아니죠.
원하면 하느님이 주시니까요.
"구하라, 그러면 받을 것이다."
하느님은 하느님의 아이들에게
무엇을 주어야 하는지 아십니다.

이것 말고도 하느님 아버지가 아시는 일은 많죠.

기도는 침묵으로 시작합니다.
하느님은 침묵하는 마음을 향해 말씀하십니다.
그러고 나서 우리가 마음을 모아 하느님께 말하기 시작합니다.
그러면 하느님이 들으십니다.
기도는 성경으로 시작합니다.
먼저 하느님의 말씀을 듣는 거죠.
그러고는 마음을 모아 하느님께 이야기를 시작합니다.
그러면 하느님이 들으십니다.
이것이 바로 진정한 기도입니다.
하느님과 우리가 모두 듣기도 하고 말하기도 하는 것.

기도에 관한 이 구절을 읽으며 근본은 다 통하는구나 싶어 무척 기뻤다. 참나운 기도를 하면 누구나 사랑과 평화 인에 미물고 그 기쁨 속에 녹아들게 된다. 기독교인, 불교인, 이슬람교인 모두 각자의 종교에 따라 기도하는 방법과 대상은 다르지만, 그 기도가 참되다면 누구나 분명 갈등과 미움을 넘어서서 신의 손길로 빚어진 세상 모든 것에 사랑과 평화를 느끼게 된다.

그런 기도는 '침묵'으로 시작하며 '마음을 모아 이야기를 시작하는 것'이라고 마더 테레사는 말한다. 진정한 기도를 하려면 먼저 '침묵'해야 한다. 이때의 침묵은 그저 입을 다무는 것에 그치지 않고 머릿속의 중얼거림까지 내려놓는 일이다. 침묵은 바깥 경계를 향해 바삐 움직이던 마음과 감각적인 지각, 이성적인 사고를 가라앉히고 내면을 비춘다. 밝아지고 고요해진 마음 상태에서는 판단하고 반응하던 일상적인 마음의 습관이 쉽게 일어나지 않는다. '참자기'에 깊이 연결된 그 마음은 근원적인 신성을 느끼며 감사할 수 있도록 활짝 열린다. 그 마음자리에서 드리는 말씀을 비로소 하느님, 신이 듣는 것이다.

내 경험으로는 기도할 때의 침묵이 명상의 침묵과 별반 다르지 않다. 위빠사나 같은 관법 명상을 하려고 자세를 바로잡고 앉아 침묵에 들면 산만했던 마음이 하나로 모이면서 깊은 고요와 따로 구하려고 애쓸 필요 없는 평화로움이 자리한다. 조금 전까지 마음을 어지럽히던 불만거리나 불안한 마음이 사라지고, 뭔지 모를 충만감이 그 빈자리를 채운다. 군이 신을 떠올리지 않더라도 나와 세상 모두 커다란 사랑 가운데 있음을 느끼며 그 기쁨을 누리게 된다.

이런 마음 상태에서 하는 기도의 말은 불안감에서 나오는 죄의 고백일 수 없고, 이기적인 욕망의 추구도 아니다. 이렇게 기도하면 사랑과 기쁨이 자신의 삶으로 흘러들어 곤고하고 고통스러운 삶 가운데 있을지라도 고난을 담담히 헤쳐 나갈 수 있게 된다.

신이라는 심판자 앞에 무릎 꿇은 죄인의 고백을 기도로 여겼던 우리 엄마의 경우가 한 극단이라면, 요즘의 또 한 극단에는 자신들의 허영과 이기심을 충족하려고 신성을 불러내는 기도의 흐름이 있는 듯하다. 티베트 승려 초감 트룽빠는 영성을 추구한다면서도 이기적인 자아를 독립적 실체로 계속 존속시키며 좋은 것만 찾고 나쁜 것은 피하려는 경향을 지닌 사람들을 영적 물질주의(spiritual materialism)라고 비판한 바 있다.

현실의 삶에 필요한 것과 이루어지기를 바라는 것에는 대개 분리된 에고의 욕망이 투영되어 있다. 욕망을 마음속 심상으로 간직하고 그것을 현실에서 근사하게 달성하고자 기도한다면 이는 참된 근원을 사랑하는 일에 몰입하는 것과는 거리가 먼 일종의 거래가 되고 만다. 오히려 물질 세계에서 느끼는 부족을 심리적으로도 각인하는 결과를 초래함으로써 자신의 내면을 훨씬 더 빈약하게 만들고 본래의 참됨으로부터 멀어지게 할 수 있다.

오스트레일리아 원주민 참사람부족이나 하와이 원주민들의 전통 기도도 이런 수준을 넘어서 있다. 특히 극빈자들을 위해 헌신과 봉사의 삶을 살았던 마더 테레사와 '사랑의 선교 수녀회'는 많은 물질적·심리적 도움이 필요했을 텐데도 마더 테레사는 기도에서 그런 필요를 신에게 부탁하라고 하지 않았다. 다시 말하거니와 기도란 기쁨과 사랑 가운데 거하는 일이며, 하느님과 자신이 서로 이야기를 주고받으며 함께하는 것이다.

마더 테레사의 말씀 가운데 내게 선명하게 다가온 한마디가 또 있다. 한 번에 단 한 사람, 그렇게 선택하고 그렇게 시작해야 한다는 말이다.

나는 한 번에 한 사람만을 사랑할 수 있습니다.
한 번에 한 사람만을 먹일 수 있습니다.
단 한 사람, 한 사람, 한 사람,

여러분은 서로에게 가까이 다가감으로써

그리스도에게 한 발 더 가까이 갈 수 있습니다.

그리스도께서 말씀하셨듯이,

이곳에 있는 가장 보잘것없는 사람 한 명에게 베푼 것이

바로 그리스도에게 베푼 것이기 때문입니다.

그러니까 여러분도 시작하고 나도 시작합니다.

나는 한 사람을 선택했습니다.

내가 바로 그 사람을 선택하지 못했다면

아마 4만 2천 명도 선택하지 못했을 것입니다.

이 모든 일이 바다의 물 한 방울과도 같습니다.

그러나 내가 그 물 한 방울을 떨어뜨리지 않았더라면,

바다는 물 한 방울만큼 적었을 것입니다.

여러분도 마찬가지입니다.

세상에 깊은 영향을 끼친 마더 테레사의 봉사의 비결은 '한 번에 한 사람씩' 돕는 지극히 단순한 원리에 있었다. 나는 이 말씀에서 '위대함의 단순함'이라는 역설을 보았다. 그리고 내 삶이 변화해 가는 가운데 이 말씀이 진실임을 점차 확인할 수 있었다.

처음 108배를 시작하려면 아득한 느낌이 들지만 한 번 엎드렸다가 일어나면 그것이 한 번의 절이 되고, 그다음에 한 번 엎드리고 또 엎드리다 보면 결국 108배를 하게 된다. 특별한 각오로 100일 명상을 하겠다고 마음먹었을 때도 이와 같았다. 몇 날이 흘렀는지 세어보는 것보다 그저 하루에 한 번씩 자리를 잡고 앉는 것이 중요했다. 위대

한 변화를 꿈꾸면서도 이루지 못하는 가장 큰 이유는 아마도 조급하게 결과를 바라는 조바심과 한두 번 시도하다가 이내 포기하고 마는 허약한 마음 때문일 것이다.

거칠게 말하는 의사소통 습관을 바꾸려고 하는 사람들에게 나는 마더 테레사의 이 말씀을 자주 인용한다. 지난번에 친절하게 말하려다 실패했다 하더라도 이번에 친절하게 말하는 것이 중요하다. 그리고 다음 기회가 오면 또 한 번 친절하게 말해보는 것이다. 그렇게 조금씩 쌓이다 보면 바다의 물 한 방울처럼 결코 미미하지만은 않은 변화가 이루어진다.

달리 소개가 필요 없도록 유명한, 봉사와 헌신의 삶을 살았던 마더 테레사. 이 위대한 수녀님은 가난한 이들 가운데 가장 가난한 이들에게 봉사하라는 소명을 듣고 1950년 인도 콜카타에 '사랑의 선교회'를 설립하여 4만 명이 넘는 버림받은 노숙자, 나환자, 에이즈 환자들을 도왔다. 그리고 1997년 9월, 87세로 이 세상에서 지낸 봉사의 삶을 접고 눈을 감았다. 그 후 6년 만인 2003년에 가톨릭 성인으로 인정되기 전 단계인 복자 반열에 올랐다.

버림받아 가장 쓸쓸하고 외롭게 죽어 가는 사람들을 '고통을 겪는 빈자로 가장한 그리스도'라고 여기고 그들에게 그리스도를 향한 사랑을 베풀어 세상에서 보기 드문 헌신의 삶을 이뤄낸 마더 테레사. 그런 봉사의 삶을 따라 살기는 쉽지 않다. 하지만 테레사가 말한 진정한 기도의 의미를 깨닫고 사랑과 기쁨 속에서 기도하는 일은 누구나 할 수 있다.

가슴을
끌어당기는 빛

아서 오즈번, 《라마나 마하르쉬와 진아지의 길》

마하르쉬는 '나'의 외부에 다른 인격체로 존재하는 스승이 있어 가르침을 베풀며 이끌어준다는 관점이 옳지 않다는 것을 늘 분명히 했다. 사람들이 육신을 자신으로 동일시하고 서로 분리되어 있다고 여기므로 외부에서 스승을 찾지만 이 그릇된 동일시가 사라지면 '신, 스승, 그리고 진아는 동일'하므로 스승은 내면에 있는 진아라는 것을 알게 된다고 말한다.

《라마나 마하르쉬와 진아지의 길(Ramana Maharshi and the Path of Self
Knowledge)》은 1954년에 처음 나왔다.
한국어 번역본은 2000년 대성 번역으로 탐구사에서 출간되었다.

아서 오즈번 Arthur Osborne

1906년 영국에서 태어나 옥스퍼드 대학에서 영문학과 역사학을 공부했다. 옥스퍼
드 대학 교수로 일하다 삶의 의미를 발견하기 위해 폴란드와 타이로 떠나 수행하
다 라마나 마하르쉬에 관해 알게 되었다. 2차 세계대전 중 타이에서 일본군에 붙
잡혀 4년간 포로 생활을 했고, 전쟁이 끝난 뒤 인도에 가서 마하르쉬의 제자가 되
었다.

한때 신문사에서 일하고 콜카타에서 학교 교장을 역임하기도 했으나 은퇴한 뒤
에는 마하르쉬의 아슈람에서 수행을 계속했다. 아슈람의 정기 간행물 〈Mountain
Path〉를 발간하고 《라마나 마하르쉬 저작 전집》을 엮는 등 마하르쉬의 가르침을
알리는 데 힘썼다. 1970년 세상을 떠났다.

바가반 슈리 라마나 마하르쉬. 그를 어떻게 표현할 수 있을까? 말이 아닌 침묵으로 진리를 전수하여 그 자체가 가르침이자 경전이 되었던 존재. 남인도 타밀 지역에서 태어나 깨달음을 이룬 뒤 아루나찰라 산을 떠난 적이 없으면서도 지고의 빛으로 많은 서양인들을 모여들게 한 세계적인 스승. 힌두교의 개념을 사용하긴 했으나 모든 종교와 종파를 넘어섰고, 전통을 존중하면서도 현대인들에게 적합한 가르침을 편 성자. 1950년에 대열반에 들었지만 지금도 그의 아슈람(수행자의 거처)에 가면 누구나 그의 현존을 느낀다는 불멸의 진인. 마하르쉬의 책을 집중적으로 번역한 대성 스님은 마하르쉬에 대해 이렇게 말힌다.

(인류가 정신적 혼돈 속에서 많은 고통과 희생을 감수해야 했던 20세기 전반기에) 인도에서는 라마나 마하르쉬라는 한 위대한 스승이 비할 바 없는 탁월한 가르침으로 인류의 영혼을 정화하고 있었다. 그는 인류의 영적 고향 인도가 지난 천 년간 배출한 무수한 스승들 중에서도 단연 두드러지며, 크리슈나와 붓다, 그리스도와 상카라의 위대한 전승을 진아(眞我) 깨달음이라는 영원한 진리 안에서 한 몸으로 구현했다.

나 또한 마하르쉬의 가르침이 미래에 인류의 종교가 되리라고 직관적으로 느꼈다. 양자역학이나 뇌생리학 등의 발전으로 인류의 지성이 초월성과 영성에 더 가까이 다가가고 기성 종교의 배타적인 울타리가 허물어지면, 앞으로 천 년 동안 인류의 종교는 마하르쉬의 가르침에서 퍼져 나가리라는 예감이었다.

이런 위대한 스승이 동시대에 살았다는 사실에 감사했고, 한 번이라도 기회가 닿는다면 그의 아슈람에 가서 꽃을 올리고 싶었다. 지난 세기 두 번의 세계대전을 일으킨 인류의 정신적 무지와 광기의 어두움 앞에 그가 참된 자각의 등불로 존재했다는 것과, 이 미욱한 자의 가슴에까지 그 불씨가 옮겨온 데 감사를 전하고 싶었다.

아슈람을 방문하고 싶다는 바람은 별로 나답지 않은 생각이었다. 나는 낯선 대상에게 쉽게 다가가거나 유명한 인물을 찾아다니는 부류가 아니었다. 인도란 나라에도 특별한 관심이 없었고 더욱이 힌두교는 전혀 아는 바가 없었다. 마하르쉬에 관해서도 《라마나 마하르쉬와 진아지의 길》 외에, 《있는 그대로》, 《마하르쉬 저작 선집》, 《그대 자신을 알라》 등 국내에서 출판된 대여섯 권의 책을 읽은 게 고작이었다.

그런데도 2009년 여름 모처럼 시간 여유가 생기자 나는 아슈람에 부지런히 메일을 보내 열흘간 머물 예약을 하고 그 멀고 낯선 곳을 향해 홀로 비행기를 탔다. 작은 감사의 마음을 품고 출발한 그 여정에서 은총을 한 아름 안고 돌아올 줄은 예상하지 못한 채였다.

마하르쉬의 가르침을 따라가기에 앞서 그의 생애와 인물됨을 알기 위해서는 영국인 아서 오즈번이 쓴 《라마나 마하르쉬와 진아지의 길》을 통과해야 한다. 제2차 세계대전 후 마하르쉬 생존 당시 그의 아슈람에 머물기도 했던 아서 오즈번은 각종 전기 자료와 어록, 그리고 자신이 직접 체험한 일들을 엮어서 마하르쉬의 인간적인 면모와 가르침을 생생하게 담아냈다.

모두 18장의 내용은 1879년 마하르쉬의 탄생부터 출가, 초기 침묵 속의 현존, 그리고 1950년 대열반에 들 때까지의 삶의 모습과 일화들을 인간의 눈높이에서 조명한다. 마하르쉬의 주요 가르침을 다룬 다른 책들에서는 볼 수 없는 기이하고 유쾌한 일화들이 들어 있어 숭고하면서도 순수한 마하르쉬의 존재감을 느낄 수 있다. 또한 힌두교 전통에 지식이 없는 사람도 그의 진아 탐구 가르침의 기본 원리들을 무리 없이 받아들일 수 있다.

마하르쉬는 열여섯 살이라는 어린 나이에 갑작스레 죽음 체험을 하고는 자신이 몸을 초월한 존재임을 깨달았다. 스스로 존재 그 자체에 몰입되는 경험을 계속 하다가 "제 아버지의 부르심에 따라 아버지를 찾으러 떠납니다."라는 메모를 남기고는 집을 떠나 아루나찰라 산으로 갔다. 거기에서 곧장 삼매에 들어 진아 깨달음의 상태에 확고히 머물며 3년 이상 침묵 속에 깃들여 있었다. 그 후 인도 각지와 서양에서 그의 발치로 모여드는 제자들에게 침묵으로 가르침을 폈다.

마하르쉬는 출가한 이후 열반에 이를 때까지 50여 년을 줄곧 아루나찰라 산에만 머물렀다. 그는 힌두교 성산(聖山)의 하나로 꼽히는 아루나찰라 산 자체가 '지구의 심장이며 세계의 영적인 중심'이라 했으며 그 산에 바치는 헌시를 직접 짓기도 했다. 마하르쉬가 20세의 젊은 수행자 시절 머문 곳이 이 산의 아주 작은 동굴인 비루팍샤 동굴인데, 그는 17년간을 거기에서 지냈다. 그 후 그의 어머니가 그곳에 살러 오고 헌신자라고 하는 일군의 제자들이 함께 지내게 되자 좀 더 높은 곳에 스칸다슈람이라는 거처를 지어 1916년부터는 그곳에 머물렀다.

산 아래 있는 아슈람에서 출발하면 한 시간 이내에 비루팍샤 동굴과 스칸다슈람에 다다를 수 있어, 방문객들은 성지 순례 삼아 두 곳을 함께 찾는다. 나도 그런 마음으로 스칸다슈람을 찾아갔다. 내 눈에 비친 그곳은 매우 소박한 서너 칸짜리 산막에 불과했다. 마하르쉬가 기거하며 침묵으로 말씀을 베푼 방도 옛 농가의 한 칸짜리 방처럼 아주 작았다. 아무 장식도 없이 사진만 놓인 붉은 침상에 존경의 마음으로 세 번 절을 올리다 마음이 뭉클했다. 기왕이면 그 방에서 마하르쉬의 침묵을 느껴보고 싶었지만 이미 서양인 방문객 두 사람이 명상 중이어서 공간이 없었다.

밖으로 나오니 건물 왼쪽 편에 마하르쉬의 어머니가 5년간 아들 곁에서 살다 돌아간 '어머니의 방'이 따로 있었다. 폭 1.5미터, 길이 2.5미터나 될까 싶은 아주 작은 방이었다. 안쪽 벽에 어머니 사진이 놓여 있고 그 앞에 초와 꽃, 공양물을 놓는 쟁반이 놓여 있었다. 꽃과 공양물을 정돈하는 아슈람 소임자와 명상 중인 방문객이 한 명 있었다.

'어머니의 방'에라도 좀 앉아 있으려고 들어갔다. 어머니 사진을 보며 세 번 절을 하는데, 갑자기 가슴속에서 커다란 덩어리처럼 울음이 울컥 하고 솟구쳤다. 내 머리는 슬픔을 인식하지 못하는데도 가슴 깊은 곳에서 흐느낌이 온몸을 흔들며 올라왔다. 나는 그 오열의 정체를 이해하지 못해 당황했다. '어, 어, 이게 뭐지? 이러면 안 되는데, 명상을 하는 사람이 있어서 소리를 내거나 하면 방해되는데 …….' 하고 머릿속으로는 중얼거리면서도 눈물이 걷잡을 수 없이 쏟아져 콧물과 뒤범벅이 되었다. 흐느끼는 소리를 막으려 손수건으로 입을 틀어막았지만 숨쉬기 어려울 정도의 오열로 등을 들썩이며 한참을 울었다.

어른대는 눈물 너머로 마하르쉬의 어깨에 기댄 그의 어머니의 영상이 계속 떠올랐다. 그러자 짧은 순간에 연민, 가엾음, 안쓰러움 같은 감정들이 폭포처럼 밀려 나오며, 병고에 시달리는 나의 엄마, 동물과 곤충들의 어미들까지 그 감정 안에서 연상되었다. 아슈람 소임자가 나를 이상하게 쳐다보는 것 같아 가까스로 진정했다. 그때 언뜻 작은 생쥐 한 마리가 어머니 사진 뒤에서 움직이지도 않고 나를 쳐다보는 게 눈에 들어왔다.

그처럼 눈물을 쏟게 된 까닭을 알 수는 없었다. 하지만 그 원인을 분석해서 머리로 이해하거나 다른 사람들도 유사한 경험을 했는지 묻고 싶지도 않았다. 아서 오즈번은 마하르쉬 앞에 가면 사람들은 마치 펼쳐진 책과 같이 되었다고 전한다. 마하르쉬는 꿰뚫는 듯한 시선을 던져 제자의 명상이 얼마나 진보했는지를 간파하고 이따금 그 시선으로 직접 은총의 힘을 전해주었다. 그러니 여전히 그곳에 넘쳐흐르는 마하르쉬의 자각의 빛이 에고로서의 나는 알 수 없는 무의식을 건드렸을 수도 있고 명상의 진보를 위한 은총을 준 것인지도 모른다.

스칸다슈람에서 지내던 마하르쉬는 어느 날 어머니의 무덤으로 포행(布行, 느리게 천천히 걷는 것)을 왔다가 거기에 머물러야겠다는 강한 충동을 느꼈다고 한다. 이것이 슈리 라마나스라맘이라는 오늘날의 아슈람을 건립하는 계기가 되었고 그는 1922년부터 거기에 머물렀다. 아슈람에서 마하르쉬의 일과가 어땠는지 아서 오즈번은 자세히 묘사한다.

슈리 바가반(마하르쉬)이 여덟 시까지 회당에 돌아오면 헌신자들이 도착하기 시작한다. 아홉 시가 되면 회당은 꽉 찬다. 처음 온 사람이라면 아마도, 회당이 얼마나 친밀감을 주며 자기 스승에게 얼마나 가까이 있는지 느끼게 될 것이다. 왜냐하면 전체 공간이 겨우 길이 12미터에 폭 4.5미터짜리의 방이기 때문이다.

어떤 사람들은 지금도 눈을 감고 명상에 잠겨 있지만, 다른 사람들은 휴식하면서 단지 슈리 바가반을 즐겁게 바라보고만 있다. 어느 방문객이 자기가 지은 찬가를 부른다. 어디 멀리 갔다가 돌아온 사람이 과일 공양물을 그의 발 앞에 올리고 나서, 당신 앞의 사람들이 앉아 있는 줄에서 앉을 자리를 찾아낸다. 시자(侍者) 한 사람이 그 공양물의 일부를 슈리 바가반의 은사물로서 그 사람에게 돌려준다.

정말로 마하르쉬 아슈람의 회당들은 크거나 화려하지 않았다. 게다가 삼매전과 회당 내에 실물 크기의 마하르쉬 좌상이 있어서 그의 현존을 보는 듯한 친밀감이 들었다. 회당에서는 공식적인 예식 시간 외에는 벽에 등을 붙이고 앉아 있는 사람, 경전을 읽는 사람, 명상에 빠져 있는 사람 등 형식에 구애됨이 없이 각자 원하는 것을 했다.

나는 아슈람에 머무는 동안 구회당이나 신회당 구석에 적당히 자리를 잡고 명상 자세로 앉아 있었다. 주변이 소란스러워도 자리를 잡고 앉으면 이내 집중이 되고 내 안으로부터 가볍게 진동하며 끌어당기는 힘이 느껴졌다. 집에서 명상할 때는 호흡을 가다듬고 의식을 모으려는 노력이 먼저였는데, 여기서는 애쓰지 않아도 내 안에서 저절로 중심이 형성되어 그것이 나를 이끄는 듯했다. 편안하고 따사로운 기운이 나를 감싸고 있었고, 졸음이 몰려오거나 의식이 멍해지는 경우도 거의 없었다. 마치 자석에 고정되듯 무언가 안으로부터 저절로 나를 조율해주는 느낌이었다. 마하르쉬의 열반 후에 이러한 명상 체험이 나에게만 일어난 것이 아니었음을 보여주는 대목이 있다.

그는 어느 때보다도 더 내적인 스승이 되었다. 그에게 의존하던 사람들은 이제 당신의 인도가 더욱 적극적이고 강력하다는 것을 느낀다. 그들의 생각은 더욱 끊임없이 그에게 고정된다. 내적인 스승에게 이르는 자기탐구는 더욱 쉬워지고 더 많은 사람들이 따를 수 있게 되었다. 명상을 하면 은총의 직접적인 흐름을 더 많이 받게 되었다. 좋은 행위든 나쁜 행위든, 그 행위의 과보는 더 신속하고 강하게 돌아온다.

마하르쉬가 다른 영적 스승들과 구별되는 가장 큰 특징은 '침묵의 성자'로서 침묵의 가르침을 편 것이다. 열아홉 살 때부터 깊은 침묵에 잠겨 있었던 그는 가출한 아들을 데리러 와서 울며 호소하는 어머니에게조차 침묵을 지키며 이렇게 적어주었다.

일어나게 되어 있지 않은 일은 아무리 애를 써도 일어나지 않을 것이고, 일어나게 되어 있는 일은 아무리 막으려고 해도 일어날 것입니다. 이것은 확실합니다. 따라서 최선의 길은 침묵하는 것입니다.

마하르쉬는 "설법은 사람들을 몇 시간 동안 즐겁게 해주면서도 그들을 진보시키지 못할지 모르나, 반면에 침묵은 영원하며 전 인류에게 혜택을 준다."고 말했다. 그가 말하는 침묵은 단순한 말없음이 아니다. 침묵은 말이 끊긴 자리에서 참된 진리를 직접적으로 드러내는 방식이었고, 특히 스승의 침묵은 머리를 거치지 않고 가슴에서 가슴으로 곧장 전달되는 영적 감화력이었다.

그의 가르침은 침묵 가운데 영적인 파동으로 전달되었는데, 이를 접한 어떤 사람은 "그 눈길은 나를 일종의 진동(vibration)으로 사로잡았는데, 나에게 그 진동이 또렷이 들릴 정도였다."고 묘사하기도 했다. 최초의 유럽인 방문객이었던 험프리즈는 이렇게 말했다.

저는 그(마하르쉬)의 육신이 성령의 사원(Temple of the Holy Ghost)이라는 것을 깨닫기 시작했습니다. 저는 그의 육신은 사람이 아니라는 것을 느낄 수 있을 뿐이었습니다. 그것은 신의 도구였으며, …… 거기에서부터 신이 엄청나게 방사되고 있었습니다. 저 자신의 느낌은 도저히 묘사할 수 없는 것이었습니다.

아서 오즈번은 다양한 일화를 들어 마하르쉬의 침묵이 어떻게 방문객이나 헌신자의 가슴으로 흘러들어 자비와 은총이 되었는지를 보여준다. 그렇지만 마하르쉬는 '나'의 외부에 다른 인격체로 존재하는 스승이 있어 가르침을 베풀며 이끌어준다는 관점이 옳지 않다는 것을 늘 분명히 했다. 사람들이 육신을 자신으로 동일시하고 서로 분리되어 있다고 여기므로 외부에서 스승을 찾지만 이 그릇된 동일시가 사라지면 '신, 스승, 그리고 진아는 동일'하므로 스승은 내면에 있는 진아라는 것을 알게 된다고 말한다.

스승은 언제나 진아의 심오한 깊이 안에 안주하는 사람입니다. 그는 그 자신과 다른 사람들 사이에 아무런 차이도 보지 않으며, 그릇된 분별의 관념, 즉 그 자신은 깨달은 자 혹은 해탈한 자이고, 자기 주위의 다른 사람들은 속박되어 있거나 무지의 어둠 속에 있다는 관념에서 완전히 벗어나 있습니다.

그가 침묵 속에서 방사한 엄청난 영적 감화력은 진리에 합일되어 있는 상태로부터 나오는 속성이지 그의 개인적인 힘이나 능력이 아니라는 것이다. 그래서 아슈람에 찾아와 한동안 머물다가 집으로 돌아가는 사람들이 이별을 아쉬워하면 마하르쉬는 웃으며 "바가반(마하르쉬)은 항상 그대와 함께, 그대의 안에 있습니다. 그대 안의 진아가 바가반입니다."라고 말했다. 1950년 4월 그가 육신을 벗으리라는 것을 알고 슬퍼하는 사람들에게도 그는 같은 말을 했다. "사람들은 내가 죽는다고 말하지만 나는 가는 것이 아니다. 내가 어디로 가겠는가? 나는 여기 있다."

　다른 종교 전통에 깊이 헌신하고 있거나 확고한 구도의 길을 선택한 사람이라면 굳이 이 책을 읽지 않아도 된다. 하지만 이 책을 읽으며 마하르쉬의 생애를 따라가는 사람에게는 가장 중요한 삶의 목적인 '내가 누구인지 알고 싶다'는 마음이 간절히 일어날 것이다. 그러면 우연처럼 다음 여정을 만나고 서서히 '참자기'에 이르는 길로 발을 옮기게 될 것이다. 나 또한 그렇게 이끌리는 길목에서 마하르쉬의 아슈람을 방문했고 열흘간 따스하고 깊은 은총의 시간을 누렸다. 열흘 동안의 빈약한 식사와 열대야 때문에 체력이 소진되어 집에 돌아와 심각한 후유증을 겪기도 했다. 하지만 그 또한 자각으로 가는 여정에서 마주쳐야 했던 축복과 고통의 역설이었다.

숨겨진 전체성에
연결되기

파커 파머, 《온전한 삶으로의 여행》

현대인들은 근대 정신의 이분법적 사고에 젖어 있어서 '개인'이라고 하면 그 반대 극점에 '사회'를, '홀로'라고 하면 그 대립점에 '더불어'를 떠올린다. 그러고는 쉽게 양자택일 구도로 몰아간다. 하지만 누구도 삶을 홀로 지탱하지 못하며, 아무리 친밀한 커뮤니티 속에서도 개인의 탄생과 죽음, 영혼의 성장은 개별적으로 이루어진다.

《온전한 삶으로의 여행(A Hidden Wholeness)》은
2004년에 미국에서 처음 나왔다.
한국어 번역본은 2007년 윤규상 번역으로 해토에서 출간되었다.

파커 파머 Parker Palmer

미국의 교육학자, 사회운동가. 1939년에 태어나 버클리 대학에서 사회학 박사 학위를 받았다. 1975년부터 11년 동안 필라델피아에 있는 퀘이커 교도의 교육 공동체 펜들 힐의 학장으로 일했다. 1994~1996년에 켄터키 주 베뢰아 대학 방문교수를 지내면서 공립학교 교사들과 함께 교육 워크숍 '가르칠 수 있는 용기'를 개발했다. 현재 이 워크숍을 토대로 설립한 '용기와 회복을 위한 센터'를 운영하고 있다. 한국에 나온 다른 저서로 《가르칠 수 있는 용기》, 《삶이 내게 말을 걸어올 때》, 《비통한 자들을 위한 정치학》, 《가르침과 배움의 영성》, 《예수가 장자를 만날 때》 등이 있다.

빨갛고 노란, 원색의 열대 꽃들과 야자수 잎이 어우러진 하와이 호놀룰루에서 나와 세 명의 한국인 동료들이 자못 긴장한 모습으로 교육 프로그램이 시작되길 기다리고 있었다. 2007년 11월 2일부터 4일까지 2박 3일간 열린 '가르칠 수 있는 용기(Courage to Teach, CTT)' 피정(retreat, 주로 가톨릭 교육 프로그램에 쓰는 말이나 파커 파머가 창안한 교사 연수 프로그램에도 쓰이는 용어) 프로그램이었다.

처음으로 참여 기회를 얻은 우리 한국인 그룹과 하와이 대학 교수와 교사가 중심이 된 미국인들이 함께 서클을 이루었다. 소박하고 정갈한 세미나실 한가운데는 꽃병과 기둥초가 놓인 센터피스(원형 자리 배치의 가운데 놓아 내면의 중심을 상상하도록 한 상식물)가 사리를 잡았고, 참가자들은 큰 원을 그리며 둥그렇게 배치된 의자에 앉았다. 천천히 부드러운 목소리로 말하는 진행자 테리 챗시의 안내에 따라 모두 같이 시를 읽기도 하고, 주어진 질문을 20~30분간 홀로 성찰한 후 둘이나 셋이서 서로의 이야기를 들어주기도 했다.

통역 없이 영어로 진행되는 프로그램이라 말하기도 서툴고 들을 때 놓치는 부분도 많았지만 진행자의 섬세한 안내와 한국인에 대한 참가자들의 따뜻한 존중 덕에 조금씩 적응이 되어 갔다. 2박 3일간 토론이 전혀 없이 진행되는 프로그램은 처음 접했기 때문에 신선했고,

침묵과 개인적 성찰 시간을 많이 들이고 서로의 이야기를 주의 깊게 경청하는 점에 무척 감명을 받았다.

이틀째였을까, 전체가 원을 그리며 앉아 나누기를 할 때 건너편 사람이 무어라고 얘기를 시작하자 내 가슴에서 바로 아픔이 느껴졌다. 그 사람의 말이 잘 들리지도 않고 충분히 이해되지도 않았는데 마음에서 먼저 반응이 일어났다. 나 말고도 몇몇 사람들이 고개를 끄덕이거나 눈물짓는 게 보였다. 누군가가 새롭게 깨달은 바를 이야기하는 순간에는 불이 하나 더 켜진 듯 주위가 밝아지는 느낌도 들었다. 프로그램이 끝나고 진행자 테리와 한국인 그룹이 따로 만나 소감을 나누게 되었을 때, 나는 그런 놀라움을 담아 말했다.

"서클이 작동하네요(Circle is working)!"

그때 비로소 미국의 인디언이나 오스트레일리아 원주민 부족의 전통 모임들, 그리고 민중 교육으로 유명한 미국 하이랜더 교육·연구센터의 모임들이 왜 둥글게 둘러앉는지를 이해했다. 단순히 서로의 얼굴을 잘 보기 위해서가 아니었다. 둥글게 서클을 그리며 앉는 것만으로도 서로의 마음이 더 잘 열리고 더 잘 전달되며, 눈에 보이지 않는 하나의 마음, '숨겨진 전체성(Hidden Wholeness)'에 연결되기 때문이었다. 그래서 상대방의 영어를 머리로 이해하기 전에 이미 내 가슴은 그의 감정과 느낌을 내 것처럼 생생하게 느꼈던 것이다.

특히 서클 구성원 가운데 깊이 깨어 있는 사람들이 있거나 함께 침묵함으로써 각자의 생각이나 감정들이 잦아들면, '숨겨진 전체성'과의 연결이 더욱 뚜렷해지는 듯했다. 서로의 감정이나 생각이 언어적 표현을 거치지 않고 바로 전달되며 깊은 의식의 평화로움에 함께 깃들이게 되는 것 같았다.

어쩌면 '숨겨진 전체성'이 아니라 '실재하는 전체성'이 이미 있는데도 우리가 무지하기 때문에 그것을 못 보고 있다는 게 더 정확할지도 모른다. 무지로 인해 우리 자신을 '물방울'이라고 생각하는 것과 달리 실상은 분리되지 않는 '물'인 것과 같다. 이 피정 교육의 독특한 점은 '나'라는 개체, 즉, '물방울'로서 깨달음의 경지를 추구하기보다, 서클의 '숨겨진 전체성' 안에 함께 머물며 '물'이 본래 실재임을 알고 '물'이 되도록 이끄는 것이다. 이 또한 영혼의 스승들이 자신 안에서 뭔가를 구하지 말고 다만 무지를 걷어내라고 말하는 마음공부의 방향과 일치한다.

나는 피정 교육이 있다는 동료의 초대를 받고 새로운 교육 방법을 배워도 좋으리라는 단순한 생각으로 따라나섰다. 그런데 이 피정 교육은 내게 존재의 깊이로 다가가는 또 다른 길을 열어주었다. 그 덕분에 나는 혼자서만이 아니라 다른 사람과 더불어 영혼을 깨우는 여성을 추구할 수 있었고, 한국의 자매 프로그램인 '마음 비추기 피정' 진행자로 어느덧 4년째 활동하고 있다.

파커 파머의 《온전한 삶으로의 여행》의 원제가 바로 'A Hidden Wholeness(숨겨진 전체성)'이다. 2004년에 미국에서 출판되어 2007년에 한국에 소개된 이 책은 파머가 11년간 교육·생활 공동체 펜들힐에 머무르며 배우고 가다듬었던 퀘이커 사상을 일반인들도 이해하기 쉽도록 녹여낸 책이자, '가르칠 수 있는 용기' 피정 교육의 핵심 요소들을 짚어주는 지침서다. 나는 진행자로서 '마음 비추기 피정'을 가기 전에 늘 이 책의 한두 대목을 읽는데, 그때마다 '숨겨진 전체성'에서 조금씩 다른 빛깔로 내게 다가오는 메시지들을 얻는다.

10장으로 구성된 이 책은 각 장마다 주제가 있지만 내용상 크게 네 부분으로 나누어볼 수 있다. 1장부터 3장까지는 인간관계로부터, 그리고 자신의 내적 진실로부터 분리된 채 살아가는 현대인들에게 분리되지 않은 삶이 가능하다는 것과, 그런 삶을 실현하는 대안으로서 서로를 지지해주는 진정한 커뮤니티의 기본 원리를 다룬다. 4장과 5장에서는 진정한 커뮤니티이자 피정에 같이 참가하는 집단을 뜻하는 신뢰서클(Circle of Trust)의 의미와 이를 만드는 데 필요한 리더십, 초대의 의미 등 중요한 개념을 설명한다.

6장부터 9장까지는 피정 교육의 주요 방법들을 세밀히 다룬다. 여기에서는 계절적 은유나 시와 같은 비유의 의미, 신뢰서클에서 일상과는 다르게 질문하는 방법과 말하는 방법, 그리고 독특한 모임 방식인 '명료화모임'의 의미, 침묵과 유머의 중요성을 살펴본다. 마지막 10장에서는 끝없는 갈등과 폭력적인 사건들에 휘말리는 우리의 비극적 일상으로 초점을 옮긴다. 갈등에 '맞서거나 회피하거나' 식으로 대응하는 이분법적 자세를 넘어서서, 긴장을 유지한 채 분리를 넘어서는 제3의 길을 모색하도록 권하며 마무리짓는다.

미국 교육계의 영향력 있는 인물 가운데 한 사람인 파머를 좀 더 알고 싶다면 《삶이 내게 말을 걸어올 때》를 먼저 읽어도 좋다. 이 책에는 파머가 한 사람의 리더가 되기까지 거쳐야 했던 삶의 굴곡과 우울증 같은 고통스런 경험들이 진솔하게 담겨 있다. 또 다른 파머의 책

《가르침과 배움의 영성》에서는 호기심과 지배욕에서 생겨나는 지식이 아니라 사랑에서 발원하는 지식이 참된 지식이며, 그런 지식을 가르치고 배울 때 영적 형성이 가능하다고 설파한다. 교사나 교수처럼 가르치는 일이 직업인 독자를 위한 《가르칠 수 있는 용기》에서도 가르침이란 진리의 커뮤니티가 실천되는 공간을 창조하는 것이라고 하면서, 교사와 학생의 관계에 대해 깊이 생각해보도록 만든다.

나는 그래도 역시 파머의 저서 가운데 가장 뛰어난 것은 《온전한 삶으로의 여행》이라고 생각한다. 이 책이 현대인들로 하여금 분리된 삶에서 벗어나 함께 영혼을 만나는 여정을 시작하도록 일깨워주기 때문이다. 《온전한 삶으로의 여행》의 핵심 주제는 신뢰서클 만들기로 수렴된다.

(신뢰서클의) 유일한 목적은 사람들이 자신의 내면을 들여다볼 수 있도록 지원해서 영혼의 진실을 드러낼 수 있을 만큼 안전한 공간을 만드는 것이고, 사람들이 각자 내면의 교사에게 귀 기울이도록 돕는 것이다.

우리는 신뢰서클을 통해 '고독의 커뮤니티'로서 서로에게 현존하는 '함께 홀로되기'라는 역설을 실천한다. 우리는 홀로됨과 커뮤니티가 양립할 수 없다고 생각하는 탓에 이런 구절들을 모순으로 여긴다. 그러나 홀로됨과 커뮤니티를 제대로 이해하고 나면 둘 다를 함께 선택할 수 있다. 우리가 누구인지를 알고, 더 큰 세상에서 누구에게 속하는지를 아는 참자아를 이해하기 위해서는 홀로됨에서 생기는 내적인 친밀성과 커뮤니티에서 생기는 다름에 대한 인식이 모두 필요하다.

파머가 즐겨 인용하는 말 가운데 디트리히 본회퍼의 "홀로 될 수 없는 이에게는 커뮤니티를 경계하게 하자. 커뮤니티에 속하지 않은 이에게는 홀로됨을 경계하게 하자."는 구절도 신뢰서클의 맥락에 닿아 있다. 현대인들은 근대 정신의 이분법적 사고에 젖어 있어서 '개인'이라고 하면 그 반대 극점에 '사회'를, '홀로'라고 하면 그 대립점에 '더불어'를 떠올린다. 그러고는 쉽게 양자택일 구도로 몰아간다. 하지만 누구도 삶을 홀로 지탱하지 못하며, 아무리 친밀한 커뮤니티 속에서도 개인의 탄생과 죽음, 영혼의 성장은 개별적으로 이루어진다. 이런 삶의 역설을 깊이 이해하고 관계 맺는 법을 배우도록 '가르칠 수 있는 용기' 피정 교육은 참가자 집단에게 신뢰서클의 원리를 세심하게 안내한다.

그 원리가 담긴 내용이 '신뢰서클의 주춧돌'이다. 이것은 종이 한 장에 담긴 10여 개의 항목들로서 '침묵을 위한 공간 마련하기', '다른 사람의 말을 고치려고 하지 않기' 등이다. 참가자들은 피정 때 맨 먼저 '주춧돌'을 읽으며 피정을 어떤 마음가짐으로 시작해야 하는지, 자신에게 가장 중요하게 느껴지는 것은 무엇인지 확인한다. 이렇게 '주춧돌'을 각자의 가슴에 새김으로써 다른 사람의 이야기를 판단 없이 들어주고 서로 신뢰하고 지지하는 마음을 나눌 수 있다. 이로써 각 개인은 재촉받거나 외면당하는 느낌 없이 안전함을 느끼는 가운데 자신의 영혼 혹은 내면의 빛에 닿으려 시도할 수 있다.

신뢰서클은 침범하지도, 도피하지도 않는 관계들로 이루어진다. 우리는 다른 사람이 지닌 참자아의 신비를 침범하지도 않고, 그 사람의 고통을 회피하지도 않는다. 우리는 서로를 고치고자 하는 충동을 자제하고 흔들림 없이 서로에게 현존한다. 그리고 우리는 서로 각자의 속도와 깊이로 필요한 곳에 가도록 각자 배워야 할 것을 배우도록 지원해준다.

'침범하지도, 도피하지도 않는 관계'란 오늘날의 일상적인 가족 관계, 친구 관계, 동료 관계에서는 결코 쉽지 않은 일이다. 사랑한다는 이유, 친밀하다는 이유, 잘 안다는 이유로 엄마가 자녀에게, 남편이 부인에게, 친구가 친구에게, 상사가 부하 직원에게 얼마나 많은 침해를 가하는가. 또한 상대방이 내 뜻과 안 맞거나 내가 원치 않는 행동을 할 때 그를 비난하고 외면하고 밀쳐내기란 얼마나 쉬운가. 상대방을 고치거나 조종하지 않으면서도 그를 받아들이고 존중하는 관계를 맺을 수 있다면 오늘날 사람들이 겪는 인간관계의 상처는 대부분 회복될 것이다.

영혼을 존중하는 일에 민첩하지 못한 사람들은 피정 교육 중에도 평소의 습관대로 남을 판단하고 평가하고 충고하려 든다. 그런다 해도 판단하거나 평가하거나 충고하지 않는 것이 신뢰서클이다. 판단하고 평가하는 사람들의 영혼의 속도와 깊이가 드러났을 뿐이니 다 함께 신뢰서클의 원리인 '주춧돌'을 다시 기억하면서 서로 신뢰를 회복하고 현존하는 힘을 유지한다. 이런 연습이 반복되면서 각각 다른 속도로 모두 참자아를 향해 나아가게 된다. 다양성을 간직한 채 변화해가는 신뢰서클의 모습은 기러기나 백조만이 아니라 청둥오리나 원앙도 있어서 풍성해진 호숫가처럼 아름답다.

《온전한 삶으로의 여행》에서 제시하는 핵심 요소들은 피정 참가자들이 스스로 깊은 내면에 이르도록 안내하는 중요한 접근법이다. 그 내용은 일반 교육자나 치유 관련 종사자들에게도 의미하는 바가 상당히 크다. 그 한 가지는 신뢰서클에서 각자의 영혼에 다가가기 위해 계절적 은유, 시와 같은 비유적인 접근으로 '에둘러서 접근' 하는 것이다.

우리는 신뢰서클에서 하나의 주제에만 초점을 맞춤으로써 의도성을 얻는다. 주제를 구체화한 시 한 편, 이야기 한 편, 음악 한 곡, 미술품 한 점을 통해 비유적으로 주제를 탐구함으로써 간접성을 얻는다. 이런 예술적 소재를 '제3의 것'이라 부르는데, 리더의 목소리도, 참여자의 목소리도 들어 있지 않기 때문이다. 그것들은 그 자체의 목소리, 즉 주제의 진실을 말하는 목소리를 갖고 있지만 은유적인 방식으로 빗대어 말해준다. 우리가 그 깊이와 속도를 인식하면서 제3의 것에 매개된 진실은, 조심스러운 영혼에 필요한 보호막을 지니고서 때로는 마음속 침묵으로, 때로는 커뮤니티에 큰 소리를 내면서, 우리를 일깨우기 위해 찾아왔다가 사라진다.

하나의 신뢰서클은 가을부터 다음 해 여름까지 계절마다 모여 2박 3일 동안 피정을 함께 하는데, 여기에 이미 계절적 은유가 깔려 있다. 낙엽 지는 가을의 바깥 풍경은 쓸쓸한 정서를 불러일으키지만, 열매 맺고 그 안에 새 봄을 위한 씨앗을 간직한 계절이란 면에서는 감사와 희망을 품게 만든다. 서클에 둘러앉아 가을에 관한 시를 읽고 나누는 가운데, 참가자들은 각자 쓸쓸함, 풍요로움, 낭만적 추억, 추수의 기쁨 등을 이야기하고 다시 그 이야기에서 자신의 삶에 비춰지는 메시지들을 다채롭게 받아들인다. 단일한 교육 목표나 해결 방안을 추구하지 않으므로 참가자들은 각자 자신의 내면에 비춰진 진실을 말하며, 그 모든 이야기는 전체 이야기 속의 독특한 한 부분으로 연결된다.

참여 여부를 스스로 선택할 수 있도록 '초대'의 방식을 택하는 것 또한 이 피정에서 중요한 요소이다. 파머는 이런 피정 방식이 '나누지 않으면 죽어야 하는(share or die)' 그런 모임이 아니라고 유머러스하게 말한다. 또 서클 한가운데에 놓인 센터피스와 거기에 켜진 촛불도 신뢰서클의 중심, 영혼의 중심을 상징한다.

신뢰서클은 침묵에 뿌리를 내리고 진행되므로 침묵이란 요소도 매우 중요하다.

침묵이 없다면 우리의 모임은 숲을 헤치고 다니면서 영혼에게 나오라고 소리치는 다른 모임과 별반 다르지 않을 것이다. 신뢰서클에서 반드시 필요한 몇 가지, 즉 제3의 것을 이용하고, 중심에서 중심을 향해 말하고 귀 기울여 듣고 솔직하고 열린 질문을 하는 다른 실천들도, 침묵에 둘러싸이고 침묵의 수가 놓여야 우리의 삶을 더욱 깊이 변화시킬 수 있다.

리더는 자주 침묵을 실천해서 참여자들이 침묵에 편안해지도록 도와야 한다. 모임 가운데 침묵이 자발적으로 떠오를 수 있도록 지속적으로, 위협이 아닌 선물로 침묵을 경험할 수 있는 기회를 만들어주어야 한다.

피정의 신뢰서클에 앉아 처음 집단적으로 침묵을 경험할 때는 이루 말할 수 없이 불편하다. 20여 명이 서로 빤히 보이게 둘러앉아 있고, 방금 전에 멋진 시 한 편을 읽은 진행자가 "누구라도 이 시에서 자신에게 비춰진 것이 있으면 말씀해주십시오."라고 요청했는데도, 3분, 5분의 긴 침묵이 흐르기도 한다. 이럴 때 어떤 사람은 자기라도 뭔가 말하지 않으면 분위기가 어색해진다는 강박적인 긴장감을 느끼기 마련이다.

하지만 점차 침묵에 익숙해지고 각자의 내면에서 이야기가 나오기를 기다릴 줄 알게 되면, 조금씩 그 침묵의 질감을 느끼고 침묵이 가장 큰 말임을 이해하게 된다. 2박 3일 내내 겉으로는 한마디도 없이 침묵하지만 깊은 내적 탐색을 하느라 자신의 현존 자체가 웅변이 되는 참가자도 있다. 혹은 10분 이상 긴 침묵을 함께하며 서로의 존재감을 선물로 나누는 경우도 있다.

신뢰서클은 침묵을 공유하는 가운데 의식의 표면에서 겉도는 말과 감정보다 좀 더 깊은 차원에서 서로가 서로에게 열리는 경험을 한다. 말하지 않아도 서로가 서로에게 연결되어 있음을 느끼기에 좀 더 안전하게 영혼의 목소리를 듣는다. 또한 영원한 언어인 침묵에는 모든 말이 다 담겨 있는 듯해서, 내 입가를 맴돌았으나 소음밖에 되지 않을 말들은 저절로 가라앉고, 필요했지만 그동안 잘 들리지 않았던 내면의 말들은 선명하게 떠오르게 된다.

파머가 오랜 퀘이커의 영적 전통을 다듬어서 자기 내면과 외면의 분리를 넘어서려는 현대인들에게 맞는 교육으로 재창조한 '가르칠 수

있는 용기' 피정. 그 피정 교육의 원리들을 친절하고 깊은 언어로 풀어
낸 《온전한 삶으로의 여행》. 마음공부의 여정 중에 피정에 참가하거나
이 책을 읽는 사람들은 홀로 그리고 더불어 살아가는 삶의 역설을 이
해하고 껴안을 수 있다. 나 역시 홀로 내면의 깊이를 추구하는 쪽으
로 기울어 있었으나 이 피정과 이 책을 만난 이후 영혼을 깨우는 여정
의 균형 감각을 회복할 수 있었다.

위대한 영혼,
한 가지 일

장 지오노, 《나무를 심은 사람》

노인은 10만 개의 도토리를 그렇게 고르고 그렇게 심었다. 우리는 어떤가. 우리는 늘 똑같이 반복되는 일에 중요성을 부여하기는커녕 금방 싫증을 느낀다. 뭔가 더 그럴듯하고 특별한 이벤트가 있어야 우리 삶이 멋질 거라고 생각한다. 하지만 지금 사는 곳에서, 일상생활에서 일어나는 일. 그 작은 한 번의 일에 신성이 깃들기 시작할 때 삶이 변하고 전환이 일어난다.

《나무를 심은 사람(L'homme qui plantait des arbres)》은 1954년에 미국에서
영어 번역본이 먼저 출간되었다. 한국어 번역본은 두레, 새터, 민음사
등에서 나왔다. 프레데릭 백이 만든 애니메이션의
한국어판 비디오테이프가 성베네딕도수도원에서 나왔고,
애니메이션을 바탕으로 한 그림책이 두레아이들에서 나왔다.
이 책에서는 햇살과나무꾼이 번역한 두레아이들 판본을 참고로 했다.

장 지오노 Jean Giono

프랑스 소설가. 반전, 평화, 도시 문명 비판과 자연 예찬 등을 주제로 삼아 글을 썼
다. 1895년에 구두 수선공의 아들로 태어나 학교 교육을 제대로 받지 못하고 16살
때부터 은행에서 일했다. 17살에 1차 세계대전에 참전했고 전쟁의 참상을 몸소 겪
은 뒤 평화주의자가 되었다. 34살에 첫 작품《언덕》으로 앙드레 지드에게 좋은 평
가를 받았다. 1970년에 세상을 뜨기까지 약 30편의 소설과 에세이, 시나리오를 썼
다. 1953년에 모나코 상을 받았고 1954년 아카데미 공쿠르의 회원으로 선출되었
다. 한국에 나온 다른 저서로《진정한 부》,《폴란드의 풍차》등이 있다.

"나이 들면 뭐 할 거예요?"

이런 질문에 나는 산비탈에 땅을 좀 장만하여 묘목을 기르고 싶다고 대답한다. 아침이면 키 작은 나무들 사이를 걸으며 밤새 잘 지냈는지 인사를 나누고, 시간 여유가 있을 때는 단단하게 여문 씨앗들을 골라 깊은 산으로 가서 여기저기 심어주는 상상을 하면서 말이다. 내가 이런 바람을 품게 만든 것은 두 가지다. 하나는 장 지오노가 쓴 책 《나무를 심은 사람》이고, 다른 하나는 나와 특별한 인연이 있는 은행나무다.

은행나무와의 인연은 숲 속 산책을 하던 시절에 시작되었다. 고요함 속에 좀 더 머물고 싶었던 나는 책을 한 권 들고 가서 기대기 좋은 나무 아래 앉아 책을 읽다 내려오곤 했다. 고요를 만끽하는 것도 좋았고 기운도 선선했다. 소나무가 좋은 기운을 품고 있으니 그 아래서 명상해보라는 권유를 많이 받았는데, 나는 왠지 은행나무 아래 앉았을 때가 더 좋았다. 추운 날에도 은행나무 기둥에 등을 대면 딱딱한 나무껍질 아래로 부드럽고 온기 있는 생명력이 느껴지는 듯했고, 살가운 친구 같은 친근감마저 들었다.

몸살기가 심하던 어느 저녁, 정류장에서 버스를 기다리며 서 있기가 너무 힘들어 가로수인 은행나무에 몸을 기댔다. 다른 사람의 시선이나 가로수에 묻은 먼지를 생각할 겨를도 없었다. 그렇게 몇 분 서 있으니 발밑에서부터 부드러운 진동이 올라왔고 등쪽에서도 진동이 몸으로 흘러들었다. 마치 은행나무의 품에 안긴 듯 그 진동에 감싸였고, 그 진동 안에서 내 몸과 은행나무를 구별할 수 없었다. 마음은 놀라고 있었지만 몸은 편안했다.

그 경험 덕분에 나무들이 흙에 뿌리를 묻고 돌처럼 서 있는 게 아니라는 것, 땅과 함께 더 큰 생명의 진동을 나누고 있다는 것, 그리고 그 진동에 어우러지면 사람과 나무의 구별은 사라진다는 것을 깨달았다. 그렇게 피로를 달래주고 생명의 하나됨을 보여준 은행나무에게 진심으로 감사의 인사를 했다.

몇 달 후, 거동이 불편한 엄마와 두 동생, 어린 조카 서너 명과 성주산 휴양림으로 바람을 쐬러 갔다. 운전하던 동생이 잠깐 딴 데를 보는 사이 차가 도로를 벗어나 비탈길로 구르기 시작했다. 그대로 가면 차가 뒤집어지면서 논바닥에 처박힐 판인데, '콰쾅' 하고 무언가에 부딪치며 앞 유리를 나뭇잎들이 덮치더니 차가 멈췄다. 놀라서 우는 아이들을 달래고 엄마를 진정시킨 후 밖으로 나가보니 지프차 앞쪽이 절반이나 우그러들어 있었다.

그 앞에는 차를 막아 세우고 부러져 나간, 지름이 10센티미터나 될 듯한 어린 은행나무가 보였다. 찢겨 나간 자리에 촉촉한 물기를 머금고 있는 은행나무 줄기. 희생당한 그 생명을 바라보며 한동안 멍했다. 동생이 다가와서 보더니 "이 나무가 우리를 살렸네."라고 말했다. 나중에 경찰이 와서 차는 폐차할 지경으로 망가졌는데 다친 사람이 하나도 없는 걸 보고는 "이건 기적이나 다름없다."고 했다. 우연이었을지 몰라도 생명을 희생해서 우리를 살린 은행나무를 보며, 나도 언젠가는 은행나무들에게 은혜를 갚겠다고 마음먹었다.

📖

　장 지오노의 《나무를 심은 사람》은 내게 나무를 심고 가꾸는 자세를 일깨워준 책이다. 매우 짧은 동화 같지만 나무를 대하는 자세에 담긴 깊이는 심오하다. 나무를 심는 단순한 일도 위대한 영혼이 깃든 태도로 해 나가는 게 중요하며, 그렇게 하면 숲이 우거질 뿐 아니라 사람들의 마을도 돌아온다고 한다. 한 가지 일을 열심히 하는 사람은 위대함을 이룰 수 있다는 희망적인 메시지가 담겨 있다.

　《나무를 심은 사람》은 세 가지 버전으로 접할 수 있다. 두레출판사 등에서 나온 일반 도서, 두레아이들에서 나온 같은 제목의 그림책, 그리고 1987년 캐나다에서 제작되어 베네딕도미디어에서 보급한 애니메이션 영화가 있다. 될 수 있으면 세 버전을 다 보길 권하지만, 하나만 본다면 그림책이나 애니메이션으로 보길 바란다. 그 그림들은 나무를 심은 노인이 그랬듯 난순한 한 가지 일에 위대한 영혼의 숨결을 불어넣어 만든 걸작이기 때문이다.

　캐나다의 애니메이션 거장인 프레데릭 백은 《나무를 심은 사람》을 읽고 너무나 감명을 받아 5년 동안 약 2만 장의 그림을 그려 이 애니메이션을 완성했다고 한다. 둔탁한 크로키 스타일의 그림 속에서 한 장 한 장 흩날리는 나뭇잎의 아름다움, 나무를 심은 노인의 손으로 살아나는 숲과 풍요로운 마을 묘사는 그 자체로 벅찬 감동을 안겨준다. 나뭇잎들을 세밀하게 그려 넣다가 한쪽 눈을 실명하고 말았다는 프레데릭 백은 자신의 애니메이션을 두고 이렇게 말했다.

이 작품은 헌신적으로 자기를 바쳐 일한 한 사람의 이야기입니다. 이 작품의 주인공은 나무를 심는 것이 마땅히 해야 할 중요한 일이라는 것을 알았습니다. 그리고 오랜 세월에 걸쳐 자신의 노력이 헐벗은 대지와 그 위에 살아갈 사람들에게 유익한 결과를 가져오리라고 확신했습니다. 그는 아무런 보상도 바라지 않고 자신의 일을 계속 했습니다. 그는 대지가 천천히 변해 가는 것을 보는 것만으로 행복을 느꼈습니다. 그 이상의 것은 바라지 않았습니다. 나는 자신을 바쳐 일하는 모든 사람들에게 이 영화를 바칩니다. 그리고 자신이 무엇을 해야 할지 모르는 사람들이나 절망의 늪에 빠져 있는 사람들에게 이 작품이 큰 격려가 되기를 바랍니다.

프레데릭 백이 '보상을 바라지 않고 헌신적으로 자기를 바쳐 일하는 사람'에게 이러한 헌사를 바치듯, 작가 장 지오노도 나무를 심은 고독한 노인 엘제아르 부피에에게 깊은 존경심을 품는다. 장 지오노는 《나무를 심은 사람》 말미에 이렇게 썼다.

단 한 사람의 육체적·정신적 능력만으로 이 불모지에서 가나안이 솟아난 것을 돌이켜 보면, 인간에게 주어진 힘이란 아무래도 놀랍다는 생각이 든다. 그러나 위대한 영혼으로 오직 한 가지 일에만 일생을 바친 고결한 실천이 없었다면, 이러한 결과를 낳을 수 없었을 것이다. 그 사실을 생각할 때마다 나는 신과 다름없는 일을 훌륭히 해낸 사람, 배운 것 없는 그 늙은 농부에 대한 크나큰 존경심에 사로잡힌다.

《나무를 심은 사람》은 1953년 미국 잡지 〈리더스 다이제스트〉에 짤막한 이야기로 처음 발표되었다가 점점 유명해졌고, 나중에는 21개의 언어로 번역되어 세계적으로 알려졌다. 주인공 엘제아르 부피에는 장 지오노가 실제로 프로방스의 고산 지대를 여행하다가 만난, 홀로 나무를 심고 가꾸던 고독한 양치기 노인이 모델이라고 한다. 화자인 '나'와 '나'의 '세계'가 두 번의 세계대전을 치르는 동안, 엘제아르 부피에는 물마저 말라버린 벌거벗고 단조로운 황무지에 묵묵히 나무를 심었다.

오래전에 애니메이션 영화로도 보고 그림책으로도 보고 이번에 다시 일반 도서로도 읽었는데, 언제나 이 노인의 이야기는 가슴 뭉클하게 다가온다. 무엇보다도 나는 부피에 노인에게서 위대한 영혼, 진정한 성자의 모습을 보았다. 평범하고 지루하기까지 한 일상을 거룩하게 실천한 그는 신성한 성자였다.

부피에 노인은 아들과 아내를 모두 잃고 홀로 살아가야 했던 양치기 노인이지만 비탄에 빠지지 않고 고독한 삶을 기꺼이 받아들였다. 나무가 없어 땅이 메마르고 죽어 가는 것을 보고는 소유나 보상을 바라지 않고 나무를 심었다. 사람을 거의 만날 일 없는 외딴 곳에 살았지만 그는 정성을 기울여 자신의 일상을 정갈하게 정돈하며 살 줄 알았다. 화자인 '나'가 따라가본 그의 집은 비가 새지 않게 손질이 되어 있었고, 살림살이도 가지런했고, 그릇도 바닥도 말끔히 닦여 있었다. 옷도 단추가 단단히 달리고 세심하게 기워진 것을 입고 있었다.

외면적인 장식 없이도 내면에서 흘러나오는 진실함으로 자신의 거처를 성소로 만들고 생활을 거룩함으로 물들이는 사람, 이런 사람이 바로 성자인 것이다.

또한 산에 심을 도토리를 고르는 부피에 노인의 모습에서 어떻게 그토록 작은 일에도 신성이 깃들게 일할 수 있는지를 보았다.

도토리 하나하나를 주의 깊게 살펴보며 좋은 것과 나쁜 것을 골라내기 시작했다. 나는 파이프 담배를 피웠다. 나도 거들겠다고 했으나, 노인은 자기 일이라고 했다. 사실 그랬다. 노인이 얼마나 정성을 쏟는지, 나는 더 우기지 않았다. …… 제법 굵고 좋은 도토리가 한 켠에 쌓이자, 노인은 도토리를 열 개씩 나누었다. 도토리를 세면서 노인은 다시금 작은 것과 금이 간 것을 골라냈다. 아주 자세히, 정성껏 살펴보고 있었던 것이다.

'도토리를 하나하나 주의 깊게 살피는 일'에 기울인 정성이 숲을 돌아오게 만든 기적의 시작이었다. 노인은 10만 개의 도토리를 그렇게 고르고 그렇게 심었다. 우리는 어떤가. 우리는 늘 똑같이 반복되는 일에 중요성을 부여하기는커녕 금방 싫증을 느낀다. 뭔가 더 그럴듯하고 특별한 이벤트가 있어야 우리 삶이 멋질 거라고 생각한다. 하지만 지금 사는 곳에서, 일상생활에서 일어나는 일, 그 작은 일에 신성이 깃들기 시작할 때 삶이 변하고 전환이 일어난다.

그렇게 정성 들여 심은 10만 개의 도토리 중에 싹이 튼 것은 2만여 개에 불과했다. 그 2만여 개 중에도 절반은 들쥐나 알 수 없는 신의 뜻 때문에 잃게 될 것임을 부피에 노인은 알고 있었다. 하지만 그 결실의 많고 적음에 마음 쓰지 않고 노인은 계속 참나무를 심었고, 너도밤나무, 자작나무, 단풍나무를 심어 갔다.

현대 사회는 효율을 가르치고 비효율을 어리석은 것으로 취급한다. 부피에 노인처럼 열 개를 심어 한 개를 얻는다면 그 일은 할 필요가 없다. 마음공부처럼 진리를 찾는 과정조차 더 빠르고 효율적인 길이 낫다고 생각한다. 부피에 노인은 그렇게 하지 않았다. 주어진 자신의 일상을 책임감 있게 받아들였고, 당장 눈앞의 결과가 아니라 서서히 만들어지는 생명의 선순환에 맞추어 자신이 할 일을 했다.

여기서 한 가지 더 얻은 통찰은 무한히 확장하는 생명의 연결성, 즉 풍요로움이 실현되는 방식이었다. 나무를 심었더니 숲이 아니라 생명 전체가 돌아왔다. 나무를 심으니 산이 되살아나고 새가 돌아오고 메말랐던 물길이 열리며 꽃과 열매가 풍성해졌다. 그로부터 다시 활기 있는 마을이 만들어지고 궁극에는 온 생명이 함께 기쁨을 누리게 되었다. 하나가 열 배로 불어난 정도가 아니라 하나가 열 가지의 변화를 일으키고 다시 그 변화들이 어우러져 수백, 수천 배로 생명의 그물망이 풍요로워졌다.

한 가지 일에 헌신한 한 명의 노인이 그 엄청난 일을 해냈다는 사실에 절로 숙연해진다. 부피에 노인처럼 나무를 심을 수 있는 땅과 세월이 나에게도 주어질지는 아직 알 수 없다. 지금 알아야 할 것은 주어진 일상에서 나는 어떤 자세로 어떤 씨앗을 고르고 있는가다.

간디 자서전

마하트마 간디 지음/ 함석헌 옮김/ 한길사

누군가의 삶 속에서 구현된 생생한 진실을 배우고 싶을 때 만나볼 만한 책이
《간디 자서전》이다. 간디는 자신이 일생 동안 성취하려고 애써 온 것은 정치적
인 성공이 아니라 자아의 실현 혹은 하나님과의 대면이라고 분명히 말했다. '나
의 진리 실험 이야기'라는 부제에서 드러나는 아힘사(비폭력), 무소유, 무집착의
사티아그라하 운동, 아슈람 공동체 운동을 전개하는 과정에서 간디가 품었던
진리에 대한 생각과 실천 의지를 따라가며 배울 수 있다.

사람은 무엇으로 사는가

레프 톨스토이 지음/ 박형규 옮김/ 푸른숲

톨스토이의 대작들에 비해 단편들은 주로 청소년을 위한 문고판으로 접할 수
밖에 없는 아쉬움이 있지만, 〈사람은 무엇으로 사는가〉와 〈세 가지 질문〉은 오
늘날의 영적 가르침과도 그대로 맞닿는 심도 깊은 우화이다. 함축적이면서도
아름다운 상상을 불러일으키는 이 단편들을 잘 새겨 둔다면 일상을 밝히는
마음을 지속할 수 있다.

삶이 내게 말을 걸어올 때

파커 파머 지음/ 홍윤주 옮김/ 한문화

이 책은 뜻대로 되지 않는 인생에서 우여곡절을 겪고 상처 받으면서, 서서히 삶
이 자신에게 들려주는 목소리에 귀 기울일 줄 알게 된 파커 파머의 영혼의 성장
기이다. 길이 닫힐 때 새로 열리는 세상을 보고, 우울증에 걸림으로써 고통을 통
과해 성장하는 영혼을 알게 되었던 자신의 경험을 섬세하게 드러내어 읽는 사람

으로 하여금 삶의 고난에 담긴 역설을 받아들이게 한다.

갈등에 대하여

지두 크리슈나무르티 지음/ 김기호 옮김/ 고요아침

고요아침이라는 출판사에서 펴낸 '크리슈나무르티 시리즈'는 세계를 일깨운 20세기의 영적 스승 지두 크리슈나무르티의 강연들을 테마별로 다루었다. 이 책에서 크리슈나무르티는 갈등으로부터 자유롭고자 하는 욕구가 내면에 또 다른 갈등을 일으키는 출발점이 됨을 지적한다. 진정으로 자유로워지려면 애씀이 없이 바라보아야 한다는 그의 가르침은 이성으로 이해하기엔 모호하지만 독자를 더욱 깊은 통찰로 이끌어준다.

히말라야 성자들의 삶

스와미 라마 지음/ 박광수, 박재원 옮김/ 아힘신

히말라야에서 수행자의 아들로 나고 자란 스와미 라마의 매우 독특한 성장 과정, 영적 성장과 구도의 여정에서 인도 전역을 돌며 만난 위대한 스승들의 이야기가 담긴 흥미로운 책이다. 그의 눈에 비친 티베트의 대스승 바바지, 라마나 마하르쉬, 마하트마 간디, 스리 오로빈도, 라빈드라나트 타고르 등 당대의 스승들의 모습에서 고귀한 삶과 깨달음의 지혜를 엿볼 수 있다. 믿기 어려운 신기한 경험과 감동적인 일화들을 통해 성자의 삶을 동경하게 만든다.

4장

치유,
어루만지다

명상
그 자체가 치유

존 카밧진, 《마음챙김 명상과 자기치유》

마음챙김은 이처럼 파도에 요동치는 작은 배 같은 우리 마음에 깊은 안정을 가져다주는 닻이다. 온 마음을 모아 내적 중심에 집중하면서, 생각이 떠올랐다 스러지고 감정이 솟구쳤다 사라지는 것을 그저 지켜보는 것, 일어나는 모든 일을 관조자 혹은 초월자의 자리에서 담담히 지켜보는 것이 마음챙김이다. 그러면 고통도 결코 오래가지 않으며, 쾌감도 내 것으로 붙들 수 없게 지나간다.

《마음챙김 명상과 자기치유(Full Catastrophe Living)》는 1991년 미국에서 처음
출간되었다. 한국어 번역본은 1998년에 장현갑, 김교헌, 김정호 번역으로
학지사에서《명상과 자기치유》로 처음 나왔고
2005년에《마음챙김 명상과 자기치유》로 개정판이 나왔다.

존 카밧진 Jon Kabat-Zinn

미국 매사추세츠 대학 의대 명예교수. 서양 의학과 불교의 명상 및 수행을 결합
한 치료법을 고안했다. 1944년에 미국에서 태어나 1971년 매사추세츠 공과대학
(MIT)에서 분자생물학 박사 학위를 받았다. 1979년에 매사추세츠 의대 병원 산
하 스트레스 완화 클리닉을 설립하고 환자들이 명상과 요가를 활용해 신체적 고
통과 스트레스를 극복하도록 훈련하는 프로그램(MBSR, Mindfulness-Based Stress
Reduction)을 만들었다. 이 프로그램은 미국에서만 200곳이 넘는 병원에서 채택
되었다.

한국에 나온 다른 저서로《나는 지금 어디에 있는가》,《당신이 어디를 가든 거기엔
당신이 있다》등이 있다.

위빠사나 수련회에 참가한 후로는 명상이 존재의 본질에 닿는 길이 되리라는 생각에 명상을 내 삶에 자리 잡게 하려고 노력했다. 그러자면 몸을 길들여야 했고 명상이 밥 먹고 차 마시는 일처럼 생활의 자연스런 일부가 되도록 해야 했다. 우선 100일간 하루도 빼놓지 않고 앉아보자고 작정했다. 처음에는 반가부좌 자세로 30분 이상 앉아 있는 것 자체가 고통이고 자신과의 싸움이었다. 다리에 피가 안 통해 불타는 듯한 통증이 일기도 했고 곧게 등을 세워도 이내 다시 구부러지곤 했다. 두어 달 지나니 앉아 있는 자세도 차츰 견딜 만했고 의식도 잘 모아져 내면 상태와 몸의 움직임을 좀 더 명료하게 알아차리게 되었다.

하루는 눈을 감은 채 명상에 들었는데, 평소에 없던 강한 회전력이 목 주위에서 느껴졌다. 살짝 눈을 떠보니 목이 저절로 돌아가고 있었다. 안쪽에서 팽글팽글 도는 회전력이 생기며 목이 천천히 오른쪽으로 돌아가는데 거의 어깨를 넘어 등 뒤를 바라볼 수 있을 정도였다. 나는 예상치 못한 현상에 소스라치게 놀랐고 온갖 불안이 밀려왔다. 영화 〈죽어야 사는 여자〉의 메릴 스트립처럼 목이 돌아가버리면 어쩌나 겁이 덜컥 났지만, 억지로 멈췄다가는 오히려 근육과 목뼈를 다칠 수도 있겠다는 생각이 들어 가까스로 참으며 지켜보았다.

근육이 심하게 당길 때까지 목이 돌아가더니 신기하게도 안에서 반대 방향으로 회전력이 생겨 서서히 제자리로 돌아왔다. 그러고는 이어서 왼쪽으로 돌아가기 시작해서 아까처럼 끝까지 돌아가더니 다시 반대 회전력이 생겨 되돌아왔다. 그대로 지켜보기가 당황스럽고 불안해서 목이 중앙으로 돌아왔을 때 눈을 뜨고 자리에서 일어났다.

누구에게 조언을 구해야 할지 몰라 무턱대고 절을 찾아갔다. 스님 한 분께 이럴 때 어찌해야 하냐고 물었다. 스님은 나에게 잠시 양팔을 벌려보라고 하더니, 또 그런 일이 생기면 마음속으로 '멈추어라'라고 외치면 된다고 무덤덤한 표정으로 말했다. 그렇게 간단한 이치라니 허탈하기도 했으나, 크게 잘못된 일은 아니구나 싶어 조금은 안심이 되었다. 그다음에도 명상 중에 목이 돌아가는 현상이 몇 번 더 있었지만, 불안한 마음을 물리치고 진동과 목의 움직임을 그냥 지켜볼 수 있었다.

다시 몇 개월이 흘러 명상을 하면서 순간순간 일어나는 생각과 느낌들을 곧잘 지켜볼 수 있게 되었을 즈음, 몸에서 새로운 현상이 일어났다. 어느 날 자기 전에 명상을 하고 잠시 옆으로 누워 있는데, 꼬리뼈 맨 아래쪽부터 뼈마디가 투둑투둑 소리를 내며 벌어지기 시작했다. 이건 또 뭐지? 불안감이 스쳤으나 자세를 바꾸지 않은 채 인내심을 갖고 몸의 변화를 지켜보았다.

척추 아래쪽으로부터 어떤 힘이 서서히 회전하며 올라오며 뼈 마디마디를 벌려놓아 척추가 활처럼 뒤로 휘어지고 있었다. 매우 느리지만 굉장한 크기의 힘이 올라오며 뼈마디를 벌려놓은 탓에 혼자서는 도저히 그런 자세를 취할 수 없는 정도까지 척추가 뒤로 휘어졌다. 마지막에 목뼈 부근에서 그 힘이 사그라지자 온몸에서 나사가 풀어진 듯 유연함이 느껴졌다. 이런 현상도 몇 번 되풀이되다가 저절로 사라졌다.

그때까지는 몸 안에서 저절로 회전력이 생긴다는 이야기를 들어본 적도 없고, 명상이란 몸과 상관없이 단지 마음을 모으는 일이라고만 생각했기에 퍽 놀랐고 염려스러웠다. 이제는 몸과 마음이 불가분의 관계를 맺고 있으며, 명상으로 인해 표면적 의식이 깊은 본성의 의식에 닿으면 한층 근원적인 치유력이 발휘되고, 이로써 기적과 같은 치유도 가능해진다는 것을 알게 되었다.

이처럼 명상과 치유의 관계를 이해하는 데 존 카밧진의 《마음챙김 명상과 자기치유》가 큰 도움이 되었다. 카밧진은 이렇게 말한다.

명상 수련은 존재에 이르는 길 그 이상의 특이한 것이 아니다. 명상은 치유 기법이 아니지만 존재에 몰입하고 있으면 명상 그 자체로 치유가 저절로 일어난다.

우리는 누구나 마음을 집중하는 능력을 갖고 있다. 그러나 중요한 것은 현재의 순간에 주의를 집중하는 능력을 향상시키는 것이다. 마음을 집중하는 능력이 길러지는 것이 스트레스 클리닉에 찾아온 환자들에게 일어나는 가장 큰 변화다. 이러한 변화를 일으키는 한 가지 방법은 렌즈의 원리와 같은 것으로, 마음속에 일어나는 여러 가지 산란한 생각이나 감정을 모두 한곳으로 집중시켜 성장이나 문제 해결, 또는 치유를 위한 에너지로 바꿔 나가는 것이다.

카밧진은 이 책에서 "명상 그 자체로서 치유가 일어난다."는 것을 보여준다. 상·하 두 권에서 8주짜리 MBSR(Mindfulness-Based Stress Reduction, 마음챙김 명상) 프로그램의 내용과 방법을 매뉴얼처럼 자세히 소개하고, 미국인들이 겪는 온갖 종류의 스트레스나 만성 통증을 치유한 MBSR의 임상 사례를 수록했다. 또한 불교에 거리감을 느낄 수 있는 서양인들이 굳이 종교적 이해를 거치지 않고도 명상을 배워 자신의 건강과 전일성의 회복에 적용할 수 있도록 일상의 언어로 명상의 기초 원리와 방법을 친절히 안내한다.

매사추세츠 대학 의과대학 병원 스트레스 클리닉의 설립자이자 감독자인 존 카밧진 자신도 명상 수행가다. 1960년대 후반 대학생 시절부터 참선과 요가에 관심을 두었던 그는 70년대에는 숭산 스님에게 한국 선불교를 배웠고 1976년부터는 남방 불교를 접해 위빠사나 수행을 했다. 불교 수행을 하면서 '마음챙김(mindfulness)'의 의의를 깨달은 후, 1990년부터 이를 전통 의료계에 도입하여 미국에서 불교가 심리 치료에 적극적으로 응용되는 계기를 마련했다. 2005년 현재 매사추세츠 의과대학 병원에서만 MBSR 프로그램을 거친 환자가 1만 6천 명이 넘으며, 200곳이 넘는 병원과 보건 센터에서 이 프로그램을 실시한다고 한다. 한국에도 한국 MBSR 연구소와 한국명상치유학회 등에서 MBSR 프로그램을 실시하고 있다.

상권에서 1부는 하루 3시간씩 8주간 진행되는 MBSR 프로그램을 전체적으로 살펴보는데, 각 세션의 진행 방식을 안내하고 프로그램에 참가했던 환자들의 사례를 들어 그 효과를 보여준다. 2부는 신체적·정신적 건강과 마음의 관련성에 대한 의학계의 연구 동향을 전체성

(wholeness)과 연결성(connectedness)을 중심으로 다룬다. 하권인 3부, 4부는 스트레스 클리닉에서 다루는 스트레스를 증상별로 소개하면서 일반인들도 일상생활의 여러 가지 스트레스에 대처할 수 있도록 상황별로 마음챙김과 명상의 요령을 자세히 제시한다.

내 경험에 비추어보면 건강과 명상 수련에 도움이 될 뿐만 아니라 인간관계나 의사소통의 맥락에서도 마음챙김은 매우 중요하다. 특히 틱낫한의 생활 속 명상과 카밧진의 마음챙김 명상에서 배운 여러 방법들은 인간관계 교육 프로그램에 마음챙김을 적용하는 데 큰 도움이 되었다.

마음공부 차원에서 명상의 방법을 자세히 알고 싶은 일반 독자라면 상권만 읽어도 충분할 텐데, 특히 마음챙김의 의미, 그리고 명상에 필요한 기본적인 태도에 관한 부분은 놓치지 않길 바란다. 좌선 명상뿐만 아니라 일할 때나 걸을 때나 늘 명상하는 태도를 유지하고자 하는 사람은 1부에 나오는 바디스캔(자신의 몸을 살펴보는 명상), 정좌 명상, 보행 명상 등의 방법론을 섭복하고 실전해보는 것이 좋다.

하권은 자신의 스트레스 상황과 관련하여 읽으면 도움이 된다. 하권에서 통증과 고통을 다루는 부분은 고통을 밀쳐내지 않고 고통과 함께 살아가는 마음 자세를 강조하는데, 고통만이 아니라 인생 전반에 대한 자신의 태도까지 여기에 비추어 성찰해볼 수 있다.

이 책을 관통하는 주제인 마음챙김을 카밧진은 이렇게 소개한다.

마음챙김 명상이란 것은 기본적으로 자기 마음의 내부를 깊게 들여다보고 자기를 탐구하여 스스로를 이해하기 위한 정신 수련 방법의 하나이다.

마음챙김이란 어떤 특정한 곳에 가려고 하거나 어떤 특별한 느낌을 가지려는 것이 아니라, 오히려 당신이 이미 있는 장소, 즉 '지금'이라는 곳에 마음이 머물게 하면서 순간순간 느끼는 실제적 경험에 한층 친숙하게 되도록 하는 것이다.

카밧진은 마음챙김 없이 생활하다 보면 우리는 대부분 '내적 망상'에 빠지거나 '자동 조종 장치'에 의해 살아가게 된다고 한다. 평온하다가도 이내 불안한 기분에 흔들리고 과거에 일어났던 일에 대한 후회나 자책, 혹은 앞으로 일어날지 알 수도 없는 일에 대한 염려와 불안으로 쫓기는 심정이 된다.

마음챙김은 이처럼 파도에 요동치는 작은 배 같은 우리 마음에 깊은 안정을 가져다주는 닻이다. 온 마음을 모아 내적 중심에 집중하면서, 생각이 떠올랐다 스러지고 감정이 솟구쳤다 사라지는 것을 그저 지켜보는 것, 일어나는 모든 일을 관조자 혹은 초월자의 자리에서 담담히 지켜보는 것이 마음챙김이다. 그러면 고통도 결코 오래가지 않으며, 쾌감도 내 것으로 붙들 수 없게 지나간다. 그러면서도 자신의 깊은 곳에서 예전에는 몰랐던 평온함과 따사로운 느낌이 지속적으로 흘러나온다.

이런 변화나 효과가 빨리 나타나기를 기대하면서 마음챙김 명상을 하는 사람은 마음챙김의 원리에 무지한 것일 뿐 아니라 원하는 결과를 얻기도 힘들다. 카밧진의 스트레스 클리닉에서는 MBSR 프로그램 수련의 기본 태도로 다음 일곱 가지를 강조한다.

- 판단하려 하지 말라(non-judging).
- 인내심을 가져라(patience).
- 처음 시작할 때의 마음을 간직하라(beginner's mind).
- 믿음을 가져라(trust).
- 지나치게 애쓰지 말라(non-striving).
- 수용하라(acceptance).
- 내려놓아라(letting-go).

이 원리들은 서로 연결되어 있으므로 마음챙김 명상을 수련할 때 의도적으로 키워 나갈 필요가 있다. 명상 수련 못지않게 이 원리에 기초한 바른 태도를 확립하는 것이 실제로 중요하다. 특별히 명상 수련을 하지 않는 사람이라도 만약 이 원리들을 삶에서 실천해 간다면 고 통스런 마음의 심을 벗고 싶은 지혜를 발휘하며 살 수 있다.

생각과 판단이 많아 머리가 복잡한 사람은 '수용'하려는 태도를 갖기만 해도 삶이 변한다. 생활에서든 마음공부에서든 뭔가를 이루고자 애써 온 사람들은 '지나치게 애쓰지 말라', '내려놓아라' 같은 원리를 적용할 필요가 있다. 무엇에든 실행력이 부족하거나 싫증을 잘 내는 사람은 '믿음을 품고', '처음 시작할 때의 마음을 간직하는' 태도가 도움이 될 것이다.

8주간의 MBSR 프로그램에서는 호흡 명상, 바디스캔, 요가, 정좌 명상, 보행 명상 등의 방법이 자세히 소개된다. 나는 교육이나 워크숍에서 바디스캔과, 건포도 명상과 유사한 귤 먹기 명상을 때때로 실시하는데 상당히 효과적이다. 귤 하나를 들고 냄새나 촉감 등 오감으로 귤을 느껴본 후 껍질을 벗겨 천천히 한 쪽씩 먹으며 매 순간 알아차리는 경험을 한다. 그러면 쫓기듯 먹어 치우던 자신의 평소 습관도 돌아보게 되고, 단순한 귤 먹기도 매우 충만한 경험이 된다는 것을 깨닫는다. 특히 바디스캔은 피로가 쌓인 사람들이 잠시라도 바닥에 누워 몸을 이완하며 몸과 마음의 연결을 새롭게 정돈하는 데 도움이 된다. 바디스캔은 긴장이나 통증도 있는 그대로 바라보면서 오직 "주의를 기울이는 신체 부위에서 어떤 느낌이 일어나는가를 실제로 체험하고 그 느낌에 일시적으로 주의를 집중"하기만 한다. 체조나 스트레칭과 달리 몸을 풀려는 의도를 잠시 내려놓고 주의 집중을 통해 몸의 치유 능력을 회복시켜 몸이 스스로 치유해 나가도록 만드는 접근법이다.

이 책에서 간과하지 말아야 할 대목은 통증 이해다. 카밧진은 통증을 우리 몸의 가장 중요한 메신저의 하나이자 '매우 훌륭한 교사'로 받아들이라고 한다. 특히 만성 통증이 있는 사람들은 통증과 함께 살아가기를 배우는 것이 중요하다.

　자신을 만성 통증 환자로 간주하려는 경향성에 대해 깨어 있어라. 규칙적으로 자신이 만성 통증을 직면하고 다루어야만 하는 한 인간이라는 점을 상기하라. 이런 방식으로 자신에 대한 견해를 재형성하는 것은 당신이 긴 통증의 역사를 가지고 있고 과거 경험과 상황에 의해서 압도되고 패배당했다고 느낄 때 특히 중요하다.

인생의 다른 문제들도 통증에 대해 했던 것과 같은 방법으로 직면할 수 있을 것이다. 때로 실망하고 우울해질 때 인생에서 여전히 기쁨과 즐거움을 느낄 수 있음을 자신에게 상기시키는 일이 특히 중요하다.

나는 아픈 엄마를 돌보며 신체 증상만이 아니라 자신을 고통 받는 환자로 여기는 마음 때문에 환자들의 고통이 더욱 증폭됨을 알게 되었다. 카밧진의 말대로 통증이든 삶의 다른 아픔이든 고통을 대하는 방식을 바꿈으로써 고통으로부터 좀 더 자유로워질 수 있다. 과거에 고통 받은 경험이 있어도 그것을 떨쳐내고 재기하거나 새로운 삶으로 전환한 사람들이 무수히 많다.

나치의 강제수용소에서 살아남은 심리학자 빅토르 프랑클이 그랬고, 1950년대 가혹하리만치 빈곤했던 하와이 카우아이 섬에서 건강하고 긍정적인 성인으로 자라난 사람들도 이를 입증한다. 스스로를 고통 받은 사도 규정하고 그 기억을 붙잡고 싶지 않으면 과거의 고통은 현재의 삶에 지속적인 걸림돌이 되지 않는다. 고통을 직시하되 붙잡지 않고, 고통 받는 중에도 '여전히 기쁨과 즐거움을 느낄' 일들이 함께 일어난다는 것을 받아들이면 된다. 이런 마음챙김의 자세를 가지면 몸이 스스로 치유하는 힘을 발휘하게 되어 명상이 곧 치유가 된다.

상처에서 내딛는
한 걸음

캐롤라인 미스, 《영혼의 해부》

내게 깊은 인상을 남긴 것은 치유를 보는 저자의 명확한 태도였다. 캐롤라인 미스는 치유란 "자신의 정서적·영적 회복을 방해하는 모든 부정적인 생활 패턴을 놓아버리려는 의도를 가지고, 태도나 기억, 신념 등을 전반적으로 검토하는 작업을 포함하는 적극적이고 내면적인 과정"이라고 말한다. …… 생명의 힘을 고갈시켜 온 부정적인 흐름을 치우고 물꼬를 트기만 하면 내면의 치유력이 기적과도 같이 활발하게 작용할 수 있다.

《영혼의 해부(Anatomy of the Spirit)》는 1996년 미국에서 처음 출간되었다.
한국어 번역본은 2003년에 정현숙 번역으로 한문화에서 나왔다.

캐롤라인 미스 Caroline Myss

질병을 의학적 직관력으로 진단하고 병의 원인을 감정과 심리, 신체의 상관관계를
통해 이해하도록 환자를 돕는 일을 해 왔다. 1952년에 미국에서 태어나 1983년부
터 뉴에이지 서적을 발행하는 출판사를 운영했다. 자신의 의학적 직관력을 활용해
개인적으로 환자를 오랫동안 진단하다가 2000년부터 강연과 방송 출연을 통해 직
관 의학을 널리 알리고 있다.

우리는 서로 잘 보살피고

땅도 잘 돌보라고 생명을 받아 태어나는 거야.

그런 다음에는 우리의 시간이 끝나고 있다는 말을 듣게 되지.

그러면 '끝나지 않은 일'을 뒤에 남기고 떠날 준비를 해야 해.

잘못된 일은 사과하고, 부족에서 맡은 책임도 다 넘기고,

우리의 시간을 자기네와 함께 나눈 데 대한 감사와 사랑의 인사를
받으면서 말이지.

인생은 실로 그렇게 간단하다네.

— 《영혼의 해부》 중, 알래스카의 라첼 할머니의 말

《영혼의 해부》를 쓴 캐롤라인 미스는 '직관의료인'이라는 생소한 직
업을 가진 사람이다. 쉽게 말하면 질병이나 문제가 있는 누군가를 만
나거나 혹은 단지 어떤 사람의 이름과 나이를 듣기만 해도 직관적으
로 무언가가 떠올라 마치 상대방을 '읽듯이' 그 사람의 질병이나 문제
를 진단하는 일을 해 왔다. 그녀는 청진기 같은 검사 도구 하나 없이
도 발병 이전의 암까지 확실하게 맞히는 보기 드문 직관 능력으로 사
람들의 에너지를 읽어 왔으며, 그들이 질병과 불안 또는 삶의 위기를
겪게 된 근본 뿌리인 정서적·심리적·영적 에너지를 이해하고 치유의

길로 나아가도록 도와주었다.

캐롤라인이 직관의료인이 된 계기는 매우 흥미로울 뿐 아니라 《영혼의 해부》가 가리키는 치유의 지점을 잘 드러내주는 일화이다. 1983년 가을날의 일이었다. 출판사를 운영하던 캐롤라인 미스는 저절로 생겨난 의료적 직관 능력으로 사람들의 몸을 둘러싼 에너지를 보며 건강을 읽어주곤 했다. 그날은 몸 전체에 암이 퍼진 여자를 상담하는 중이었다. 캐롤라인은 심한 피로감을 느꼈다. "캐롤라인! 내가 아주 몹쓸 암에 걸렸다는 건 알아요. 하지만 왜 내게 이런 일이 일어난 거죠?"라고 그 여자가 물었다. 듣기 싫은 질문에 화가 난 캐롤라인이 "내가 그걸 어떻게 알아요?"라고 소리쳤을 때, 갑자기 그녀 안에서 '어떤 목소리'가 나와 말하기 시작했다.

어떤 목소리가 내게서 나와 그녀에게 말했다. "당신이 살아온 인생역정과 살면서 맺은 모든 인간관계를 죽 돌이켜 봐도 되겠어요?" 그 목소리는 계속 이어졌다. "당신이 겪은 모든 두려움을 함께 짚어볼까요? 그리고 이 두려움들이 어째서 그토록 오랫동안 당신을 지배하고, 더는 생명의 에너지가 당신에게 자양분을 줄 수 없도록 만들었는지 조사해볼까요?"

이 '존재'는 그녀가 자기 삶의 모든 세세한 사항을, 그야말로 낱낱이 돌이키도록 이끌어주었다. 가장 사소한 대화까지도 기억했고, 혼자서 울어야 했던 엄청난 고독의 순간들을 떠올리게 했으며, 아무리 작을지라도 의미 있는 모든 인간관계를 기억하게 해주었다. 이 '존재'는 우리 삶의 그 모든 순간들과 아울러, 그 순간을 채우고 있는 모든 정신적·

정서적·창의적·육체적 활동은 물론이고 심지어 휴식까지 다 알고 기록해 두었던 것이다.

캐롤라인 미스 자신도 몰랐던 이 내적 '존재'는 환자가 암에 걸린 원인을 이해하기 위해 신체적 증상이 아니라 삶과 인간관계의 경험들, 그리고 그것으로 인한 두려움을 돌이켜 보자고 한다. 이 '존재'는 암을 마음과 감정의 문제와 연결해 바라본 것이다. 캐롤라인 미스는 그때부터 이 '존재'의 능력을 받아들여 본격적으로 사람들의 질병을 읽고 상담해주었으며, 그 과정에서 "모든 육체적 질병의 근본 원인은 정서적·영적 스트레스 또는 불안"이라는 것을 알게 되었다. 그 가운데 정서적·영적 위기의 일부는 특정한 신체 부위의 문제와 연결된다는 것이 여러 명의 환자들에게서 공통적으로 드러났다. 예를 들어 심장병이 있는 사람들은 사랑을 거부당한 적이 있고, 요통이 있는 사람들은 경제적으로 문제가 있으며, 암 환자들은 과거에 풀지 못한 감정을 문제로 안고 있었고, 혈액 순환 장애는 골이 깊은 가족 간의 갈등과 관련이 깊었다.

캐롤라인 미스가 보기에 힌두교에서 말하는 차크라 같은 인체의 에너지 시스템만으로는 신체 부위별 증상과 영적 위기의 연관성을 충분히 설명하기 어려웠다. 의학적 직관이 보여주는 영혼의 통찰력을 담기 위해서 그녀는 인체의 에너지 중심인 일곱 차크라와 기독교의 7대 성사, 그리고 유대교 카발라 전통의 일곱 가지 가르침을 연결했다. 이렇게 해서 《영혼의 해부》는 인체라는 물질화된 형태의 에너지 센터마다 담긴 영혼의 메시지를 드러내는 입체 지도로 완성되었다.

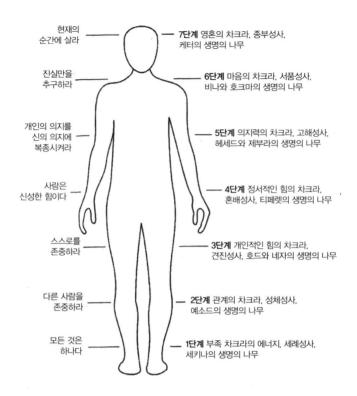

현재의
순간에 살라 —— **7단계** 영혼의 차크라, 종부성사,
케터의 생명의 나무

진실만을
추구하라 —— **6단계** 마음의 차크라, 서품성사,
비나와 호크마의 생명의 나무

개인의 의지를
신의 의지에
복종시켜라 —— **5단계** 의지력의 차크라, 고해성사,
헤세드와 제부라의 생명의 나무

사랑은
신성한 힘이다 —— **4단계** 정서적인 힘의 차크라,
혼배성사, 티페렛의 생명의 나무

스스로를
존중하라 —— **3단계** 개인적인 힘의 차크라,
견진성사, 호드와 네자의 생명의 나무

다른 사람을
존중하라 —— **2단계** 관계의 차크라, 성체성사,
예소드의 생명의 나무

모든 것은
하나다 —— **1단계** 부족 차크라의 에너지, 세례성사,
세키나의 생명의 나무

우리의 생물학적 설계도 안에 자리 잡은 신성한 힘(《영혼의 해부》 106쪽)

1 차크라 : 부족의 힘 – 모든 것은 하나다.

2 차크라 : 관계의 힘 – 다른 사람을 존중하라.

3 차크라 : 개인의 힘 – 스스로를 존중하라.

4 차크라 : 감정의 힘 – 사랑은 신성한 힘이다.

5 차크라 : 의지의 힘 – 개인의 의지를 신의 의지에 복종시켜라.

6 차크라 : 마음의 힘 – 진실만을 추구하라.

7 차크라 : 영성의 힘 – 현재의 순간에 살라.

캐롤라인 미스에 따르면 사람은 생물학적으로 디자인되었을 뿐 아니라 영적으로도 디자인된 존재이다. 누구에게나 인체의 일곱 에너지 센터에는 특별한 힘이 저장되어 있고 그 힘이 추구하고 드러내야 할 신성한 진리가 담겨 있다. 질병과 증상은 부조화로 인해 그러한 힘이 발휘되지 못하는 상태이므로, 각각의 신성한 진리를 존중하고 받아들이면 영혼과 육체는 다시 건강해질 수 있다.

《영혼의 해부》는 1, 2부로 구성되어 있다. 1부의 1장에는 캐롤라인 미스가 직관 능력을 개발해 왔던 개인사적 배경과 직관 능력의 원리를 다루어 그녀의 능력이 이른바 사이비는 아닐까 하는 의구심을 해소해 준다. 1부의 2장에서는 인체의 일곱 에너지 센터에 담긴 영적인 의미를 조망하기 위해 이에 조응하는 세 가지 전통, 즉 차크라에 대한 힌두교의 가르침, 기독교의 7대 성사가 지닌 상징적 의미, 유대교 카발라에서 생명의 나무를 이루는 요소인 열 가지 세피라의 신비적 해석을 결합한다.

2부에서는 각 차크라에 담긴 영적 메시지, 즉 첫 번째 차크라의 '부족의 힘'에서부터 일곱 번째 차크라의 '영성의 힘'에 이르기까지 인체의 일곱 가지 힘의 의미를 다루고 그것과 관련된 질병, 정서적·심리적 문제를 상세히 설명한다. 각 에너지 센터가 신체의 어느 부위 혹은 어떤 내장 기관과 관련되는지, 어떠한 정서·욕구와 관계를 맺는지, 어떤 두려움이 질병으로 진행되는지, 이를 넘어서려면 어떤 신성한 진리를 배워야 하는지를 안내하고 그 단계에 해당하는 여러 환자들의 치유 사례를 소개한다.

나는 비교적 최근에 《영혼의 해부》를 읽었는데, 주변의 아픈 사람들을 이해하는 데 큰 도움을 받았다. 영성을 바탕으로 심리를 이해하도록 돕는 성격 유형 지표인 애니어그램과 짝을 이루어 《영혼의 해부》는 영성을 기반으로 삼아 각종 신체적 증상을 이해하도록 이끌어준다.

나는 노동운동을 하고 의사소통 분야 강사로 오래 활동한 덕분에 다양한 계층의 사람들을 많이 만났다. 그중에는 왜 저런 식으로 생각하고 저런 감정을 느끼는지 도저히 이해가 안 가는 사람들이 더러 있었고 그들과는 원만한 인간관계를 맺기 힘들었다. 그러다가 애니어그램의 아홉 가지 성격 유형을 통해 비로소 모든 사람은 저마다 독특한 욕구와 두려움이 있고 서로 심리 구조가 다르다는 것을 받아들일 수 있었다.

마찬가지로 《영혼의 해부》를 통해 암이나 중독, 우울증을 겪는 주변의 아픈 사람들을 이해하고 돕는 데 필요한 통찰을 얻었다. 아주 개인적인 생각이지만 내 친구나 가까운 사람들은 특히 세 번째 차크라의 '개인으로서 스스로를 존중하기'와, 네 번째 차크라의 '내면의 신성한 힘인 사랑으로 건너가기'와 관련해서 여러 증상들을 겪는 것으로 보였다.

몸과 마음의 통합적 성장에 관심이 있는 사람들에게 《영혼의 해부》는 한 번 읽고 덮을 책이 아니라 자신과 지인들에게서 이상한 기류를 느낄 때마다 관련되는 장을 읽으며 깊이 음미해볼 만한 책이다. 읽다 보면 저자의 기지와 탁월한 이해가 담긴 문장들이 많아서 그녀의 메시지가 평범한 지성을 넘어선 깊은 차원에서 나오는 말임을 느끼게 된다.

직관의학에 관심이 있는 사람은 유튜브에 올라온 저자의 강의 동영상 가운데 〈The Energetics of Healing(치유의 에너지학)〉이나 〈Being

Fearless(두려움 떨치기)〉 시리즈들을 보아도 좋을 것이다. 의학적 직관을 개발하려는 의사나 보건 관련 종사자들을 대상으로 한 영상인데, 심리적이고 정서적인 문제와 신체 증상의 관련성에 관한 그녀의 위트 넘치는 설명을 육성으로 들을 수 있다.

무엇보다도 내게 깊은 인상을 남긴 것은 치유를 보는 저자의 명확한 태도였다. 캐롤라인 미스는 치유란 "자신의 정서적·영적 회복을 방해하는 모든 부정적인 생활 패턴을 놓아버리려는 의도를 가지고, 태도나 기억, 신념 등을 전반적으로 검토하는 작업을 포함하는 적극적이고 내면적인 과정"이라고 말한다. 우리의 에너지 센터 안에는 이미 충분한 힘이 있고 신성한 진리가 작동하고 있다. 그 생명의 힘을 고갈시켜 온 부정적인 흐름을 치우고 물꼬를 트기만 하면 내면의 치유력이 기적과도 같이 활발하게 작용할 수 있다. 그러니 치유하라고 저자는 단호한 어조로 말한다.

상처와 함께 서는 것이 아니라 상처를 통해 앞으로 나아가는 것임을 명심해야 한다. 피해자처럼 행동하거나 필요 이상의 기도와 생각을 하면서 시간을 낭비하지 말라. 피해를 입었다는 감정은 병을 덧나게 할 뿐이다. 만일 마음의 상태가 내내 그러하다면, 그 자체를 병으로 간주해야 할 것이다.

약 먹기, 날마다 운동하기, 적절한 식사 등 몸에 도움이 되는 일은 모두 행하라. 아울러 해결되지 않는 일에서 해방되는 것, 과거의 상처를 용서하는 것 등등 에너지 체계의 향상에 도움을 주는 일도 모두 행하라. 치유에 필요하다면 개인적인 신상에 변화를 꾀하는 일도 주저하지 말라. 스트레스가 많은 직장이나 결혼 생활을 그만두거나, 명상 수행을 하거나, 크로스컨트리 스키를 배우라. 특정한 변화가 중요한 것은 아니다. 중요한 것은 실제로 치유에 필요한 변화를 일으켰다는 사실이다.

치유하는 것은 '말'이 아니라 '행동'이다. 어떤 병이든 당사자의 긍정적인 태도가 필수적이며, 실제 치유 과정에 들어서면 헌신과 실행이 필요하다.

치유는 "상처를 통해 앞으로 나아가는 것"이란 말은 낫느냐 안 낫느냐의 차원을 넘어선다. 증상은 나을 수도 있고 안 나을 수도 있지만, 치유가 일어남으로써 그 증상과 고통에서 무언가를 배우고 내적으로 성장하는 것이 중요하다.

실제 치유 사례를 보아도 그렇다. 캐롤라인 미스는 1985년 피터라는 젊은이를 원격 진단하여 에이즈에 걸린 것을 알아냈으며 의사와 함께 그를 치유하는 과정을 이끌었다. 그녀는 피터에게 채식, 에어로빅, 금연, 45분씩 복부에 비비 오일 바르기, 심리치료 등을 통합한 치유 프로그램을 제시했고, 그 후 6주 만에 피터에게서 에이즈 음성 반응이 나와 성공적인 치유를 확인했다.

하지만 잭이라는 환자의 치료는 그렇게 다 성공적이지만은 않았다. 마흔일곱 살의 잭은 사촌의 배신으로 사업이 망한 후 허리를 다쳐 요통이 생기고 고혈압과 우울증을 겪는 환자였다. 잭은 캐롤라인의 워크숍에 참여하여 자기 증세의 심리적 원인이 배신과 관련되었음을 이해하고 네 번째 차크라의 힘인 용서를 배웠다. 이로써 고혈압과 우울증 증세는 극복했으나 요통과 경제적인 어려움까지 사라지지는 않았다. 잭의 치유는 용서를 배우고 자신의 삶을 조화롭게 이끌어 갈 힘을 회복하는 데까지만 이루어진 것이다. 그렇지만 잭 또한 피터처럼 상처를 통해 앞으로 나아갔다는 점이 중요하다.

내가 이 책에서 또 하나 얻은 중요한 배움은 자기치유력에 관한 것이었다. 영적 가르침들에 따르면 우리 자신이 곧 문제이자 답이기 때문에 치유의 열쇠는 아픈 사람이 쥐고 있다. 자신의 생활 방식, 인간관계, 심리적·정서적 태도가 신체적 증상에 영향을 끼쳐 왔으므로 치유를 위해서는 자신을 이해하고 변화시키는 자기치유의 과정이 반드시 필요하다.

이와 달리 '낫느냐 안 낫느냐'를 중심에 두는 현대 의학에서는 의사가 해결사고 환자는 무기력하고 의존적인 존재일 뿐이다. 여기에서 치료란 증상을 제거하거나 성공적으로 통제하는 것을 의미하며, 이런 과정은 전문가인 의사가 주도하게 된다. 하지만 전문가도 자신이 배우지 못한 증상은 다루기 어려우며, 또한 환자의 적극적 노력 없이 전문가의 힘만으로는 증상을 없애지도 못한다.

캐롤라인 미스는 이에 대해 "병을 치유하고 건강한 몸을 유지하는 데는 자아 존중의 역할이 중요하다."고 말한다. 자아 존중은 세 번째 차크라에 관련되는데, 스스로 살아가고, 스스로를 돌보며, 이렇게 확립된 개인으로서의 명예를 기반으로 하여 다른 사람들과 관계를 맺는 것이다. 이 힘이 없으면 변화를 위해 용기 있는 선택을 하기 어렵다.

17년간 알코올 중독자였던 페니라는 여성은 자기 인생을 회복하기 위해 치유를 선택하고서 '익명의 알코올중독자 모임(AA)'에 나가게 되었고, 살을 뺐고, 경제적인 어려움을 감수하며 이혼할 수 있었다. 페니의 사례는 세 번째 차크라에 내재한 힘, 즉 자신을 치유하겠다는 의지와 자기에 대한 존중감이 치유에 얼마나 중요한지를 보여준다. "강한 결심과 책임감만 있다면, 각 개인에게 자신의 삶을 완전히 바꿀 수 있는 무한한 잠재력이 있다."고 캐롤라인 미스는 거듭 말한다.

내가 이 책을 읽은 동료와 함께 각자 안고 있는 증상과 그에 대응하는 차크라에 대해 이야기를 나누어보니, 캐롤라인 미스가 말한 것처럼 일반인도 관심을 기울이면 자신의 건강에 대한 직관을 계발할 수 있을 듯했다. 그녀는 누구나 직관 능력을 계발할 수 있다는 믿음으로 그 길을 안내하고자 《영혼의 해부》를 썼다. 직관 능력에 해당하는 상징적 통찰력을 계발하는 길로 그녀는 일곱 가지 방법을 제시한다. 특히 마지막 방법은 꼭 직관 능력을 계발하려는 게 아니더라도 삶을 사는 기본 태도로도 좋을 듯하다. 치유에서나 삶에서나 이런 태도를 유지하는 사람이라면 각 에너지 센터에서 신성한 진리가 울려 나오고 영혼의 힘이 그의 존재를 가득 채울 것이다.

- 모든 상황은 한순간에 바뀔 수 있고, 모든 병은 나을 수 있다. 신성은 인간의 시간적·공간적·물질적 제약을 받지 않는다.
- 일관성을 가져라. 스스로 믿는 바대로 살아라.
- 변화는 계속된다. 모든 삶은 평화로울 때도 있고 어려운 변화의 국면을 맞이할 때도 있게 마련이다. 일어나는 변화를 멈추려고 하기보다 변화의 흐름과 함께 살아가는 법을 배우라.

- 다른 사람이 나를 행복하게 해준다는 기대는 절대 갖지 말라. 행복은 한 개인의 내면에 존재하는 개인적인 태도이자 책임이기 때문이다.

- 인생은 본질적으로 학습 체험이다. 모든 상황, 모든 도전, 모든 관계는 타인에게서 배우거나 타인에게 가르칠 만한 메시지를 포함하고 있다.

- 긍정적인 에너지는 모든 상황에서 부정적인 에너지보다 훨씬 효과적이다.

- 현재에 살라. 그리고 타인을 용서하라.

나의 잘못이 아니라
나의 책임

조 바이텔 · 이하레아카라 휴 렌,
《호오포노포노의 비밀》

세상 모든 일이 내 책임이라는 말은 세상이 저 밖이 아니라 내 안에 있으며, 내가 이 세상의 공동 창조자임을 의미한다. 우리 존재의 본바탕, 본래 모습은 신성이며 거기에는 아무런 결점이나 사건도 없다. 내가 보는 현실, 내가 보는 사건은 내가 신성에 깨어 있지 못해서 그런 양상으로 비치는 것이다. 그러니 내 안의 신성에게 나의 기억을 정화하며 "미안합니다. 고맙습니다."라고 말해야 마땅하다.

《호오포노포노의 비밀(Zero Limits)》은 2007년 미국에서 처음 출간되었다.
한국어 번역본은 2008년에 눈과마음에서 황소연 번역으로 나왔고
2011년에 판미동에서 다시 나왔다.

이하레아카라 휴 렌 Ihaleakala Hew Len

하와이 원주민의 전통적인 문제 해결법인 호오포노포노의 권위자. 1983년부터 세계 각지에서 현대화한 호오포노포노에 관해 강연하고 있다. 하와이 주립 병원 내 정신요양시설에서 임상심리학자로 일하며 호오포노포노를 활용해 큰 치료 성과를 거두었다. 한국에 나온 다른 저서로《호오포노포노의 지혜》,《호오포노포노 실천법》,《우니히피리》(공저) 등이 있다.

조 바이텔 Joe Vitale

인터넷 마케팅 전문가. 1953년 미국에서 태어났다. 적십자사, PBS를 비롯한 다양한 기업과 단체의 자문에 응하고 있다. 한국어로 번역된 다른 저서로《꿈이 이끄는 삶》,《꽂히는 글쓰기》,《인생의 놓쳐버린 교훈》 등이 있다.

초등학교 1학년 때 나에게 글쓰기를 배웠던 쌍둥이의 엄마에게 초대를 받았다. 쌍둥이가 고등학생이 될 때까지 꾸준히 안부를 주고받았는데, 아이들 진로에 관한 이야기도 나눌 겸 놀러오라고 한 것이다. 한 시간 남짓 버스를 타고 가는 동안 선물로 산 국화 꽃다발에서 진한 향기가 풍겨 나왔다. 그날따라 깊은 향기를 선사해주는 소국들이 정말 좋았고 꽃 하나하나가 생생하게 눈에 들어왔다. 아기를 품듯 꽃다발을 안고 마음속으로 애정과 감사를 보냈다. '사랑한다. 참 예쁘구나. 네 향기를 아이들 가족에게도 전해주렴.'

몇 달 후 다시 전화로 안부를 주고받는데 쌍둥이 엄마가 말했다.

"근데요, 선생님. 그때 사다주신 국화가 정말 싱싱하게 잘 피어서 계속 물을 갈아줬거든요? 그랬더니 신기하게 뿌리가 나왔어요. 그래서 화분에다 옮겨 심어줬어요. 여러 가지 꽃을 길러 봤지만 화병에 놔두었던 식물에서 뿌리가 나오는 건 처음 봤어요. 애들도 정말 신기해해요."

그 얘기를 들으니 그날 내가 마음속으로 보냈던 사랑과 감사의 에너지가 떠올랐다. 그 국화들이 잘린 줄기에서 뿌리가 나도록 싱싱하게 자란 데는 내가 보내준 에너지의 영향도 있었을 것이다. 사람도 마찬가지다. 누군가에게 깊은 감사와 사랑의 에너지를 보내면 그에게 혹은 그와 나 사이에 예상치 못했던 작은 기적과 같은 변화들이 일어난다. 《호오포노포노의 비밀》의 공저자 이하레아카라 휴 렌 박사는 호오포노포노(Ho'oponopono)라는 하와이식 치유법에서 이런 가능성을 확인해준다.

우리 각자가 품고 있는 것들, 즉 기억이나 영감은 인간에서부터 광물, 식물, 동물에 이르기까지 모든 것들에게 즉각적이고 절대적인 영향을 미칩니다. 한 사람의 무의식 속에서 기억이 신성에 의해 제로 상태로 바뀔 때 모든 것들의 무의식 속 기억이 제로 상태로 바뀌게 됩니다. 모든 것들에게서 말입니다.

그에 따르면 우리가 마음속에서 돌이나 꽃이나 강아지에 대해 영감 가득한 에너지를 품으면 그것은 매우 직접적으로 그 돌, 꽃, 강아지에 영향을 끼친다. 이는 부정적인 기억이 신성에 의해 제로 상태, 즉 공(空)의 상태가 되어 없어졌기 때문이다. 휴 렌 박사가 조 바이텔과 함께 지은 《호오포노포노의 비밀》은 원제가 'Zero Limits'이다. 한계가 제로인 상태, 즉 한계가 없이 무한대의 가능성을 여는 것이 호오포노포노라는 독특한 치유법이다.

이 책은 내용 전체를 훑어보기보다 호오포노포노 치유법을 중심으로 소개하고자 한다. 내가 볼 때 호오포노포노는 의식의 전체성(wholeness)에 연결되어 있으며 그 방법도 마음공부에 도움이 되지만,

이 책이 그것에 접근하는 방식은 수긍하기 어렵기 때문이다. '부와 건강, 평화를 부르는 하와이인들의 지혜'라는 부제에서 보듯이 인터넷 마케팅 전문가인 공저자 조 바이텔은 호오포노포노의 치유법을 현세의 삶에서 성공과 돈을 끌어오는 도구로 보는 듯하다. 존재의 본질을 관통하는 근본 지혜의 원리를 에고의 욕망 충족에 끌어다 쓰는 것은 영혼을 깨우는 일도 되지 못하고 인간의 무지에 또 다른 무지를 한 켜 덧입히는 어리석음이 될 수 있다.

휴 렌 박사에 의해 세계적으로 알려지고 있는 호오포노포노는 본래 하와이의 전통 사제이자 치료사를 뜻하는 '카후나' 가운데 한 사람인 모르나 여사가 현대적인 치유법으로 창안하여 휴 렌 박사에게 전수한 것이다. 하와이 말로 '호오(ho'o)'는 원인을 뜻하고 '포노포노(ponopono)'는 완벽함을 뜻하며, 호오포노포노는 '정정하다', '오류를 바로잡다'라는 뜻이다. 오류를 바로잡는 것은 개인 내면에 간직된 고통스러운 기억들을 정화함으로써 가능하다고 휴 렌 박사는 말한다.

호오포노포노는 정말 단순합니다. 고대 하와이인들은 모든 문제가 생각에서 비롯된다고 믿었습니다. 하지만 생각을 하는 것 자체는 문제가 아니죠. 그럼 무엇이 문제일까요? 문제는 모든 생각들이 고통스러운 기억들로 얼룩져 있다는 겁니다. 사람들이나 장소, 사물에 대한 기억들로요.

지적 활동만으로는 이 문제를 해결할 수 없습니다. 지성으로는 그저 '관리'만 할 뿐이죠. 관리는 근본적인 문제 해결 방법이 아닙니다. 문제를 해결하기 위해서는 오히려 그 문제를 해방시켜야 합니다. 호오포노포노를 행하면 신성이 고통스러운 생각을 중화하거나 정화합니다.

고통스러운 생각을 정화하는 호오포노포노는 단 네 마디, "미안합니다. 고맙습니다. 용서하세요. 사랑합니다."를 외는 게 전부이다. 매우 단순하지만 진심으로 이 네 마디를 말하면 금방 효과를 느낄 수 있을 만큼 이 말은 강력하다. 사실 나는 호오포노포노에는 큰 관심이 없었고, 휴 렌 박사의 워크숍에도 가까운 지인이 권유해서 그저 지켜보자는 심정으로 참여했다.

그런데 워크숍 이후 부정적인 생각이나 감정이 올라올 때 주의를 모아 "미안합니다. 고맙습니다."를 해보니, 기분은 말할 것도 없고 내면의 에너지 상태가 확연하게 달라지는 것이 느껴졌다. 단순한 말 몇 마디였을 뿐인데도 고도로 집중해서 《금강경》을 읽거나 만트라를 욀 때만큼이나 상념이 사라지고 마음이 환해져서 의아할 정도였다. 하와이 전통 치료법에 기반을 두었다고 하니, 아마도 호오포노포노의 조상인 고대 하와이인들은 오스트레일리아 원주민만큼이나 고차원적인 의식 수준을 갖고 있었을 것이다.

호오포노포노 치유법의 강력한 힘은 그것의 원칙에서 어느 정도 드러난다. 호오포노포노의 여섯 가지 원칙은 다음과 같다.

원칙 1, 무슨 일이 벌어지는지 우리는 전혀 모른다.
원칙 2, 우리는 모든 것을 할 수는 없다.
원칙 3, 어떤 일이든 치유할 수 있다.
원칙 4, 자신이 겪는 모든 경험은 전적으로 본인 책임이다.

원칙 5, 무한대에 이르는 '사랑합니다'라는 티켓.

원칙 6, 영감은 의지보다 중요하다.

위의 여섯 가지 원칙을 받아들이고 그 기초 위에서 "미안합니다. 고맙습니다. 용서하세요. 사랑합니다."라고 말하는 것이다. 여섯 가지 원칙을 쉽게 풀어보면 이렇다. 개별적 존재로서 현대인은 에고의 시각에 갇혀 있어 실상을 모르며, 실상을 모르니 문제가 생겨도 어찌할 줄 모른다. 하지만 자신에게 일어나는 모든 것을 자신의 책임으로 받아들이고 신성에게 의탁하면 치유가 일어나고, 그렇게 살아가면 개별 존재의 의지가 아니라 신성이 보내는 영감에 의해 자연스런 흐름을 따라 살게 되는 것이다. 그런데 어째서 네 번째 원칙처럼 "자신이 겪는 모든 경험은 전적으로 본인 책임"이라고 받아들여야 하는 것일까? 저자는 이렇게 말한다.

내 인생에 어떤 일이 일어나든 그것은 내 잘못이 아니다. 다만 나의 책임일 뿐이다. '나의 책임'이라는 뜻은 내 말과 내 행동, 내 생각의 범주에 국한되지 않는다. 내 인생에 나타난 다른 사람의 말과 행동, 그리고 생각 모두를 포함한다. 내 인생에 나타난 모든 일들을 전적으로 책임질 때 그것은 '나의 문제'가 된다. 따라서 내 앞에 닥친 일이면 무엇이든 치유할 수 있다는 원칙과도 일맥상통한다. 요약하면 현재의 나의 현실에 대해서 누구도, 무엇도 원망할 수는 없다. 단지 그것에 대한 책임을 내가 질 뿐이다. 책임진다는 것은 현실을 수용하고 소유하고 사랑한다는 뜻이다. 내게 닥친 일을 치유하면 할수록 근원과 조화를 이루게 된다.

　내 인생에 일어난 모든 일을 내 잘못이라고 탓할 필요는 없으나, 그것을 나의 책임으로 받아들여 그 일이 일어났다는 사실을 수용하고 사랑을 주라고 이 원칙은 강조한다. 내가 부딪치는 현실을 전적으로 나의 책임으로 받아들이라니, 다른 사람들이 벌이는 온갖 전쟁, 살인, 폭력 등의 잔인한 사건들까지도 내가 책임을 져야 하느냐고 반박할 수도 있다.

　세상 모든 일이 내 책임이라는 말은 세상이 저 밖이 아니라 내 안에 있으며, 내가 이 세상의 공동 창조자임을 의미한다. 우리 존재의 본바탕, 본래 모습은 신성이며 거기에는 아무런 결점이나 사건도 없다. 내가 보는 현실, 내가 보는 사건은 내가 신성에 깨어 있지 못해서 그런 양상으로 비치는 것이다. 그러니 내 안의 신성에게 나의 기억을 정화하며 "미안합니다, 고맙습니다."라고 말해야 마땅하다.

　그 신성이 페테르 에르베가 말한 '신 나(God-SELF)'이고, 에크하르트 톨레가 말한 '내면의 순수 의식'인데, 이는 기독교의 영적 전통이 말해 온 참된 사랑과 다르지 않다. 호오포노포노는 그 깊은 자리에 연결되는 말이기에 영적인 힘을 발휘한다. 이 힘이 무제한(Zero limit)이고 무한대라는 것을 다섯 번째 원칙 "무한대에 이르는 '사랑합니다'라는 티켓"은 드러낸다.

　　치유에서 성취까지, 모든 이해를 넘어선 평화로 우리를 데려다줄 열차의 티켓은 "사랑합니다."라는 단 한마디의 말이다. 신성에게 이 말을 하면 우리 안의 모든 것이 정화되기 때문에 순간의 기적, 무한대를 체험할 수 있다. 핵심은 모든 것에 대한 사랑이다. 남아도는 살도, 중독도, 문제아도, 골칫덩이 이웃도, 속을 썩이는 배우자도 사랑하라. 모든 것을 사랑하라. 사랑은 고인 에너지를 변형시켜 방출한다. "사랑합니다."는 신성으로 통하는 문을 여는 주문이다.

사랑은 정말 '신성으로 통하는 문을 여는 주문'일까? 만약 진정으로 자기 자신을 사랑한다면 자신의 어떤 결점이나 질병, 과거의 아픈 기억 등 모든 것을 허용하고 받아들일 수 있을 테니 괴로움에서 벗어나 평화를 누리게 될 것이다. 만약 자신의 자녀와 배우자를 있는 모습 그대로 사랑한다면, 또 우리 이웃, 우리 사회의 형편과 조건들도 사랑으로 받아들인다면, 분명 우리의 삶은 기적같이 변할 수 있다.

그런데 가만히 살펴보면 휴 렌 박사가 '기억'이라고 말하는 우리의 사고 습관은 지금 당장, 진정으로 사랑하는 일에서 언제나 도망친다. '저 시끄럽고 고약한 이웃을 사랑하라고? 나도 사랑하고 싶지. 사랑한다고 말할 수는 있어. 하지만 저들이 변하지 않는데 과연?' 이렇게 마음속으로 중얼거리며 말이다. 이 지점에서 선택의 여지는 없다고 휴 렌 박사는 분명하게 선을 긋는다. "기억으로 살든지 영감으로 살든지, 그것뿐입니다."

선택은 정화를 하느냐 마느냐입니다. 마음이 깨끗하면 영감이 솟구칩니다. 그대로 행동하면 되죠. 생각할 필요는 없어요. 생각을 하면 영감을 다른 것과 비교하게 되는데, 그렇게 비교하는 것 자체가 기억입니다. 그러지 않고 기억을 정화하면 선택할 필요가 아예 없어집니다. 그냥 영감을 받아들이고 생각 없이 그대로 행동하는 것입니다. 그것뿐입니다.

실제로 휴 렌 박사는 하와이 주립병원 내 정신요양시설에서 3년간 임상심리학자로 일하면서 호오포노포노 치유법으로 병동 전체를 바꿔놓았다. 정신병을 앓는 범죄자들이 수용되어 폭행이 빈번하게 발생하던 그곳에서, 그는 치료 목적으로 환자들을 만나본 일도 없이 그들의 기록을 살펴보고 문제를 유발하는 '자신 안의 기억'을 계속해서 정화함으로써 환자와 직원들의 삶을 눈에 띄게 개선했다. 약물이나 강력한 치료 프로그램 없이 의사가 자신의 내면을 정화함으로써 중증 환자들의 정신병동을 변화시켰다는 것은 현대 의학으로서는 믿지 못할 기적이다. 이처럼 그는 정화를 하면 자신 안의 신성과 연결되고, 신성은 모든 존재와 연결되므로 어떤 치유도 가능함을 실제로 입증해 보였다.

나는 호오포노포노 치유법의 근본 원리가 참된 본성인 신성에 연결되어 있기에 무한대의 힘을 발휘할 수 있다고 이해한다. 그러니 무언가 불편에 부딪칠 때 깊은 마음으로 "미안합니다. 고맙습니다. 용서하세요. 사랑합니다."를 자연스럽게 말하게 된다. 하지만 기도는 침묵에서 시작되어야 한다는 마더 테레사의 말을 잊지 않는다. 신성을 만나려면 침묵으로 들어가야 하며, 침묵에 들어가면 이미 모든 것에 연결된 신성은 모든 것을 알고 있을 테니 거듭 침묵해도 충분할 것이다. 마음공부에도 치유에도 사람마다 맞는 길이 있게 마련이므로 각자 선택해서 가면 된다. 다만 모든 길은 언젠가 궁극 안으로 사라짐을 잊지 않아야 한다.

화를 거름 삼아
마음의 꽃밭 가꾸기

틱낫한, 《화》

머릿속에서는 '괜찮아. 저 사람 입장에서는 그럴 수 있어. 그냥 할 말만 하고 넘어가도 돼.'라고 하는데도, 가슴속의 그 뜨거운 덩어리는 너무도 완강했다. '이봐요. 당신이 잘못 처리한 거잖아요? 근데 누구한테 떠넘기려고 하는 거예요?'라고 소리를 쳐야만 속이 시원할 것 같았다. 나 자신을 위해, 그리고 의사소통에서 어려움을 겪는 사람들을 위해 화라는 감정 문제를 다룰 방법을 찾고 있을 때 길 하나를 열어 준 것이 이 책이었다.

《화(Anger)》는 2001년 미국에서 처음 출간되었다.
한국어 번역본은 2002년에 최수민 번역으로 명진출판사에서 나왔고
2008년에 보급판 문고본이 나왔다.

틱낫한 Thich Nhat Hanh

스님, 작가, 평화운동가. 1926년 베트남에서 태어나 16살에 수행을 시작했다. 베트남 전쟁 당시 전 세계를 순회하며 반전 연설을 했고 불교평화대표단 의장으로서 파리평화회의에 참가했다. 베트남 정부의 박해를 피해 1973년에 프랑스로 망명하여 현재까지 보르도에서 수행공동체 플럼빌리지를 이끌고 있다.

한국에 나온 다른 저서로 《힘》, 《기도》, 《화해》, 《마음에는 평화 얼굴에는 미소》, 《어디에 있든 자유로우라》, 《지금 이 순간 그대로 행복하라》 등이 있다.

열두 살 소년이 화가 치밀어 오르는 순간에 자신의 화를 알아차리고 호흡과 걷기 명상을 하여 분노를 내려놓을 수 있었다. 틱낫한이 이끄는 수행공동체 플럼빌리지에서 있었던 일이다. 여름철에 플럼빌리지의 청소년 수련회에 참가한 열두 살 소년이 있었다. 소년의 아버지는 아들이 다치거나 실수를 저지르면 소리를 지르며 욕설을 퍼붓는 사람이었다. "이 바보 같은 놈! 넌 어떻게 하는 짓이 늘 그 모양이지?" 그런 아버지 때문에 괴로움이 많던 소년은 나중에 자신이 어른이 되면 자녀들에게 소리 지르지 않고 오히려 위로해주겠다고 마음먹었다.

그 소년이 여동생과 함께 두 번째로 여름 수련회에 참가했을 때, 여동생이 놀다가 돌멩이에 부딪쳐 얼굴에서 피가 많이 났다. 그 소년은 다친 여동생에게 '바보 같은 계집애! 넌 어떻게 하는 짓이 그 모양이지?' 하고 소리를 지를 뻔했다. 그 순간 자신을 알아차린 어린 소년은 화에서 벗어나 수련회에서 배운 대로 의식적으로 호흡을 하며 걸었다.

걷는 동안 소년은 자신에게 올라온 화가 아버지에게 물려받은 습관적 에너지라는 사실을 깨달았다. 자신은 아버지처럼 되지 않겠다고 다짐해 왔건만 어느새 아버지의 습관적 에너지가 자신에게 강하게 자리 잡고 있음을 보았다. 계속 걷는 동안 더욱 놀라운 깨달음이 다가왔다. 그 에너지를 자기 자식에게 전염시키지 않기 위해서라도 수련을 해야겠다는 열망이 솟아오른 것이다. 그리고 자기 아버지도 화에 전염된 희생자임을 이해했다. 그런 통찰 후에 소년은 아버지에 대한 화를 말끔히 걷어낼 수 있었다.

틱낫한의 《화》에 나오는 이 열두 살 소년의 이야기는 감동을 넘어 나를 부끄럽게까지 했다. 나의 마음공부 과정에서 화와 분노는 가장 넘기 힘든, 태산과도 같은 장벽이었다. 내 화의 뿌리에는 어린 시절부터 아버지에게 품었던 분노가 웅크리고 있었다. 엄마의 한탄을 많이 들으며 자란 나에게 엄마는 희생자로, 아버지는 가해자로 각인되었다.

어쩌면 사회운동에 나서게 된 심리적 배경에 아버지가 표상하는 이 사회의 부당한 권위에 대한 저항감도 있었을 것이다. 나중에 간디에게서 아힘사(비폭력) 정신을 배웠고, 지혜로운 가르침들을 통해 모든 것이 원인과 결과로 얽혀 있을 뿐 가해자와 피해자라는 이분법적 구도는 실제가 아님을 이해했다. 하지만 머리로 이해한 것이 가슴을 움직여주지는 못했다. 화의 뿌리가 깊다 보니 부당한 일이나 불의에 직면하면 이내 거친 감정이 올라오곤 했다.

한번은 누군가가 일 처리를 잘못해놓고 발뺌을 하자 몹시 화가 났다. 마음을 주시하는 명상을 해 온 덕에, 내 안에서 불쾌한 덩어리가 치솟는 순간 그 움직임을 알아차렸다. 머릿속에서는 '괜찮아. 저 사람 입장에서는 그럴 수 있어. 그냥 할 말만 하고 넘어가도 돼.'라고 하는데도, 가슴속의 그 뜨거운 덩어리는 너무도 완강했다. '이봐요. 당신이 잘못 처리한 거잖아요? 근데 누구한테 떠넘기려고 하는 거예요?'라고 소리를 쳐야만 속이 시원할 것 같았다.

그 순간에는 내 마음을 돌이켜 그 말을 참는 일이, 마치 누군가에게 머리채를 잡힌 채로 몸을 돌리려 안간힘을 쓰는 것처럼 힘겹게 느껴졌다. 중국의 어느 선승이 "자신을 이기는 일은 온 황하의 물줄기를 거꾸로 돌리는 것과 같다."고 한 말이 생생하게 다가왔다.

이처럼 화의 에너지는 평소에 잠잠한 듯하다가도 어느 순간 솟구쳐 오르면 걷잡을 수 없는 불길로 자신을 태운다. 그 맹렬한 덩어리는 내 안 어딘가에 사는 독립적인 생명체인 듯 갑자기 튀어나오고 마음대로 나를 휘저으며 머리가 내리는 이성적인 지시를 듣지 않는다.

사람들과 이야기를 해보니 나뿐 아니라 상당수의 사람들이 화에 사로잡혀 있거나 불끈불끈 올라오는 분노로 여러 문제를 겪고 있었다. 평소에 타인에게 상처 주는 거친 말을 자주 하는 사람들의 문제도 근본적으로는 독이 든 감정인 화나 증오심에서 비롯하는 경우가 많다. 나 자신을 위해, 그리고 의사소통에서 어려움을 겪는 사람들을 위해 화라는 감정 문제를 다룰 방법을 찾고 있을 때 길 하나를 열어준 것이 이 책이었다.

틱낫한 스님에 대한 자세한 소개는 별로 필요가 없을 듯하다. 베트남 출신 승려인 그는 망명을 해 프랑스 남부 지방에서 플럼빌리지(Plum Village, 자두 마을)라는 수행공동체를 이끌고 있는 세계적인 선승이다. 열여섯 살에 승려가 되어 1960년대에 베트남 전쟁을 종식시키고자 직접 미국으로 가서 반전·평화운동을 펼쳤다.

그 후로 고국에 돌아가지 못한 채 전 세계를 돌아다니며 강연과 수행 지도를 하고 있고, 마음의 평화와 세상의 평화를 동시에 일구는,

구도가 곧 사회 참여인 참여 불교의 새 길을 이끌고 있다. 그는 접현종(Interbeing Order)이라는 새로운 불교 종파를 창시했으며 우리나라도 몇 번 방문하여 대중들과 함께 걷기명상을 하고 가르침을 펼쳤다. 깨어 있기(mindfulness), 공동존재(inter-being), 평화로움(peace) 등을 중심으로 그의 가르침을 담은 책들도 일 년에 두어 권씩 출판되고 있다.

《화》의 영어 원서는 2001년에 출간됐고, 우리나라에서는 2002년에 최수민 번역으로 나왔다. 시인이기도 한 틱낫한의 영어 문장은 매우 쉬우면서도 아름다워 원서로 읽어도 좋을 것이다. 원래 11장으로 되어 있는 영어판과 달리 한국어판에서는 1부 '화 좀 안 내고 살 수 없을까'와 2부 '화가 풀리면 인생도 풀린다'로 나누어 47개의 짤막한 에세이로 풀어놓았다.

이 책에서는 화를 잘못되거나 당장 뜯어고쳐야 할 문제로 보지 않고, 있는 그대로 보는 관점에서 접근한다. 화를 다루는 방법도 문제 해결의 관점이 아니라 더불어 살아가는 원리와 일상의 감정에 대한 자각을 높이려는 관점에서 제시한다. 화로 인해 고통스러운 강기슭 이편에서 아우성치는 사람들을 강 저편의 평온한 땅으로 건네주는 나룻배 같은 책이다.

나에게 신선하고 다소 충격적이었던 메시지는 화와 소비의 관련성이었다.

우리가 화를 내거나 절망할 때, 혹은 폭력적인 성향으로 변할 때 우리의 몸은 먹는 음식과 밀접한 관계가 있다. 분노와 폭력으로부터 스스로를 지키기 위해 먼저 식사와 소비 전략을 세워야 하는 이유가 거기에 있다.

우리는 음식을 통해서 화를 먹을 뿐만이 아니라 눈과 귀와 의식을 통해서도 화를 우리 몸에 받아들인다. 문화 상품을 소비하는 행태도 화와 연관이 있다. 그러므로 화를 막기 위해서는 먼저 소비의 전략을 세우는 것이 중요하다.

우리가 잡지에서 읽은 것이나 텔레비전에서 보는 것 또한 독성을 품고 있을 수가 있다. 그것들도 화와 좌절을 내포하고 있다. 영화는 비프스테이크와도 같다. 거기에 화가 함유되어 있을 수 있다. 그것을 먹으면 우리는 곧 화와 좌절을 먹는 셈이 된다. 신문 기사나 타인들과의 대화 같은 데도 많은 화가 들어 있을 수 있다.

이 책을 처음 읽을 때만 해도 먹는 행위나 문화적 소비가 화나는 감정과 관련이 있다는 생각이 새로웠지만, 지금은 보편적으로 받아들여지는 편이다. 예전에 텔레비전 프로그램으로 소개된 영국이 브레인푸드 사례도 정서와 음식의 관계를 입증해주었다. 브레인푸드는 영국에서 학업 성적이 가장 떨어지는 학교에 학습 프로그램의 변화 없이 비타민과 미네랄이 풍부한 야채와 곡물 위주의 식사를 제공하는 프로젝트였는데, 음식을 바꾼 결과 아이들이 학업에서도 좋은 성과를 보였고 정서적으로도 차분해지는 변화를 보였다.

요즘 심각해지는 청소년들의 학교 폭력이나 인성 문제도 인터넷 게임이나 폭력적 영화와 같은 문화 소비 형태와 무관하다고 볼 수 없다. 어떤 문제도 단편적이지 않으며 전체와 연결되어 있기 때문이다.

그러니 진정 화를 다스리고자 한다면 감정에만 현미경을 들이대지 말고 틱낫한이 말하듯 의식주 같은 일상에 들어 있는 화의 원인도 살펴보아야 할 것이다.

틱낫한은 화란 억누르지 말고 돌봐야 할 대상임을 되풀이해서 강조한다. 화는 우는 아기와 같고, 날감자와 같으며, 꽃이었다가 쓰레기가 된 것이라고 비유한다. 화는 무언가 불편함과 고통을 호소하기에 우는 아기와 같으며, 우리는 그 아기를 품에 안고 어르는 어머니로서 아이를 편안하게 해줄 수 있다. 또한 화는 즐길 만한 것은 아니지만 잘만 요리하면 맛있는 음식이 되는 날감자와 같으므로 감자를 익히듯 시간을 들여 긍정적인 에너지로 변화시켜야 한다. 부부의 경우라면 사랑이 증오로 변할 때 꽃이 쓰레기가 되는 것과 유사하다고 틱낫한은 말한다. 원래 꽃이었던 이 쓰레기는 유기적인 에너지를 품고 있으므로 유기농 농사꾼처럼 화를 잘 처리하면 이를 거름 삼아 멋진 꽃밭을 만들 수 있다. 이런 비유들로부터 화는 애초부터 없었어야 할 무엇이 아니라 성장에 필수적인 요소라는 멋진 인식 전환이 일어난다.

우리는 악한 감정에 맞서 싸워서 그것을 마음속에서 몰아내야 한다고 믿기 쉽다. 그러나 이것은 잘못된 생각이다. 수련은 자신을 변화시키는 것이다. 만약 우리가 우리 안에 쓰레기를 갖고 있지 않다면, 비료를 만드는 데 쓸 재료가 아무것도 없게 된다. 비료를 갖지 못하면 우리는 우리 안의 꽃을 길러내지 못한다. 그러므로 우리에겐 고난이 필요하다. 고난은 유기체이므로 우리는 그것을 변화시킬 수 있고 좋은 쪽으로 이용할 수 있다.

어떻게 화라는 쓰레기가 꽃밭을 가꿀 좋은 거름이 될까? 바로 자각(mindfulness)의 힘이다. 꽃들이 햇빛을 받으면 활짝 피어나듯이 우리의 화는 자각에 의해 변화한다. 틱낫한은 "화를 자각한다는 것은 그것의 실체를 인정하고 맞이하고 접촉하고 끌어안는 것"이라고 말한다. 자각을 스트레스 치료에 도입한 존 카밧진도 "정서적 고통의 순간에 자신의 감정을 의도적으로 알아보는 것 자체가 그 속에 치유의 씨앗을 포함하고 있다."고 말한 바 있다.

　화와 같은 감정의 폭풍은 자각의 요람에 안길 때 누그러지고 풀린다. 이러한 마법은 자각 속에 있는 집중과 이해와 연민의 에너지로 인해 일어난다. 자각으로 화라는 감정을 잘 들여다보고 있으면 자신과 화 사이에 틈새가 벌어지면서 화가 잦아들게 된다. 그렇게 화를 다룬다면 상대방에게 쓰레기를 던져버리지 않고 오히려 그것으로 자신 안에서 좋은 거름을 만든 셈이 되니, 이것이 상생이다. 고통을 갚고 되갚는 순환의 고리를 끊는 일이다.

　틱낫한은 화를 잘못 다루는 두 가지 방식을 경계한다. 하나는 앙갚음하려 드는 것이고 또 하나는 발산하려는 태도이다. "너 때문에 화났어."라며 앙갚음을 하려는 것은 고통의 원인을 타인에게 돌려 온 우리의 습관적 에너지 탓이다. 이런 무지로 대응하면 "남을 응징하는 것은 곧 스스로를 응징하는" 것이므로 더욱 악화된 결과만 초래한다.

　두 번째로 "화를 발산해서 그 에너지를 없애려고 하는 것"도 매우 해로운 부작용을 낳으며 더 큰 고통을 불러올 수 있다. 어떤 심리 치료에서는 베개를 치거나 몽둥이로 타이어를 때리면서 화의 에너지를 제거하도록 한다. 그런 식으로 접근하면 우리의 무지와 그릇된 판단, 이해와 연민의 결핍이라는 화의 뿌리는 그대로 놔둔 채 화의 에너지만 발산하게 된다. 게다가 공격적이고 호전적인 방식으로 화를 발산하다 보면 자기도 모르게 화를 연습하게 되어 매우 위험하다.

탁낫한은 화와 고통을 주고받지 않고 평화로운 관계를 만들어갈 수 있는 쉬운 방법을 여러 가지 알려준다. 특히 이 책의 부록에서는 친한 사람들끼리 화났을 때 깊이 깨어서 행동하기로 미리 서약하는 방법으로 '평화 협정안'을 제시한다. 또한 오계(五戒)를 새롭게 변형한 '마음이 너그러워지는 다섯 가지 훈련 방법'과 화났을 때 하는 호흡 수련법, 몸의 긴장을 풀어주는 이완법 등을 상세히 수록했다. 본문에서 제시하는 방법으로는 화난 사람의 마음을 완전히 자각해서 들어주는 '경청'과 화가 쉽게 안 풀릴 때 상대방에게 쓰는 마음의 편지를 권하고 있다. 어느 방법이나 매우 구체적이어서 마음만 먹으면 금방 실천해볼 수 있다.

탁낫한은 가까운 사람끼리 화를 고통으로 되갚지 않도록 그 순환의 고리를 자신부터 끊는 것이 필요하다고 말한다. 그러려면 자각의 힘을 기르고 깊은 연민을 발전시켜야 한다. 이를 위해 책의 여러 대목에서 화를 감싸 안는 자각의 에너지를 기르는 호흡 수련과 걷기 명상을 권한다. 화가 머리끝까지 치밀었을 때 잠시 숨을 고르거나, 차를 한 모금 들이키거나, 몸의 긴장을 풀어줌으로써 화를 삭인 경험이 누구에게나 있을 것이다. 몇 번 호흡을 가다듬기만 해도 최고조에 올랐던 화의 감정이 조금 누그러진다. 게다가 평소에 호흡 수련을 해서 화나는 순간 의식을 집중하여 자기 호흡을 지켜볼 수 있으면 화를 완전히 녹여내고 평정심을 회복할 수 있다.

내가 화라는 과제를 다루기 위해 택한 방법은 연민과 자비심을 기르는 것이었다. 화가 났을 때 화를 잘 돌보는 것도 중요하지만 굳이 화라는 쓰레기가 생기기 전에 연민과 자비심으로 마음 꽃밭을 잘 가꾸어놓는 것이 더 좋으리라고 생각했다. 이를 위해 몇 년간 《천수경》을 포함하여 자비를 일깨우는 가르침을 반복해서 읽고 외웠다. 마음 꽃밭을 가꾸는 데 나는 아직도 훌륭한 유기농 농사꾼이 되지 못했다. 그래도 이제는 그 정원에 늘 햇빛이 쏟아진다는 것을 기억하며 부지런히 거름을 만들고 있다.

시,
영혼을 흔드는 목소리

류시화, 《사랑하라 한 번도 상처받지 않은 것처럼》

우리의 삶이 강이라면 더는 그대로 살 수 없게 된 막다른 지점이 사막이다. 거기에서 멈추든지 아니면 새로운 지점으로 흘러가기 위해 다른 존재로 전환해야 한다. 이렇게 하자면 자신의 과거 모습을 완전히 버려야 할지도 모른다는 두려움이 엄습한다. 그러나 우리 앞에 놓인 다음 단계가 사막이라면 증발되어 바람의 품에 안기는 것 외에 달리 나아갈 길은 없다. 성장해야 한다는 것을 알면서, 완전히 변해야 한다는 것을 알면서 망설여본 사람이라면 자신의 영혼을 흔드는 이 시의 목소리를 알아들을 것이다.

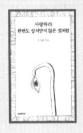

《사랑하라 한 번도 상처받지 않은 것처럼》은
2005년 오래된미래에서 출간되었다.

류시화

시인, 번역가, 출판기획자. 1959년에 태어나 경희대 국문과를 졸업했다. 대학 2학
년 때 한국일보 신춘문예에 당선되어 문단에 나왔고 1982년까지 〈시운동〉 동인으
로 활동했다. 명상에 심취하여 오쇼 라즈니쉬, 달라이 라마, 틱낫한의 책을 비롯한
외국의 명상 서적을 여러 권 기획하고 번역했으며, 시인으로도 대중적 인기를 모
았다.
다른 저서로 시집 《그대가 곁에 있어도 나는 그대가 그립다》, 《외눈박이 물고기의
사랑》, 《나의 상처는 돌 너의 상처는 꽃》과 인도 여행기 《하늘 호수로 떠난 여행》,
《지구별 여행자》 등이 있다.

예전에 몇몇 지인들과 매화를 보러 섬진강에 간 적이 있다. 지리산 하동 출신인 후배가 멋있는 동네 여인 한 분을 소개하겠다며 작은 산막으로 우리를 이끌었다. 초로의 나이에도 맑고 초롱한 눈매로 우리를 맞이해준 그분은 가볍게 상을 차려 내오고는 술잔마다 매화꽃을 하나씩 띄워주었다. 그처럼 꽃을 띄워 향기 머금은 술을 마실 수 있다는 걸 그때 처음 알았다.

그분은 낯선 여행객들을 환영하는 인사로 유치환의 〈춘신〉을 나지막이 읊조렸다. "꽃등인 양 창 앞에 한 그루 피어오른/ 살구꽃 연분홍 그늘 가지 새로/ 작은 멧새 하나 찾아와 무심히 놀다 가나니" 그 시를 듣는데 봄소식을 입에 문 새 한 마리가 마음속으로 쏙 들어오는 듯했다. 처음 만난 그 여인의 순정 어린 마음이 그대로 전해져 왔다. 나중에 그 여행이 화제에 오를 때마다 우리는 그때 들은 〈춘신〉이 얼마나 아름다웠는지를 이야기하곤 했다.

시는 분석과 해석의 논리적 회로를 거치지 않고 곧장 가슴으로 파고드는 힘을 지녔다. 한 편의 시가 때로는 한 장의 그림으로, 때로는 하나의 상징으로 다가와 마음 안에 얽혀 있던 복잡한 감정을 비춰준다. 시구 한 구절이 마음 한복판에 새겨져 며칠을 가기도 한다. 그래서 시는 머리에서 일어나는 논리적 이해보다 훨씬 깊고 아름답게 영혼을 위로하거나 일깨운다. 설명적이지 않고 비유적이며, 생물이나 무생물을 가리지 않고 감정 이입이 가능하고, 시간과 공간, 감각적 제약 따위를 자유자재로 넘어선다는 점에서 시는 부드럽고 자유로운 영혼과 통하는 면이 많다.

파커 파머의 피정 교육에서는 시를 많이 읽는데 그 속에서 치유에 가까운 위로를 받는다. 참가자가 모두 둘러앉아 주제와 관련된 시를 읽고 함께 침묵하며 그 뜻을 음미한다. 누군가는 마음에 다가오는 시구를 혹은 시에서 자신이 찾아낸 의미를 이야기하기도 한다. 참가자들은 석 달 후 열리는 다음 피정까지 시를 되풀이해서 읽었다거나, 그 가운데 한 구절이 마음속 활구(活句)가 되어 자신의 아픔이나 고통을 지켜볼 수 있었다고 종종 말한다. 나 역시 피정에서 읽은 메리 올리버의 〈기러기〉나 메이 사튼의 〈천사와 분노〉, 〈나 이제 내가 되었네〉에서 마음에 힘을 얻었고, 토머스 머튼의 《장자의 도》에 나온 구절들에서 삶의 역설을 받아들였다.

류시화가 엮은 《사랑하라 한 번도 상처받지 않은 것처럼》은 오랫동안 대형 서점 시 부문 베스트셀러 목록에 올라 있던 잠언시집이다. 총 77편의 시 가운데는 에스키모 이누이트족이나 체로키 인디언, 켈트족 안에서 구전되던 노래부터 현대 미국에서 사랑받는 시인인 메리 올리버, 메이 사튼의 영시들, 그리고 좀처럼 접하기 힘든 에스파냐, 멕시코 시인들의 시까지 망라되어 있다. 또한 잘랄루딘 루미, 카비르, 오마르 카이얌, 지두 크리슈나무르티, 토머스 머튼 같은 중세부터 오늘날에 이르는 신비주의적 영성가의 작품도 담고 있다. 영혼의 목소리를 지닌 이런 잠언시들은 읽을 때마다 새로운 음률로 흘러들며 잠든 영혼을 흔들어 깨운다.

이런 시들에서 세상이나 친구가 줄 수 없는 속 깊은 위로와 치유의 에너지를 받을 수 있다. 어디론가 여행을 떠나거나 혼자서 긴 산책을 할 때, 흩어진 구슬같이 산란한 마음을 말끔히 꿰어 영혼의 중심을 잡고자 할 때, 이유 없이 울적하고 마음의 등불이 꺼졌다고 생각될 때 이 시집을 펼쳐 아주 천천히 읽어봐도 좋다. 어떤 시 한 편, 시 한 구절이 가슴으로 툭 떨어지고, 거기에서 생각지 못했던 새 길이 열릴지도 모른다. 만약 그렇지 않다 해도 시를 읽는 동안만큼은 기쁨이 돌아오거나 마음이 조금은 가벼워질 수 있다.

❦

이 시집에서 내 마음에 가장 오래 머물렀던 시는 〈이것 또한 지나가리라〉다. 이 시집에는 랜터 윌슨 스미스가 쓴 시라고 되어 있지만 어딘가에서는 알렉산드로스 대왕의 말이라고 하기도 하고 또 어딘가에서는 솔로몬이 한 말이라고도 하니, 예로부터 유명했던 글귀가 아닌가 싶다.

이것 또한 지나가리라

어느 날 페르시아의 왕이 신하들에게
마음이 슬플 때는 기쁘게
기쁠 때는 슬프게 만드는 물건을
가져올 것을 명령했다.

신하들은 밤새 모여 앉아 토론한 끝에
마침내 반지 하나를 왕에게 바쳤다.
왕은 반지에 적힌 글귀를 읽고는
크게 웃음을 터뜨리며 만족해했다.
반지에는 이런 글귀가 새겨져 있었다.
'이것 또한 지나가리라.'

슬픔이 그대의 삶으로 밀려와 마음을 흔들고
소중한 것들을 쓸어가버릴 때면
그대 가슴에 대고 다만 말하라.
'이것 또한 지나가리라.'

행운이 그대에게 미소 짓고 기쁨과 환희로 가득할 때
근심 없는 날들이 스쳐갈 때면
세속적인 것들에만 의존하지 않도록
이 진실을 조용히 가슴에 새기라.
'이것 또한 지나가리라.'

"이것 또한 지나가리라." 이 문장은 내게 변하지 않는 것이 없다는 무상함과, 돌아와야 하는 자리가 현존임을 동시에 일깨워주었다. 힘들고 어려운 일도 언젠가는 끝이 나게 되어 있고, 행복과 즐거움도 시간이 흐르고 조건이 바뀌면 사라지게 마련이다. 그런데 나를 비롯해 많은 사람들의 태도를 보면 "슬픔이 삶으로 밀려와 마음을 흔들 때"

와 달리 "행운이 미소 짓고 기쁨과 환희로 가득할 때"는 이것이 지나가는 것을 원하지 않는다. 가고 오는 모든 것을 있는 그대로 긍정하는 진리에 깨어 있지 못하니, 쓴맛은 버리고 싶어 하고 단맛은 오래 취하고 싶어 한다. 그러므로 무언가 잘되어 가고 행복감을 느낄 때 오히려 현존이 어렵고 진정성을 잃기 쉬운지도 모른다. 나는 네 번째 연을 기억하면서 즐거움에 마음이 들뜨려 할 때 현존을 향해 돌아서는 힘을 얻었다.

많은 사람들이 애송하는 잘랄루딘 루미의 〈여인숙〉 또한 그에 못지 않은 가르침을 담은 시다.

여인숙

인간이라는 존재는 여인숙과 같다.
매일 아침 새로운 손님이 도착한다.

기쁨, 절망, 슬픔
그리고 약간의 순간적인 깨달음 등이
예기치 않은 방문객처럼 찾아온다.

그 모두를 환영하고 맞아들이라.
설령 그들이 슬픔의 군중이어서

그대의 집을 난폭하게 쓸어가버리고
가구들을 몽땅 내가더라도.

그렇다 해도 각각의 손님을 존중하라.
그들은 어떤 새로운 기쁨을 주기 위해
그대를 청소하는 것인지도 모르니까.

어두운 생각, 부끄러움, 후회
그들을 문에서 웃으며 맞으라.
그리고 그들을 집 안으로 초대하라.
누가 들어오든 감사하게 여기라.
모든 손님들은 저 멀리에서 보낸
안내자들이니까.

　마음에 안 맞고 불편한 일이 벌어지면 사람들은 금새 호오를 판별하여 '싫음'이란 딱지를 붙인다. 그리고 '이런 일은 일어나지 말았어야 했어. 저 사람은 저렇게 하다니 틀렸어.'라고 부정적인 반응을 보인다. 루미는 인간 세상의 그런 시각을 뛰어넘어 우리가 보지 못한 저편, 저 멀리에서 보는 시각으로 접근한다. 어차피 인간이란 존재는 방문객을 맞기로 되어 있는 여인숙에 불과하며, 저 멀리서 보내는 모든 손님들은 사실은 '안내자', 즉 우리를 도우러 오는 존재들이다.
　설령 그들이 한꺼번에 몰려오는 고통 같은 '슬픔의 군중'일지라도 어쩌면 그들은 다음의 새로운 기쁨을 위해 우리를 청소하러 오는 것인지도 모른다. 다가오는 고통이 무엇을 안내하는지, 슬픔이 어떻게 기쁨을 데려오는지 알 수 없으므로 우리는 삶에 겸손해질 수밖에 없다. 내 경우에도 좋든 싫든 삶의 모든 경험은 손님처럼 지나갔으며, 시련이나 슬픔의 모양으로 온 경험도 뭔가 한 가지 반짝이는 깨우침을 남겨놓고 떠났다. 루미의 시는 그런 경험을 떠올리며 내 삶의 손님들을 더 정중히 맞아들이게 했다.

📖

하나 더 나누고 싶은 시는 수피의 우화를 담은 〈사막의 지혜〉다. 영적으로 진화해 가는 과정에서 겪게 될 전면적 변화, 즉 전환(transformation)을 사막을 건너는 강이라는 아름다운 비유에 담았다. 좀 길어서 앞 부분은 생략하고 중반 이후만 소개한다.

사막의 지혜

......

사막의 목소리가 말했다.
'그 바람에게 너 자신을 맡겨라.
너를 증발시켜 바람에 실어라.'

하지만 두려움 때문에 강은
차마 자신의 존재를 버릴 수가 없었다.

그때 문득 어떤 기억이 떠올랐다.
언젠가 바람의 팔에 안겨 실려 가던 일이.

그리하여 강은 자신을 증발시켜
바람의 다정한 팔에 안겼다.
바람은 가볍게 수증기를 안고 날아올라
수백 리 떨어진 건너편 산꼭대기에 이르러
살며시 대지에 비를 떨구었다.

그래서 강이 여행하는 법은
사막 위에 적혀 있다는 말이 전해지게 되었다.

우리의 삶이 강이라면 더는 그대로 살 수 없게 된 막다른 지점이 사막이다. 거기에서 멈추든지 아니면 새로운 지점으로 흘러가기 위해 다른 존재로 전환해야 한다. 소리 지르던 습관을 버려야 하고, 마음속에 일던 옳고 그름과 좋고 나쁨의 분별을 멈춰야 하고, 싫어하는 사람을 위해 기도를 시작해야 한다. 먹고 놀던 습관도 바꿔야 하고 남들을 먼저 섬기는 행동을 익혀야 한다. 이렇게 하자면 자신의 과거 모습을 완전히 버려야 할지도 모른다는 두려움이 우리를 엄습한다.

어쨌거나 우리 앞에 놓인 다음 단계가 사막이라면 증발되어 바람의 품에 안기는 것 외에 달리 나아갈 길은 없다. 성장해야 함을 알면서, 완전히 변해야 한다는 것을 알면서 망설여본 사람이라면 자신의 영혼을 흔드는 이 시의 목소리를 알아들을 것이다. 그리고 바람마저 잦아들기 전에 거기에 실려 건너가야 함을 알 것이다. 이 세 편의 시에서 큰 울림을 받지 못했다 해도 실망할 일은 아니다. 이 시집에서 위로받지 못할 영혼은 없다.

물은 답을 알고 있다

에모토 마사루 지음/ 홍성민 옮김/ 더난출판사

물에 긍정적인 말을 들려주었을 때와 부정적인 말을 들려주었을 때 각각 다르게 나타나는 물 결정 사진을 120여 장 담은 책. 비과학적이라는 논란이 일기도 했으나, 말과 생각에 담긴 에너지, 그리고 인간과 자연의 긴밀한 관계를 생생한 사진으로 펼쳐 보인다. 신비하고 아름다운 물의 결정들을 바라보면 자연스럽게 "고맙습니다.", "사랑합니다."라고 말하고 싶어진다.

아티스트 웨이 : 나의 창조성을 깨우는 12주간의 여행

줄리아 카메론 지음/ 임지호 옮김/ 경당

다양한 예술 활동을 해 온 저자가 상처 받은 예술가들과 함께 내면의 창조성을 일깨우고자 개발한 12주 프로그램을 원리와 함께 상세히 소개한다. 대표적인 방법인 '모닝 페이지 쓰기' 외에 창조성 회복을 위한 다양한 치유 방법을 훈련하면서 서서히 내면에 깃든 본래의 창조력에 접근하도록 이끈다.

애니어그램의 지혜

돈 리처드 리소, 러스 허드슨 지음/ 주혜명 옮김/ 한문화

인간의 성격 유형을 아홉 가지 분류로 이해하는 애니어그램은 오랫동안 종교적인 비전으로 전해지다가 20세기 초반 들어 현대화되었다. 애니어그램을 소개하는 책은 다양하나, 그중에서도 각 성격 유형의 전형적인 열정, 두려움, 욕망, 그리고 이를 넘어서기 위한 방안을 가장 명쾌하고 깊이 있게 다루는 책이 《에니어그램의 지혜》다. 이 책에서 배울 중요한 통찰은 자신은 성격에 국한되지 않으며 그 바탕의 영적 존재임을 깨닫는 것이다.

술 취한 코끼리 길들이기

아잔 브라흐마 지음/ 류시화 옮김/ 이레

타이의 선승 아잔 차의 제자이자 오스트레일리아 스님인 아잔 브라흐마는 사람들의 어리석고 편향된 마음을 술 취한 코끼리에 빗대어 108가지 유머와 기지가 빛나는 이야기로 다루었다. 두려움, 불안, 고통, 분노, 용서, 행복, 자유, 사랑 등 삶의 중요한 주제들을 솔직한 자신의 경험담과 불교 전래의 이야기를 넘나들며 풀어 가는 읽다 보면 저절로 '아하!' 하는 순간을 만나게 된다.

예언자

칼릴 지브란 지음/ 박철홍 옮김/ 김영사

시인이자 철학자, 화가이기도 한 칼릴 지브란이 쓴 《예언자》는 성경과 더불어 20세기에 가장 많이 팔린 책이라고 한다. 알무스타파라는 성인을 내세워 사랑과 결혼, 기쁨과 슬픔, 자유, 이성, 열정, 자아, 죽음 등에 대한 빛나는 영적 지혜를 산문시 형태로 전하고 있다. 사랑과 관련된 시적인 구절들이 자주 인용되며, 우리의 본질은 "인간으로서의 삶을 경험하는 영적 존재"라고 간명하게 일러 준다.

심오한 말씀,
빛으로 이끌다

새 하늘,
새 땅을 맞이하기 위하여

에크하르트 톨레,
《NOW : 행성의 미래를 상상하는 사람들에게》

삶을 지금으로 받아들이고, 삶에서 벌어지는 일들을 그대로 자각하며 순수한 내면 공간에 닿아 있으면 그것이 현존이다. 방안을 걷든 차를 끓이든 아무리 사소한 일이라도 지금 하는 일, 지금 존재하는 곳을 삶의 목적으로 대할 때 우리는 지금을 살게 된다. 그런 사람은 참된 의식이 이 세상으로 들어오는 통로가 된다고 톨레는 말한다.

《NOW : 행성의 미래를 상상하는 사람들에게(A New Earth)》는
2005년 미국에서 처음 나왔다.
한국어 번역본은 2008년 류시화 번역으로 조화로운삶에서 출간되었다.

에크하르트 톨레 Eckhart Tolle

1948년에 독일에서 태어나 현재 캐나다에서 살고 있다. 불교, 기독교, 힌두교 등의
영향을 받아 특정 종교에 얽매이지 않는 깨달음을 얻었고, 오랫동안 명상 세미나
모임을 이끌어 왔다.

절망에 빠져 자살을 생각하던 29살에 내적인 전환을 겪고 첫 책《지금 이 순간을
살아라》를 썼다. 이 책은 초판 3,000부를 찍었고 한동안 알음알음으로 읽혔으나
2000년에 오프라 윈프리가 자신이 발간하는 잡지에서 언급하면서 갑자기 유명해
졌다. 같은 해 〈뉴욕타임스〉 베스트셀러에 올랐고 미국에서만 약 300만 부가 팔렸
으며 33개국 언어로 번역되었다. 톨레의 다음 책《NOW : 행성의 미래를 상상하
는 사람들에게》는 미국에서 약 500만 부가 팔렸다. 2008년에는 오프라 윈프리와
함께 웹 세미나를 진행했는데 약 3500만 명의 사람들이 시청해서 화제를 모았다.

2007년 가을 피정 교육에 참가하러 하와이에 갔다가 짬을 내서 서점에 들렀다. 오디오북을 고르러 간 서가 한쪽 구석에 에크하르트 톨레의 책들이 진열되어 있었다. 《지금 이 순간을 살아라》 이후 국내에 번역된 책이 없어 궁금해하던 차였다. 진열된 책 가운데 《A New Earth(새 땅)》란 신간이 눈에 띄었는데, 오프라 윈프리 북클럽 추천 도서 마크가 찍혀 있었다. '바로 이 책을 찾고 있었던 거군!' 하는 느낌으로 같이 간 동료와 한 권씩 사서 가방에 넣었다.

《A New Earth》는 한 단계씩 나아가며 내면의 의식을 깨우도록 세심하게 디자인된 영적 여정의 안내서였다. 한국에 돌아와 알아보니 아직 국내에 출판되지는 않았지만 번역 중이었다. 번역서 출간을 기다릴 수 없어 원서를 가지고 동료와 함께 10장으로 구성된 내용을 장별로 공부해 나갔다. 에크하르트 톨레의 다른 책 《지금 이 순간을 살아라》에서 에고와 자기 존재의 동일시에 대한 그의 문제의식을 이미 충분히 보았던 터라 속도감 있게 읽어 나갈 수 있었다.

에고 안에 잠들어 있던 인류의 의식이 지구 행성 수준에서 깨어나는 장대한 광경이 펼쳐지는 부분에서는 가슴이 설렜고, 에고의 심리 구조를 예리하고 투명하게 드러내는 대목에서는 숨을 죽였다. 그 후 톨레가 오프라 윈프리와 함께 이 책에 놓고 열었던 10회의 웹 세미나 동영상도 보았고, 우리말로 번역된 책도 몇 번이나 읽었다.

그 후로 이 책은 내가 교육이나 강연 때 아주 많이 인용하는 책이 되었다. 읽을 때마다 마음의 틀을 투명하게 드러내고 흔들기 때문에 읽는 그 자리에서 존재의 중심을 향하게 만드는 책이다. 톨레는 이 책이 새로운 정보나 믿음을 덧붙이기 위한 것이 아니라 '의식의 전환, 잠에서 깨어나게 하기 위한' 변화의 도구라고 밝힌다.

《NOW:행성의 미래를 상상하는 사람들에게》라고 번역된 이 책의 원제는 《A New Earth:Awakening to Your Life's Purpose(새 땅:자신의 삶의 목적에 깨어나기)》이다. 성서의 '새 하늘 새 땅'에서 영감을 받은 제목이라고 한다. 톨레는 '새 하늘'은 인간의 의식이 변화된 상태이며 '새 땅'은 변화된 의식이 물질계에 반영되어 나타난 결과라고 해석한다. 이 지구가 새 땅으로 변화해 가는 지금, 우리의 의식과 마음 안에서 새 하늘의 변화가 일어나고 있고, 일어나야 한다고 톨레는 말한다.

번역서의 장별 제목은 원서의 제목들과 조금 다른데, 원서의 장별 제목들이 사람들의 잠든 의식을 단계별로 깨우는 과정을 좀 더 잘 나타낸다. 유튜브에 한글 자막이 달린 웹 세미나 동영상이 장별로 올라와 있으니, 관심 있는 사람은 그 동영상으로 원서의 짜임새를 이해하고 나서 번역서를 읽어도 좋을 듯하다.

1장 The Flowering of Human(인간 의식의 개화)

2장 Ego:The Current State of Humanity(에고:인간성의 현재 상태)

3장 The Core of Ego(에고의 핵심 구조)

4장 Role-playing：The Many Faces of the Ego(역할 놀이：에고의
여러 얼굴)

5장 The Pain-Body(고통체)

6장 Breaking Free(자유로워지기)

7장 Finding Who You Truly Are(참된 자신 찾기)

8장 The Discovery of Inner Space(내면 공간의 발견)

9장 Your Inner Purpose(내면의 목적)

10장 A New Earth(새 땅)

이 책은 표면적 의식 수준에서 오락가락하는 사람들의 마음을 흔
드는 투명한 진동을 지녔다. 눈에 보이지 않는 그 진동은 커다란 힘
과 영감으로 이미 모든 것을 알고 있는 내면의 존재에게 말을 건넨다.
나는 이 책을 덮으며 이 이상의 심리학은 없다고 느꼈다. 에고의 기반
을 해체해버림으로써 에고를 더 잘 이해하거나 발전시키려는 노력이
부질없음을 알게 하고, 에고의 밑에서 드러나는 참된 지각으로 비로
넘어가도록 다리를 놓는다.

이어서 에고가 살고 있는 시간과 공간의 틀도 해체한다. 존재의 시
간은 오직 지금이고 필요한 공간은 3차원이 아니라 내면의 공간이라
고 말한다. 지금 내면의 공간에 자리 잡기만 하면 특정한 종교나 영적
전통에 입문하지 않은 사람도 자신의 참존재에 닿을 수 있도록 길을
열어준다. 그리고 나서 톨레의 손가락은 곧장 일상을 가리킨다. 일상
에서 외적인 성취가 아니라 내면의 자각에 일차적 목적을 두고 삶을
꾸려 나가면 거기에 깊은 의식이 흘러들어 사소한 일상이 거룩함으로

5장 심오한 말씀, 빛으로 이끌다 311

바뀌는 전환이 일어난다고 그는 강조한다.

2~4장에서는 먼저 에고의 기반을 세밀하게 파헤친다. 자신을 "생각과 감정, 나와 나의 이야기라고 동일시하는 한 묶음의 기억들, 부지불식간에 연출하는 습관적인 모습들로 이루어진" 에고가 형상 차원에서 자기동일시와 분리를 통해 연출하는 고통의 드라마들을 하나하나 드러낸다. 부모나 연인의 역할에서도, 심지어 인종, 국가, 종교 같은 집단의 일원으로서도 에고는 자기를 정당화하고 타자들을 분리하면서 온갖 '피해망상적인' 문제를 일으킨다. 톨레는 에고가 부정적인 감정과 반응을 일으키는 것은 그 내용과 상관없이 다음과 같은 공통된 심리 구조가 작동하기 때문이라고 본다.

"내가 평화롭거나 행복하거나 만족할 수 있으려면 그 전에 반드시 내 삶에 일어나야만 하는 몇 가지가 있다."

"일어나지 말았어야 할 어떤 일이 과거에 일어났다. 나는 그것을 원망한다. 만일 그 일이 일어나지 않았다면 나는 지금 평화로울 것이다."

"일어나지 않아야 할 어떤 일이 지금 막 일어나고 있다. 그것이 내가 지금 평화로워지는 걸 가로막고 있다."

공통된 이 심리 구조는 과거든, 현재든, 미래든 모든 시간에 걸쳐 작용하는 저항감이나 불안감이다. 진실로 깨어나서 있는 그대로를 받아들이며 살아가는 소수의 사람들을 제외하면 우리 모두는 이 세 가지 중 무엇인가에 붙잡혀 있어서 평화롭게 살지 못한다. 현재를 '부족한 상태'로 규정한 채 미래의 성취를 향해 달리거나, 과거의 기억을 붙잡고 스스로를 '상처 입은 자'로 규정하면서 현재를 외면하거나, 현재 일어나는 일에 끊임없이 저항의 메시지를 보낸다. 하지만 그토록 벗어나고자 하는 이것이, 기막히게도 스스로 창조한 고통임을 에고는 인식하지 못한다. 톨레는 불행의 첫째 원인은 상황 그 자체가 아니라 상황에 대한 자신의 생각이라고 지적한다.

상황은 언제나 중립적이며, 있는 그대로일 뿐이다. 거기에 상황이나 사실이 있고, 여기에 그것에 대한 나의 생각이 있을 뿐이다. 이야기를 만들어내는 대신, 다만 그 사실과 함께 있으라. 이를테면 "난 망했어." 는 하나의 이야기다. 그것은 나를 제한하고, 내가 효과적인 행동을 취하는 것을 가로막는다. "나의 은행 계좌에 달랑 500원밖에 남아 있지 않아."는 하나의 사실이다.

어려운 상황을 겪지 않고 인생을 통과하는 사람은 거의 없다. 톨레 자신에게도 은행 긴급구제 비슷비슷했던 경험이 있으며, 보통 사람들 가운데도 노숙자 신세까지 갔다가 다시 사업가로 성공한 경우도 있다. 아마도 이들은 어려운 상황에 처했을 때 "난 망했어. 모든 게 끝났어."라고 말하는 두려움에 싸인 에고의 목소리에 끌려가지 않았을 것이다. 실제 벌어진 일을 있는 그대로 바라보고 그 상황이 무엇을 말해주는지 통찰한다면 우리도 시련을 넘어 성장의 방향으로 움직일 수 있다.

톨레는 습관화되고 에너지처럼 응축되어 있는 고통의 특징을 드러내기 위해 고통체(pain-body, 불교의 업장과 유사함)라는 개념을 도입한다. 사람들의 에너지장 안에 웅크리고 있는 지난날 감정적인 고통의 집적체가 고통체다. 감정은 몸의 반응에 밀착되어 있으므로 지난날의 부정적 감정이 남긴 고통의 잔재가 신체적인 에너지장에 남아 자신의 '생각'이 명령하거나 알아차리기도 전에 반자동적으로 움직인다. 부정적인 감정이 먼저 일어나면 생각을 자극하고 그 생각이 다시 부정적인 감정을 강화하므로 고통이 악순환하는 굴레로 빠져들게 된다.

사람에 따라 집단에 따라 매우 무거운 고통체를 지니기도 한다. 그렇지만 톨레는 만약 "고통체로부터 자유로워지는 데는 얼마나 오래 걸리는가?"라고 묻는다면, "전혀 시간이 걸리지 않는다."고 답한다. 고통은 고통체 때문이 아니라 고통체와 자신을 동일시하는 데 있으므로, 고통체가 활성화될 때 그것이 고통체임을 알고 동일시를 멈춤으로써 전환이 가능하다는 것이다.

"나는 이런 신체적 용모를 지녔고 이러이러한 사고방식과 감정을 품고 있었으며 그러저러한 경험을 한 사람이다."라는 것이 형상과의 동일시이고, 에고의 망상이며 꿈 혹은 환영이다. 동일시를 멈추어 형상의 꿈에서 깨어날 때 에고가 창조한 고통의 드라마는 끝난다. 톨레는 환영에서 깨어나는 두 가지 길을 제시하는데, 하나는 과거와 미래가 없는 지금이라는 시간이고, 다른 하나는 3차원의 외부가 아닌 내면의 공간으로 들어가는 길이다.

표면에서 볼 때 지금 이 순간은 '일어나는 것'이다. 일어나는 것은 끊임없이 변화하기 때문에 당신 삶의 모든 날들은 서로 다른 일들이 일어나는 수천 개의 순간들로 이루어져 있는 것처럼 보인다. 시간은 어떤 것은 좋고 어떤 것은 나쁜 순간들의 끝없는 연속으로 여겨진다. 하지만 만일 당신이 좀 더 가까이 들여다본다면, 당신은 발견하게 될 것이다. 그곳에 많은 순간이 있는 것이 전혀 아님을, 오직 '지금 이 순간'만이 존재한다는 것을. 삶은 언제나 지금이다. 당신의 삶 전체는 이 끝없는 '지금'에서 펼쳐진다. 과거나 미래의 순간들까지도 당신이 그것들을 기억하거나 기대할 때만 존재하는데, 그것은 지금 이 순간에 당신이 그것들에 대해 생각할 때 가능하다. 지금 이 순간만이 유일하게 존재하는 순간이기 때문이다.

지금 그 자리에서 들리는 모든 소리에 귀를 기울여보라. …… 어떤 소리들은 물소리, 바람소리, 새소리처럼 자연에서 나오는 소리이고, 또 다른 것들은 인간이 만드는 소리일 것이다. 어떤 소리는 즐겁고, 어떤 소리는 불쾌하다. 하지만 좋은 것과 나쁜 것을 구분하지 말라. 어떤 해석도 없이 모든 소리가 있는 그대로 들려오게 하라. 이때도 편안하지만 활짝 깨어 있는 주의력이 열쇠이다.

이런 방식으로 보고 들을 때 당신은 하나의 미묘한 침묵을 감지할 것이다. 처음에는 어쩌면 거의 알아차리기 힘든 침묵의 느낌을, 어떤 이들은 그것을 배경에 있는 하나의 침묵으로 느낄 것이다. 또 어떤 이들은 그것을 평화라고 부른다. 의식이 더는 생각에 완전히 소유당하지 않을 때, 그것의 얼마만큼은 순수 상태에 머물러 있다. 형상 없고 조건 지어지지 않은 본래의 상태에. 이것이 순수한 내면 공간이다.

삶을 지금으로 받아들이고, 삶에서 벌어지는 일들을 그대로 자각하며 순수한 내면 공간에 닿아 있으면 그것이 현존이다. 방안을 걷든 차를 끓이든 아무리 사소한 일이라도 지금 하는 일, 지금 존재하는 곳을 삶의 목적으로 대할 때, 우리는 지금을 살게 된다. 그런 사람은 참된 의식이 이 세상으로 들어오는 통로가 된다고 톨레는 말한다.

현재에 존재하고 자신이 하는 일에 완전히 존재할 때, 그 일들은 영적 힘으로 채워진다. 무슨 일을 하든 내면의 목적이 일차적이 되면 본성의 참된 의식이 그 일에 흘러들어 우리의 외부적인 목적과 내면적인 목적이 조화를 이루게 된다. 이것이 이 지구에 새 땅을 이룩할 수 있는 우리의 마음, 즉 '새 하늘'을 준비하는 길이다. 그래서 톨레는 "당신이 무엇을 하는가가 아니라, 어떻게 하는가가 당신의 운명을 완성하는가 아닌가를 결정한다."고 한다. '어떻게 하는가'에 해당하는 깨어 있는 행동에는 세 가지 양상이 있다.

의식이 당신이 하는 일 속으로 흘러들어올 수 있는, 그리하여 당신을 통해 이 세상 속으로 흘러들어올 수 있는 세 가지 길이 있다. ……
깨어 있는 행동의 세 가지 양상은 받아들임, 즐거움, 열정이다.

첫 번째 깨어 있는 행동은 받아들임(acceptance)이다. 어떤 일이 해야만 하는 일이라면 저항 없이 받아들이는 것이다. 밤중에 퍼붓는 빗속에서 펑크 난 자동차 타이어를 갈아야 한다면 즐거울 리는 없다. 하지만 해야 하는 일로 받아들이고 짜증이나 신경질을 내려놓으면 평화롭게 그 일을 할 수 있고 부정적인 감정이나 고통을 기억하지 않게 된다.

다음 단계로 받아들임보다 잘 깨어 있는 행동은 즐거움(즐김,

enjoyment)이다. 즐겁게 일하면 거기에 기쁨이 흘러들어 창조적인 에너지에 연결될 수 있다. 즐겁게 일하는 사람은 자신이 하는 일 속에 온전히 존재하고, 그 활동의 배후에 있는 살아 있는 침묵을 감지한다. 그럼으로써 그 일을 잘해야 한다는 강박관념이나 잘못할지도 모른다는 불안감, 스트레스에서 벗어나 자신감을 갖고 즐겁게 그 일을 할 수 있다. 14세기 수피의 한 스승은 이를 "나는 그리스도의 숨이 통과해 흐르는 피리의 한 구멍이다. 그대여, 이 음악을 들으라."고 표현했다. 기꺼이 자신의 일을 받아들이고 그 일에 자신을 담으면 스스로 피리가 되어 하늘의 음악을 담을 수도 있다.

깨어 있는 행동의 마지막 단계는 열정(몰입, enthusiasm)이다. 자신이 하는 일의 즐거움에 비전까지 품은 사람은 에너지장 또는 진동 주파수가 변해 엄청난 우주적 창조력에 공명하게 된다. 이런 행동 수준에서는 마음에 어떤 청사진이 떠오르면 그것이 별다른 막힘 없이 물질적 차원으로 현실화된다. 에고의 분별심이나 이기심이 끼어들지 않기에 이런 수준의 행동이 가능해진다.

톨레는 위대한 스승이 보이는 수행과 거룩함 같은 배경을 모두 비운 채 평범한 일상의 옷을 입고 일상의 언어로 잠든 사람들을 깨우는 보기 드문 영적 교사다. 이런 그가 가리키는 영적 여정은 단순하고 편안해 보이지만, 머리로 이해하기는 쉬워도 가슴으로 깨닫기는 어렵다는 점에서 모든 위대한 스승의 가르침과 마찬가지이다. 수천 년 동안 동서를 막론하고 모든 진리는 "자신의 참존재를 깨달으라. 그리고 사랑하라."고 단순하게 가르쳤지만, 이를 가슴에 담아낸 사람들이 극히 소수였던 것은 그 때문이다. 가슴이 움직여야 비로소 그 진리들이 삶에 담긴다.

　지혜의 가르침들은 인간을 우물 바닥에 가라앉은 두레박에 비유한다. 두레박과의 동일시에서 그만 깨어나 자신이 우물의 물과 하나임을 자각하라고 한다. 자신이 물이라는 자각은 지금 이 순간에 가능하다. 지금의 일에 깨어 있을 때 그 '물'은 일상 안으로 흘러들어 삶의 질을 변화시킨다. 그러므로 일상에 미묘한 평화가 깃들어 있다면 그는 마음공부를 하는 사람이고, 마음공부를 하는 사람이라면 주어진 일을 받아들여 즐기면서 거기에 열정을 다 쏟는다. 《NOW : 행성의 미래를 상상하는 사람들에게》의 미덕은 사람들을 잠에서 깨워, 그들을 신비 추구의 길로 떠나보내는 대신 일상으로 돌아가 그 자리를 빛으로 물들이도록 이끈다는 점이다. '새 땅'이 이루어지느냐는 지금 우리의 일상에 달렸다.

미움을 자비로
되돌려 보내는 일

달라이 라마 · 빅터 챈, 《용서》

달라이 라마는 공(空)과 자비가 수행의 두 기둥임을 알려주기 위해 새의 두 날개에 대한 은유를 자주 말했다. "새가 날기 위해서는 두 개의 날개가 필요하듯이, 지혜만 있고 자비심이 없는 사람은 산속에서 풀이나 뜯어 먹고 사는 외로운 은자와 다를 바 없다. 그리고 지혜가 없고 자비심만 있는 사람은 호감 가는 바보일 뿐이다." 본래 진정한 지혜에는 자비로운 감싸 안음이 있고, 참된 자비라면 지혜가 결여될 수 없다.

《용서(The Wisdom of Forgiveness)》는 2004년 미국에서 처음 나왔다.
한국어 번역본은 2004년 류시화 번역으로 오래된미래에서 출간되었다.

달라이 라마 Dalai Lama

티베트의 국가 원수이자 종교 지도자. 현재 달라이 라마는 14대로서 법명은 텐진
갸초(Tenzin Gyatso)다. 1935년 농부의 아들로 태어났다. 두 살 때 13대 달라이 라
마 툽텐 갸초(Thubten Gyatso)의 환생으로 인정받아 14대 달라이 라마가 되었다.
중국이 티베트를 점령한 뒤 1959년에 인도로 망명하여 티베트 망명 정부를 세웠
다. 1989년 노벨평화상을 수상했다.
한국에 소개된 다른 저서로 《달라이 라마의 행복론》, 《당신은 행복한가》, 《달라이
라마, 자유로의 길》 등이 있다.

빅터 챈 Victor Chan

홍콩 출신 중국인이며, 20대부터 인도, 네팔, 티베트를 여러 차례 여행했다. 인도의
티베트 망명 정부에서 달라이 라마를 만나 친교를 맺었다. 캐나다의 브리티시컬럼
비아 대학 동양학 연구소 교수로 일하고 있다.

KBS 다큐멘터리 〈다르마〉를 보다가 티베트 불교의 놀라운 풍경에 마음이 오래 머물렀다. 현재 중국 영토로는 쓰촨성 서북부에 속하는 곳, 고도 3,900미터의 옛 동티베트 지역 오지인 야칭스(亞靑寺)란 곳에서 비구, 비구니 1만여 명이 집단 토굴촌을 이루어 생활하는 광경이었다. 전기나 수도 시설도 없이 살며 먹는 것이라고는 버터차와 최소한의 식량뿐이지만 스님들의 눈은 맑았고 미소에는 아이 같은 순수함이 있었다. 하늘빛이 아직도 검푸른 새벽녘에 이들이 큰 스승의 법문을 들으러 긴 띠를 이루며 들판을 가로질러 가는 행렬은 어디에서도 볼 수 없는 장엄한 풍경이었다.

1만 명 중 비구가 3천 명, 비구니가 7천 명인데 비구니의 대나수는 일찍 출가를 하여 10대나 20대의 앳된 나이라고 한다. 이들은 바깥 세상의 여인들이 애착을 품는 외모나 물질적 소유에 대한 욕망을 다 내려놓고, 진리를 깨닫고 진리 속에서 살고자 그 척박한 환경으로 스스로 들어갔다. 이들의 일과는 새벽부터 일어나 법문을 듣고 스승의 가르침을 반복해서 읽거나 염주를 돌리며 기도문을 외는 것이었다.

기도하는 그 모습을 보니 어쩌면 저들이 이 세상의 혼탁을 말끔히 씻어내고 있는지도 모른다는 생각이 들었다. 이른바 문명화된 나라들에서 매일 일어나는 끔찍한 사건이 지구의 의식 세계를 오염시키고 있지만, 소유하고 집착할 어떤 것도 없이 진리와 세상의 평화만을 추구하는 저들의 기도가 맑은 샘물처럼 흘러 지구의 의식이 정화되고 균형을 잡는 것은 아닐까. 여기에서 내 삶이 안전하게 지탱되는 데는 존재하는지도 몰랐던 저들의 자비심과 헌신이 큰 힘이 되었을 거라고 생각하니 가슴이 뭉클했다. 이 티베트 승려들이 자신들의 정신적 지도자로 받드는 존재인 달라이 라마에게서 내가 배운 것도 자비였다.

위대한 스승을 뜻하는 달라이 라마는 티베트 불교의 대표적 종파인 게룩파의 수장을 일컫는 말이다. 세계적으로 널리 알려진 현재의 달라이 라마는 법명이 텐진 갸초인 14대 달라이 라마다. 티베트인들은 자신들의 국가를 관음의 정토로 생각하고, 달라이 라마는 관세음보살의 화신으로 여긴다.

관세음보살은 자비로 중생을 구제하는 보살이다. 그래서인지 달라이 라마의 가르침이 담긴 책들이나 세계 여러 곳에서 펼쳐진 강연에도 자비에 대한 언급이 많다. 그 가운데 달라이 라마와 빅터 챈이 같이 쓴 《용서》는 자비에 대한 달라이 라마의 가르침을 넘어 자비의 화신으로 살아가는 그의 모습을 담은 감동적인 책이다.

홍콩 출신 중국인으로서 캐나다에 거주하는 빅터 챈은 20대 후반부터 티베트의 여러 지역을 방랑하다가 달라이 라마와 인연을 맺었다. 1999년부터 몇 년 동안은 이 책을 저술하기 위해 달라이 라마와 사적·공적 만남을 가졌다. 빅터 챈은 아무나 들어가기 힘든 달라이 라마의 사저에서 함께 새벽 명상에 참여하는 특권을 누렸으며, 인도 불교 성지 순례 행사부터 아일랜드나 유럽에서 열린 세계적인 강연회까지 동행하여 달라이 라마의 삶을 관찰하고 기록했다. 그 결과물인 《용서》는 그야말로 '달라이 라마가 혼자 지내는 개인적인 방으로의 초대이며, 지혜를 향한 여정으로의 동행'이라 할 만하다.

《용서》는 달라이 라마의 삶과 사상을 아주 가까운 거리에서 포착하여 글로 쓴 다큐멘터리다. 17장으로 구성된 각 부분에는 달라이 라마가 쓰는 개인 응접실의 가구나 분위기, 그의 명상과 하루의 스케줄, 그가 즐겨 먹는 음식, 병이 나서 아플 때의 모습 등 아주 사적인 생활 모습부터 인도, 아일랜드, 미국, 스웨덴 등 세계 각국에서 행한 강연과 공식적인 활동의 면모까지 입체적으로 담겨 있다.

어떤 대목에서는 관찰자로, 어떤 대목에서는 달라이 라마의 대화 파트너로 이 책을 엮어 간 빅터 챈은 달라이 라마의 특성을 이렇게 요약한다. "무엇보다 자비와 비폭력의 원리가 달라이 라마가 세상을 바라보는 방식의 근본을 이루고 있다. 또한 그는 갈등과 미움의 해결책으로 한결같이 용서를 택한다. 이것들이 그의 행동을 실성싯는다." 이 책의 전반부는 이 '용서'를 중심으로 달라이 라마를 조명해 나간다.

이 책이 나에게 깨우쳐준 바를 요약하라고 하면 이 책에 나오는 유일한 공식인 '공(空)+자비=행복'이라 답하고 싶다. 나는 이 책에서 삶의 쓰라린 역경에서 담금질된 강인한 자비를 보았으며, 그러한 자비에 기반하여 공의 지혜를 깨친다면 나와 남 모두가 행복해지는 삶을 실현할 수 있겠다고 느꼈다. 달라이 라마가 말하는 공은 이렇다.

달라이 라마에 따르면, 우리는 먼저 세상을 있는 그대로 바라봄으로써 지혜를 얻어야 한다. 지혜는 투명한 시선을 의미한다. 지혜로운 자는 편견 없이 맑은 시선으로 자신을 둘러싼 모든 현상과 사물을 바라볼 수 있다. 그의 시선은 레이저 광선처럼 안개 속을 통과할 수 있다. 그렇게 되기 위해 우리는 반드시 공에 대한 진정한 통찰을 키워야만 한다.

그렇다면 공이란 무엇인가? 공은 단지, 사물들이 그 자신만의 독립적이고 개인적인 존재를 지니고 있지 않다는 것을 다른 식으로 표현한 것에 지나지 않는다. 끝까지 분석해보면 어떤 것도, 사람이든 생각이든 자동차든, 그 자체만으로 홀로 외떨어져서 존재할 수 없다고 공은 말한다. 이것이 우리를 에워싸고 있는 세상을 깨어 있는 눈으로 바라보는 일이다. 이것은 매우 미묘하지만 궁극적인 진리다. 그 진리란, 독립성이 아닌 상호 의존의 원리가 우리의 삶과 우리를 둘러싼 모든 현상을 지배하고 있다는 것이다. 우리 중 어느 누구도 외딴 섬이 아니다. 세계는 서로 연결된 사건들, 사람들, 사물들로 짜여진 거대한 그물망이다. 그 연결은 얼핏 알아차리기 힘들지만, 거기 표면 바로 아래 언제나 실제로 존재하고 있다.

다른 대목에서는 달라이 라마가 머그 잔을 이용해서 공에 대해 설명하는 일화가 나온다. 그는 자신을 방문한 한국인 학자 김용옥과 대담하는 가운데 매우 분석적이고 논리적인 접근으로 머그 잔의 비어 있음, 혹은 실체 없음을 설명한다. 사람들은 눈앞에 놓인 컵을 보고 '머그 잔'이라고 말하지만, 그 명칭은 그렇게 부르기로 한 사람들 사이의 약속일 뿐이지 머그 잔의 실체는 아니다. 머그 잔에서 색깔과 형태, 재료 등을 제거해버리면 머그 잔의 실체는 없어진다. 이와 같이 세상의 그 무엇도 혼자서 독립적으로 존재할 수 없으며 그것의 발생에 있어서 다른 것에 의존한다. 다른 것에 의존하는 한 독립적인 존재나 실체가 아니므로 본질적으로 공일 수밖에 없다.

공을 논리적으로 분석하는 접근 방식을 나는 그다지 좋아하지 않는다. 인간의 지성을 좀 더 세심하게 다듬어 들여다보면, 흙과 불이 인연이 되어 머그 잔이 만들어지고 그 원인들이 사라지거나 거기에 담긴 요소들이 해체됨으로써 머그 잔의 실체가 없어지므로 연기(緣起)적으로 공(空)하다는 이해에 도달할 수 있다.

하지만 이것은 인간의 감각과 지성이 포착할 수 있는 수준으로 공을 구겨넣어 이해하는 방식이다. 명상이나 기도로 의식이 흔들림 없이 하나로 모인 가운데 머그 잔이든, 나무든, 자신의 몸이든, 그 어떤 형상도 실체가 없고 경계가 없다는 것이 저절로 자각되는 자리에서야 공의 본길이 체득된다고 생각한다.

어쨌거나 독립적인 실체란 없고 모두가 관계의 그물망 안에서 잠시 존재한다는 사고방식이 자비와 행복 실현에 매우 중요하다는 달라이 라마의 생각에는 깊이 공감한다. 그런 사고방식을 지닌 사람은 내 것, 내 생각, 내 이익에 대한 집착에서 벗어나므로 다른 사람의 이익과 행복 증진에 실제적인 관심을 기울일 것이다. 다른 사람의 행복을 위해 마음 쓰는 것이 바로 자비심이고, 독립된 실체가 없다는 공에 대한 인식에서 이 자비심이 나오게 되니, '공=자비=행복'이란 공식도 가능할 듯하다.

공을 자각하기 쉽지 않은 만큼 자비심도 쉽게 길러지지 않는다. 불쌍한 사람을 보며 깊은 연민을 느끼다가도, 다음 순간 나를 괴롭히는 사람이나 못된 행동을 하는 사람들에게는 얼마나 빨리 비난의 감정을 일으키게 되는가. 범인(凡人)들의 마음은 한순간 천국에 있다가도 이내 지옥처럼 불타오르곤 한다. 이와 달리 달라이 라마는 나라를 잃고 고통을 겪는 국민들을 이끌고 중국에 맞서야 하는 정치적 갈등의 정점에 있으면서도 중국인들에게 변함없는 자비의 마음을 보냈다.

평화 속에서나 위기 속에서나 흔들림 없는 자비의 마음을 일으킬 수 있었던 것은 그가 티베트 불교의 전통에 따라 매우 오랫동안 자비의 가르침을 명상해 온 덕분이다. 그는 서른두 살 무렵인 1967년부터 산티데바의 《보살의 삶의 길(입보리행론)》에 대한 가르침을 받고 명상해 왔으며, 특히 1980년대 후반에 점점 더 강렬한 자비 체험을 하게 되었다.

달라이 라마는 "자비에 대해 명상하거나 생각할 때마다 강렬한 감정이 일어나고, 대중 강연을 할 때나 혼자 공부할 때 눈물이 흐르곤 했다."고 말한다. 나도 동영상에서 달라이 라마가 자비에 대해 말씀하다가 흐느껴 우는 것을 본 적이 있다. 자비의 가르침에 감명 받아 어린아이처럼 소리내어 우는 달라이 라마를 보며, 자비에 동화된 영혼, 말 그대로 자비의 화신을 보는 듯한 느낌이 들었다.

달라이 라마는 자비가 필요하다고 하는 대신 자비가 각자에게 이롭다고 말한다.

자비는 다른 사람의 어려움과 고통을 염려하고 걱정하는 마음입니다. 가족과 친구만이 아니라 다른 모든 사람에 대해서 말입니다. 적들도 예외가 될 수 없습니다. 우리의 감정을 잘 분석해보면 한 가지 사실이 분명해집니다. 만일 우리가 자신만 생각하고 다른 사람들을 잊어버린다면, 우리의 마음은 매우 좁은 공간만을 차지합니다. 그 작은 공간 안에서는 작은 문제조차도 매우 크게 보입니다. 하지만 당신이 다른 사람들을 염려하는 마음을 키우는 순간, 당신은 그들 역시 자신과 마찬가지로 행복을 원한다는 사실을 깨닫게 됩니다. 당신이 이런 염려하는 마음을 가질 때, 당신의 마음은 자동적으로 넓어집니다. 이 시점에서는 당신 자신의 문제가 설령 아무리 큰 것이라 해도 별로 중요하게 느껴지지 않습니다. 그 결과는 무엇일까요? 마음의 평화가 훨씬 커지는 것이지요. 따라서 만일 당신이 자기 자신만을, 자신의 행복만을 생각한다면 실제로는 덜 행복해지는 결과가 찾아옵니다. 당신은 더 많은 불안, 더 많은 두려움을 갖게 됩니다.

따라서 이것이 내가 자비의 효과로 여기는 것입니다. 만일 당신이 긴정한 행복을 원한다면, 그것을 얻기 위해 당신이 어떤 방법을 사용해도 나름대로 가치가 있을 것입니다. 그러나 가장 좋은 방법은 이것입니다. 당신이 타인에 대해 생각할 때 당신은 최대의 이익을 얻는 첫 번째 사람이 될 것입니다.

달라이 라마가 강조하는 자비의 효과는 막연히 도덕적으로 옳은 말씀이 아니라 물리 법칙만큼이나 분명한 사실이다. 그 구체적인 사례로 어느 직업 상담사에게서 들은 이야기가 있다. 싱글맘이 되어 생계가 다급해지자 별다른 기술도 없이 구직에 나선 한 여성이 있었다. 그 직업 상담사는 세상 물정도 모르고 기술도 없이 취업에 나선 그 여성이 안쓰러워 어떻게든 취직을 도와주고 싶은 마음이 들었다. 그래서 자격증을 따는 방법, 취업 면접을 하는 방법을 일일이 알려주고 적당한 일자리가 나타날 때마다 연락해주었다.

다행히 취직이 된 그 여성은 몇 달 후 도시락을 싸 들고 상담사를 찾아왔다. 찬합에 층층이 담아 온 맛깔스런 반찬을 풀어 놓으며 그 여성은 자기 인생의 은인이 되어준 상담사 선생님께 꼭 선물을 하고 싶었다고, 돈도 없고 할 줄 아는 것도 별로 없어서 자신의 음식 솜씨로나마 대접을 하고 싶어 도시락을 싸 왔다고 말했다. 그 직업 상담사는 작은 도움을 주었을 뿐인데 평생 잊지 못할 '행복 도시락'을 선물 받았다며 매우 흐뭇해했다.

이처럼 다른 사람에게 자비로운 마음을 내면 자비의 첫 번째 수혜자는 자신이 된다. 자비심을 내는 것 자체로 자신이 평화로워지며, 다른 사람에게 공감이나 연민을 느끼는 만큼 나의 불안도 사라지고 마음도 열린다. 그리고 자신이 베푼 자비가 예상치 못한 선물로 돌아오기도 한다. 이와 반대로 누군가에게 분노와 미움을 품으면 자신의 몸에 긴장이 누적되고 스트레스 호르몬이 분비되므로 그러한 부정적 감정의 일차적 피해자 역시 자신이 된다. 남을 자비롭게 대하는 것은 나를 행복으로 이끌고, 남을 미워하는 것은 나를 먼저 괴롭히게 된다. 결국 내게서 나간 것이 내게로 돌아오는 이치를 달라이 라마의 자비는 알려주는 것이다.

달라이 라마는 공(空)과 자비가 수행의 두 기둥임을 알려주기 위해 새의 두 날개에 대한 은유를 자주 말했다. "새가 날기 위해서는 두 개의 날개가 필요하듯이, 지혜만 있고 자비심이 없는 사람은 산속에서 풀이나 뜯어 먹고 사는 외로운 은자와 다를 바 없다. 그리고 지혜가 없고 자비심만 있는 사람은 호감 가는 바보일 뿐이다."

본래 진정한 지혜에는 자비로운 감싸 안음이 있고, 참된 자비라면 지혜가 결여될 수 없다. 그런데도 자비를 외면하고 지혜를 깨닫는 것만 추구한다면 이는 짠맛이 나지 않는 바닷물을 얻으려는 것만큼이나 어리석다. 자신의 마음공부 여정이 어디쯤 왔는지 알고 싶다면 '나는 얼마만큼 미움을 자비로 되돌려 보내는가?'를 스스로에게 물어보면 될 것이다.

작은 거인의
깨어 있기

틱낫한, 《삶에서 깨어나기》

우리는 청소하고 밥상을 차리는 등의 일상생활이나, 늘 만나는 가족, 직장 동료, 지인과 같은 사람들은 새롭지도 않고 특별함도 없다고 여긴다. 하지만 틱낫한이 말하듯, 설거지든 늘 하는 업무든 지금 하는 일을 수단으로 대하면 "단 한순간도 제대로 삶을 살 수 없게" 된다. 반대로 깨어 있는 마음으로 하는 일은 자녀와의 사소한 대화나 장보기일지라도 존재의 온전한 경험이고 참다운 삶의 경험이 될 수 있다.

《삶에서 깨어나기(The Miracle of Mindfulness)》는 1991년 영국에서
처음 나왔다. 한국어 번역본은 1995년 양미성 번역으로 장경각에서 출간되었다.
2002년에 이현주 번역으로 나무심는 사람에서
《거기서 그것과 하나 되시게》라는 제목으로 다시 나왔다.

틱낫한 Thích Nhất Hạnh

스님, 작가, 평화운동가. 1926년 베트남에서 태어나 16살에 수행을 시작했다. 베트남 전쟁 당시 전 세계를 순회하며 반전 연설을 했고 불교평화대표단 의장으로서 파리평화회의에 참가했다. 베트남 정부의 박해를 피해 1973년에 프랑스로 망명하여 현재까지 보르도에서 수행공동체 플럼빌리지(Plum Village, 자두 마을)를 이끌고 있다.

한국에 나온 다른 저서로 《힘》, 《기도》, 《화해》, 《마음에는 평화 얼굴에는 미소》, 《어디에 있든 자유로우라》, 《지금 이 순간 그대로 행복하라》 등이 있다.

동국대학교 강당. 수백 명이 샌드위치나 김밥으로 저녁식사를 하는
데도 강당 안은 소리 하나 없이 조용했다. 강단 위에는 밤색 승복을
입은 틱낫한 스님과 그 일행이 정좌를 하고 같이 저녁을 든다. 2003년
봄 밤, 한국을 방문하신 틱낫한 스님의 강연장에서 '깨어 있는 마음으
로 식사하기'를 실천하는 광경이었다.

사람이 많아 좌석에 앉지 못한 나도 계단참에서 은박지에 싼 김밥
을 천천히 먹었다. 밥과 야채들을 씹으며 그 맛과 질감을 깨어 있는
마음으로 느꼈고 지금-여기의 내 자세, 주변 사람들의 모습도 알아차
렸다. 음식 맛을 알아차릴수록 '김밥 하나가 귀하구나. 이 자리, 이 순
간이 더없이 귀하구나.' 하는 느낌이 차올랐다. 많은 사람들과 함께
식사를 하면서 그런 깊이와 고요를 나눈 경험은 이전에도 이후에도
거의 없었다. 그것이 바로 틱낫한이 《삶에서 깨어나기》에서 펼친 가르
침의 요체, 즉 '깨어 있기(mindfulness)'의 힘이었다. 그는 말한다.

나무를 베는 것도 명상입니다. 물을 긷는 것도 명상입니다. 명상을
하고, 경전과 기도문을 읽는 시간뿐만 아니라 하루에 24시간 깨어 있
으세요. 모든 행동은 지켜보는 가운데 이루어져야 합니다. 모든 행동
은 하나의 중요한 의식, 하나의 예식입니다. 차가 든 찻잔을 입으로 가

저가는 것은 하나의 의식입니다. '의식'이란 말이 너무 무겁나요? 나는 이 말을 씀으로써 당신에게 관수행(mindfulness)을 생사를 건 중요한 일로 인식시키고 싶습니다.

내 인생의 보석 같은 책인 《삶에서 깨어나기》를 만난 것은 2000년 무렵이다. 위빠사나 명상을 배운 뒤 관법(觀法)을 의미하는 서양의 용어인 'mindfulness'에 관심이 많았다. 특정한 종교가 없는 일반인들도 이 방법을 배워 일상에서 깊이 깨어 있으면 점차 자신의 참된 본성에 다가갈 수 있으리란 생각이 들었다. 이 책은 쉬운 언어로 '깨어 있기'를 설명했고, 특히 앞부분에 제시된 '설거지를 위한 설거지' 사례는 유쾌한 충격을 주었다. 그 사례는 일상에서도 가장 하찮은 일이었던 설거지를 일약 수행의 반열에 올려놓음으로써, 막연히 멀고 높은 곳을 향하던 내 시선을 지상으로 떨어뜨리는 반전을 일으켰다. 틱낫한이 짐 포리스트라는 미국 친구에게 설거지를 이해시키는 대목이 있다.

나는 "물론이죠. 하지만 설거지를 하려면 설거지하는 법을 알아야합니다."라고 말했습니다. 짐은 말했습니다.

"왜 이럽니까? 당신은 내가 설거지도 할 줄 모른다고 생각합니까?" 나는 이렇게 말했습니다.

"설거지하는 방법에는 두 가지가 있습니다. 첫째는 그릇을 깨끗이 하기 위해 설거지를 하는 것이고, 두 번째는 설거지를 하기 위해 설거지를 하는 것입니다."

짐은 아주 기뻐하며 말했습니다.

"난 두 번째 방법인 설거지를 하기 위해 설거지하는 것을 택하겠습니다."

그로부터 짐은 설거지를 할 줄 알게 되었습니다.

나는 일 주일 동안 그에게 그 '책임'을 위임했습니다. 설거지를 하는 동안 우리를 기다리고 있는 한 잔의 차만을 생각한다면, 그리하여 그릇들을 골칫거리인 양 서둘러 대강대강 씻어버린다면 우리는 '설거지를 하기 위해 설거지를 하는 것'이 아닙니다. 더구나 그릇을 씻는 동안 우리는 살아 있는 것이 아닙니다. 싱크대 앞에 서 있는 동안 기적과도 같은 삶을 깨달을 수도 없습니다. 만약 우리가 설거지를 할 수 없다면, 우리를 기다리는 한 잔의 차도 역시 마실 수 없을 것입니다. 차를 마시는 동안 우리는 우리 손안에 쥐고 있는 찻잔을 거의 의식하지 못한 채 딴 생각만을 할 것입니다. 그리하여 우리는 미래로 빨려 들어가게 되며 단 한순간도 삶을 제대로 살 수 없게 됩니다.

우리는 서의 사통석으로 삶의 일들에 우선순위를 매겨 중요한 일과 중요하지 않은 일을 구분하며, 중요한 일은 주의를 기울여 하고 나머지는 가볍게 하는 게 효율적인 삶의 방식이라고 생각한다. 청소하고 밥상을 차리는 일 같은 일상생활이나, 늘 만나는 가족, 직장 동료, 지인과 같은 사람들은 새롭지도 않고 특별함도 없다고 여긴다. 하지만 틱낫한이 말하듯, 설거지든 늘 하는 업무든 지금 하는 일을 수단으로 대하면 "단 한순간도 제대로 삶을 살 수 없게" 된다. 반대로 깨어 있는 마음으로 하는 일은 자녀와의 사소한 대화나 장보기일지라도 존재의 온전한 경험이고 참다운 삶의 경험이 될 수 있다.

대화에 어려움을 겪는 사람들을 관찰해보니 대부분 자기 말과 자기 생각에 빠져 있어서 대화의 전체 상황이나 상대방의 말에는 깨어 있지 못했다. 이들이 의사소통을 근본적으로 개선하려면 대화 기법의 훈련 못지않게 현재에 주의를 집중하여 자신이 무슨 생각을 하고 무슨 감정을 느끼는지, 상대방과 전체 상황은 어떠한지 알아차리는 연습이 필요하다는 생각이 들었다.

그래서 이 책에 나오는 '깨어서 차 마시기'와 '깨어서 귤 먹기'를 내가 진행하는 의사소통 프로그램에 도입했다. 이 경험으로 일상에서 차를 마시거나 과일을 먹을 때도 깨어 있는 연습이 될 수 있고, 이것이 계속되면 대화 상황에서도 깨어 있게 되리라 기대하였다.

《삶에서 깨어나기》는 절판되었지만 2002년도에 이현주 목사가 번역하여 《거기서 그것과 하나 되시게》라는 제목으로 다시 나왔다. 《삶에서 깨어나기》에는 짐 포리스트가 쓴 '9장 낮한:자비의 눈으로 보다'와, 《금강경》 해설을 포함한 '10장 불교 경전 모음'이 덧붙어 있는데, 이현주 번역본은 영어 원서 《The Miracle of Mindfulness(깨어 있기의 기적)》만을 담았다.

플럼빌리지를 탁월한 수행공동체로 만든 틱낫한은 가냘픈 동양인의 체구에 인류 평화라는 거대한 희망을 품은 작은 거인이다. 사람들은 그의 양면성을 보고 '어린 왕자와 시인과 관세음보살을 합쳐놓은 것 같은 스님', '구름과 달팽이와 불도저를 합쳐놓은 것 같은 스님'이라 말한다.

《삶에서 깨어나기》는 베트남 청년사회봉사단의 간부였던 쾅 형제에게 1974년에 틱낫한 스님이 보낸 베트남어 편지를 모비 호가 영어로 옮겨 나오게 된 책이다. 1960년대에 참여불교 운동의 일환으로 설립된 베트남 청년사회봉사단 청년들은 전쟁의 양쪽 당사자들로부터 모두 공격을 받으며 힘들고 암울한 시대를 겪어야 했다. 프랑스 망명지에 있던 틱낫한은 조금이나마 이들을 격려하고 싶어 쾅 형제에게 긴 편지를 쓰게 되었다. 편지의 핵심은 아무리 어려운 상황 속에서도 조용히 깨어 있는 마음을 계발하고 발전시키기 위해 자신의 호흡을 지켜보는 근본 수행을 게을리하지 말라는 것이었다.

이 책은 따뜻하고 친절하다. 힘든 나날을 보내는 동료들을 위로하고 그들에게 힘을 주고자 쓴 편지이므로, 불교 경전의 어려운 용어들을 설명하거나 외딴 곳에서 일정 기간 행하는 집중 좌선 수행 같은 방식을 권하지 않는다. 구체적이고 실제적인 사례를 인용해 가며, 일상생활에서 할 수 있는 '깨어 있기'를 알려준다.

아침에 일어나 미소를 지으면서, 빗길음으로 호흡을 세면서, 음악을 듣고 대화를 나누고 차를 준비하면서, 설거지하고 빨래하고 청소하면서 그 행위와 그 자리에 온전히 집중하면 된다고 일러준다. 그리고 지나치게 일에만 매달리지 말고 일 주일에 하루는 관(觀)수행의 날로 정해 어떤 약속도 하지 말고 하루를 알아차림과 집중 속에서 단순하고 느리게 보내도록 권한다.

당신의 사정에 따라 어떤 날이든지 일 주일에 하루를 정하십시오. 그날에는 당신이 하는 일을 잊으십시오. 어떠한 약속도 하지 말고 친구가 찾아오게 하지도 마십시오. 오로지 집안 청소, 요리, 빨래하기, 먼지 털기 같은 단순한 일만 하십시오. 일단 집안이 산뜻해지고 깨끗해지고 모든 물건이 정돈되었으면, 천천히 목욕을 하십시오. 그런 다음 차를 준비하여 마십니다. 경전을 읽거나 친한 친구에게 편지를 쓸 수도 있습니다. 그런 뒤 산책하며 호흡훈련을 합니다. …… 이날에는 모든 움직임을 평소보다 두 배 정도 느리게 해야 합니다.

비록 전쟁의 한가운데 반전·평화운동의 중심에 있더라도 하루는 일에서 벗어나 이처럼 자신에게 온전히 주의를 기울이며 느리게 살라고 하니, 이것은 청년들을 평화운동의 대의로만 몰아붙이지 않고 개인의 평화도 존중해주는 균형 잡힌 가르침이다.

틱낫한은 그들에게만 '깨어 있기'를 권한 것이 아니라 자신도 깨어 있는 의식으로 이 편지들을 썼다고 한다. 영어 번역을 맡은 모비 호에게도 깨어 있는 상태를 유지하기 위하여 천천히 조금씩 번역하도록 권했다. 그래서 모비는 하루에 두 장씩만 번역했으며, 펜과 종이, 자신의 육체와 호흡을 지켜보며 깨어 있는 상태로 작업을 했다.

이처럼 그 안에 담긴 가르침의 내용과 에너지가 모두 깊었기 때문에 이 책이 세계 각국으로 퍼져 나갈 수 있었을 것이다. 그렇게 퍼져 나간 가르침은 세계 곳곳의 사람들에게 깊은 울림을 주어 이들이 플럼빌리지의 틱낫한에게 모여들도록 이끌었다. 그와 함께 수행하고 그처럼 일상을 깨어 있는 마음으로 살고자 하는 바람을 품게 만들었다.

이 책의 일곱 번째 장은 전체가 톨스토이의 '세 가지 질문'이라는 우화에 바쳐져 있다. 나는 '세 가지 질문'이 지금-여기, 현존을 가리키는 아주 멋진 이야기라는 것을 이 책에서 발견했고, 덕분에 톨스토이 우화들을 새로운 안목으로 다시 읽는 기쁨을 누렸다. 그리고 '가장 중요한 때는 언제인가, 가장 중요한 사람은 누구인가, 가장 중요한 일은 무엇인가'를 묻는 '세 가지 질문' 역시 내가 자주 언급하는 주요 테마가 되었다.

플럼빌리지에서는 각자 이야기를 나누거나 일을 하다가도 종소리가 울리면 잠시 멈춰 지금-여기로 돌아오는 '깨어 있기' 수행을 한다고 한다. 가끔은 그곳에 가서 틱낫한 스님의 인도를 따라 '깨어 있기'에 머물고 싶은 생각이 든다. 하지만 이런 생각에 대해서도 생각이 일어났음을 알아차리고 우선 현재의 자신으로 돌아오는 것, 이것이 '깨어 있기'의 핵심이다. 좋은 곳에 가고 싶다 해도 미래의 소망에 매달리면 참존재로 들어가는 입구를 놓친다. 참된 본성에 다가가는 시간, 즉 '깨어 있기'가 가리키는 시간은 늘 지금이니, 그 소망을 기억하고서 지금 자신의 일상과 행위 속으로 돌아와야 한다. 지금 무엇을 하든 거기에 온 마음을 모으면, 일어날 일은 일어날 터이고 자신에게 필요한 기회라면 다가올 것이다.

육신의 형상을
입은 지혜

데이비드 갓맨,《있는 그대로》

마음공부를 하면 할수록 자신이 무한하고 순수한 참자아임을 아는 것이 근본적으로 중요하다는 것을 이해하게 된다. 마하르쉬의 비유로 말하자면, 우리는 목걸이를 목에 건 채 잃어버린 줄 알고 잠시 허둥대는 처지일 뿐 진아(眞我)라는 목걸이를 잃어버린 적이 없다. 그러니 에고와 육신에 스스로 한계를 짓는 생각의 습관에서 벗어나기만 하면 누구나 '나'라는 느낌의 뿌리에서 진아이자 실재인 하나에 닿을 것이다.

《있는 그대로(Be as You Are)》는 1985년에 영국에서 처음 출간되었다.
한국어 번역본은 1998년 정찬영 번역으로 한문화에서 나왔고,
2004년에 개정판이 나왔다.

데이비드 갓맨 David Godman

1953년 영국에서 태어나 옥스퍼드 대학에서 공부했다. 1976년에 라마나 마하르쉬의 아슈람을 방문하고자 인도로 떠난 뒤 쭉 인도에 살고 있다. 1978년부터 1985년까지 마하르쉬 아슈람의 도서관을 관리했다. 현재 마하르쉬의 가르침을 전하는 책을 저술하고 편집하는 데 몰두하고 있다.

바깥의 대상들로부터 물러나

　　마음이 그 자신의

　　빛나는 형상을 바라볼 때,

　　그것이 참된 지혜라네.

마음이 자신의 형상을 끊임없이 살펴보면,

　　마음 같은 것은 존재하지 않으니,

　　누구에게나 이것이

　　직접적인 길이라네.

　　―《라마나 마하르쉬 서삭 선십》〈가르침의 핵심〉 30언 중에서

　남인도 챈나이 공항에서 세 시간을 더 가야 있는 마하르쉬의 아슈람, 슈리 라마나스라맘. 그곳 큰 회당 옆에 마하르쉬가 침실로 쓰다 임종을 맞은 장소인 열반실이 있다. 싱글 침대보다도 작은 침상 한 개, 몇 점의 기념품과 사진들을 넣어 둔 장식장이 가구의 전부이며 서너 명만 들어가도 꽉 찰 듯이 작은 방이다. 침상 곁에는 마하르쉬가 평생 지녔던 두 가지 물건, 물주전자와 나무 지팡이가 놓여 있다.

　선승 가운데도 해진 옷, 지팡이와 바리때만 남기고 홀연히 가신 분

들이 있고, 기독교 성직자 중에도 청빈을 실천하고 가신 분들이 더러 있다. 하지만 물질적 풍요의 추구가 극에 달한 현대를 살았던 성자로서 세계 각지에서 몰려드는 방문객들의 추앙을 받으면서도 그런 무욕의 삶을 실현했던 그에게서 물질세계에 좀처럼 물들지 않았던 정신적 깊이를 보게 된다.

마하르쉬의 아슈람에는 공작새와 원숭이들이 마치 제 집처럼 한가롭게 돌아다닌다. 뒤편의 축사에는 눈빛이 순한 소들이 가족처럼 살고 있다. 20년을 함께 살아온 암소 락슈미가 죽어갈 때 마하르쉬는 "어머니, 내가 옆에 있을까?"라고 말하며 임종을 지켜주었다. 암소 락슈미의 묘소는 다른 인간 제자들의 묘소와 나란히 아슈람의 뒤뜰에 자리 잡고 있다. 이처럼 마하르쉬는 동물들에게도 깊은 존중감을 보였고 연민을 베풀었다.

종교적 배경에 상관없이 내가 마하르쉬의 가르침에 깊이 감명받은 것은 보기 드문 그의 무욕과 겸손함 때문이다. 그간 내가 보고 들어온 여러 가르침 가운데는 현상계를 한낱 환영이자 꿈이라고 하면서도, 막상 자신의 가르침이나 종교를 가장 우월한 자리에 두려 하고 세속적인 가치로 치장하는 경우들이 적잖게 있었다.

하지만 마하르쉬는 좁디좁은 동굴과 산막에서 각각 17년, 20년씩 소박함 그 자체로 살며 침묵으로 진리를 설했다. 또 자신을 찾아오는 서양인들에게 개종이나 출가를 권하지 않고 그들 각자의 종교 전통, 각자의 삶의 자리에서 진리를 추구할 수 있다면서 수행처의 문을 활짝 열어 두었다. 어떤 수행 방법으로 접근해도 상관없으며 궁극에는 "나는 누구인가?"라는 질문으로 수렴되는 진아 탐구(self enquiry)

로 나아갈 수밖에 없다고 일러주었다.

《있는 그대로》는 데이비드 갓맨이 마하르쉬와 헌신자(제자)들 사이에 오간 질문과 답변을 정리한 책이다. 1990년대 말 처음 《있는 그대로》를 읽을 때는 마하르쉬가 제시하는 해법의 단순함이 추상적으로 느껴져 이해하기 어려웠다. 당시에는 여러 수준에서 질문하는 헌신자들에게 마하르쉬가 계속 같은 대답을 반복하는 것처럼 보였다.

질문: 어떻게 해야 참자아임을 아는 상태에 도달할 수 있습니까?
마하르쉬: 도달해야 할 목표라는 것은 없다. 아무것도 새로 얻을 게 없다. 그대가 곧 참자아다. 그대는 항상 존재한다. 참자아는 존재 이외에 다른 것이 아니다. 하느님이라고 하든지 참자아라고 하든지, 모두 그대의 참자아, 혹은 진정한 그대 자신을 가리키는 말이다. 어떻게 해야 참자아의 자리에 도달할 수 있느냐고 묻는 것은, 마치 지금 이곳에 있는 사람이 이곳으로 가려면 어떤 길이 있으며 그중에 어느 길이 가장 가까운 길이냐고 묻는 것과 같다.

그대는 그대 자신을 육체와 동일시하는 그릇된 생각과 외적인 대상을 실재로 착각하는 무지만 버리면 된다. 즉, '참자아'가 아닌 것들만 제거하면 된다.

나는 나중에 마하르쉬의 다른 저작들과 불교의 가르침을 접하고 나서야 이 책의 "아무것도 새로 얻을 게 없다. 무지만 버리면 된다."는 말을 알아들을 수 있었다. 힌두교 사상에 익숙지 않으면서 마하르쉬의 가르침을 이해하고자 하는 사람은 우선 《있는 그대로》를 거쳐 다른 저작들로 나아가는 것이 좋다. 이 책에서 진아 탐구의 가르침을 이해하고 나면 힌두교 전통에 밀착된 《라마나 마하르쉬 저작 전집》의 산문이나 운문이 더욱 마음 깊이 다가온다.

총 6부 중 제1부 '참자아'와 제2부 '참자아 탐구'에 진아 탐구의 핵심 내용이 담겨 있다. 제3부 '스승'과 제4부 '명상과 요가'는 여러 갈래의 수행 전통과 각 방법의 차이에 대한 질문들을 다룬다. 여기서도 근본 자리를 벗어나지 않으면서 각 수행 방법론과 수준의 차이를 하나로 꿰어버리는 마하르쉬 특유의 관점이 드러난다. 제5부 '체험'은 삼매 체험이나 초능력, 쿤달리니 명상 등 질문자들의 개인적인 경험과 관련된 내용들이다. 제6부 '이론'도 환생이나 신의 본질, 카르마와 같이 다소 개념적인 문제들을 다루므로 필요에 따라 읽으면 좋을 것이다.

마하르쉬가 내게 빛을 비춰준 것은 "나는 누구인가?"라는 진아 탐구의 방식보다 "참자아만이 실재한다."고 하는 진아 탐구의 원리 쪽이었다.

그대는 그대의 무한한 본성에 스스로 제한을 가한 다음, 자신을 유한한 존재라고 생각하며 슬퍼하고 있다. 그래서 존재하지도 않는 제약에서 벗어나려고 이런저런 영적 수행을 하면서 발버둥친다. 이미 제한되어 있다는 전제 아래 진행되는 수행이라면, 그런 수행이 그대를 자유롭게 하는 데 무슨 도움이 되겠는가?

이런 뜻에서 나는 그대 자신이 무한하고 순수한 참자아임을 알라고 말하는 것이다. 그대는 항상 참자아이며, 그외의 다른 존재가 아니다. 그대 자신이 참자아이기 때문에 참자아를 모른다는 일은 불가능하다.

마하르쉬의 이러한 관점을 힌두교에서는 아드바이타 베단타(Advaita Vedanta), 즉 불이론(不二論)적인 관점으로 분류한다. 나는 어느 종교의 수행자든 참자아 혹은 신만이 실재한다는 이 관점에서부터 시작해야 길을 잃지 않으리라고 생각한다. 마음공부를 하면 할수록 자신이 무한하고 순수한 참자아임을 아는 것이 근본적으로 중요하다는 것을 이해하게 된다.

명상할 때도 나를 비롯한 대부분의 사람들은 '내가 앉는다. 내가 닦는다.'고 생각하며 앉았다가, '이제 50분이 지났다. 나는 다리가 아프다.'고 생각하며 일어난다. 마하르쉬의 말대로 '나'라는 육신과 에고의 제한을 받아들인 채 시간과 공간이라는 제약을 떠나지 않고 수행을 하니, 한 시간을 수행하든 일 년을 수행하든 에고의 제한된 의식 수준을 넘어서지 못한다. 마하르쉬는 사람들의 이런 착각이나 제한된 관점을 "마치 도둑이 경찰관을 가장한 채 도둑을 잡으려 하는 것과 같다."고 비유하기도 했다.

참자아만이 실재한다는 관점을 깊이 받아들인 후에 나는 명상하는 동안 '내가 한다'는 생각도, 시간과 공간에 대한 의식도 내려놓고 오로지 내면의 중심에 자각의 초점을 맞추려고 한다. 일상생활에서는 여전히 에고의 시각에서 싫고 좋음이나 옳고 그름 같은 판단에 빠지지만, 이를 알아차리면 얼른 그것을 내려놓고 본래 참자아만이 실재하는 마음자리를 놓치지 않으려 한다. 기도할 때는 어리석은 '나'와 전지전능한 신을 전제로 하는 이원론적인 구도에서가 아니라 하나뿐인 참된 존재 안에서 말하고자 한다.

다시 마하르쉬의 비유로 말하자면, 우리는 목걸이를 목에 건 채 잃어버린 줄 알고 잠시 허둥대는 처지일 뿐 진아라는 목걸이를 잃어버린 적이 없다. 그러니 에고와 육신에 스스로 한계를 짓는 생각의 습관에서 벗어나기만 하면 누구나 '나'라는 느낌의 뿌리에서 진아이자 실재인 하나에 닿을 것이다.

그런데도 현대인은 자신의 실재를 깨닫고 그 차원에서 살기보다 육체에 담긴 개별자로서 에고를 부풀리고 에고의 욕망을 충족하기 위해 분주하게 살아간다. 마하르쉬는 이러한 원인은 사람마다 과거로부터 쌓아 온 정신적인 경향성인 습(習), 즉 삼스카라(samskara)가 완전히 소멸하지 않았기 때문이라고 한다. 습이 소멸하지 않는 한 의심과 혼란의 뿌리가 끊어지지 않으므로 무지를 벗어나기 힘들다.

마하르쉬는 습을 없애는 길도 제시한다. "삼스카라를 없애는 첫 번째 단계는 진리를 듣는 것이다. 진리를 듣고도 확실히 이해되지 않으면 그다음 단계로 비추어 보기와 집중하여 내면을 응시하는 수행을 지속해야 한다." 진리를 듣자마자 바로 깨치거나 진리에 확고히 안주하는 사람은 많지 않다. 그러니 '나'라는 생각이 어디에서 일어나는지 자아 탐구 수행을 함으로써, 오랜 세월 쌓여 온 습을 제거하고 참존재의 빛이 드러나도록 하라고 가르친다.

마하르쉬의 가르침을 통해 진아가 실재이며 에고는 '거짓자기' 혹은 환영이라는 인식이 한층 선명해지자 예전에는 받아들이기 어려웠던 '신의 은총'을 조금씩 실감할 수 있었다. 마하르쉬는 "신이자 참자아인 스승은 제자가 내면에서 스스로 자신의 길이 잘못되었음을 깨닫도록 도우며, 올바른 길로 인도한다."라고 했고, "신의 은총 없이는 참존재를 깨달을 수 없다."고 말했다. 꿈속에서 했던 행동이 깨어서 보면 실제 누워 있는 상태에 아무 영향도 못 끼치는 것처럼, 환영에 불과한 에고가 어떤 노력을 한다고 해서 실재에 영향을 끼치지는 못한다. '내가 이만큼 노력했으니 이만큼 좋아지겠지.'라고 기대해도 변화는 그런 식으로 일어나지 않는다. 다만 에고의 노력은 자신의 무지를 인식하고 거기에서 벗어나려는 애씀이며 그로부터 내면의 은총에 연결되어야 그것이 참존재가 깨어날 수 있도록 이끌어주게 된다.

마음공부를 위해 하는 명상이나 기도, 여러 수행들은 무지에서 벗어나려는 애씀의 뗏목에 해당한다. 하루 온종일, 혹은 일 년 내내 뗏목에 올라타 있더라도 강의 반대편을 정확히 바라보며 나아가지 않으면 뗏목은 제자리를 맴돈다. 뗏목을 타고 강 건너를 향해 부지런히 움직일 때 비로소 물살과 바람이 은총으로 작용하여 저편 기슭에 당도하게 된다.

그다음으로 이 책이 내게 준 중요한 깨우침은 진정한 출가의 의미였다. 마하르쉬는 "외부로 향하는 마음을 거두어 안으로 향하게 하는 것이 진정한 출가"라고 한다.

그대의 직업을 버릴 필요도 없고, 가정을 떠날 필요도 없다. 직업을 버리거나 가정에서 떠나는 것은 포기가 아니다. 진정한 포기는 욕망과 집착을 버리는 것이다. 따라서 그대의 직업을 버릴 것이 아니라 그대 자신을 그대의 모든 짐을 다 져줄 신께 맡기도록 하라. 욕망을 버린 사람은 세상으로 들어가 온 세상을 향해 자신의 사랑을 펼친다. 신께 헌신하고자 하는 사람은 포기하기보다는 사랑과 애정을 실천하는 것이 낫다.

영혼이 성숙하여 사랑이 확장될 때가 되면 가정에서 도망가는 식이 아니라, 잘 익은 과일이 나무에서 저절로 떨어지듯이 그렇게 가정에서 떨어지게 된다.

어떤 종교에 귀의했건, 어떤 법의를 입었건, 어떤 가르침을 배워서 실천하건, 욕망과 집착을 버리지 않은 사람은 출가한 것이 아니다. 반면에 세속에서 평범한 일을 하더라도 욕망과 집착을 벗어버리면 참된 수도자가 될 수 있다. 외형적인 모습보다 삶을 대하는 마음 자세가 출가 여부를 드러낸다. 나는 출가한 종교인들은 조금도 방만하거나 게을러서는 안 되고, 평범한 사람들은 현실적인 제약이 있으니 정도껏 진리 추구를 해도 된다는 식의 편의적인 구분을 나도 모르게 하고 있었던 듯하다. 하지만 마하르쉬의 이 말씀으로 진정한 출가의 의미를 알게 되었다. 에고의 미망에 사로잡혀 있는 한 직업과 가정을 가진 자라도 자신의 참존재를 찾기 위해서는 마음속 출가의 길을 걸어야 함을 깨달았다.

마하르쉬는 구도자의 일상적인 규율에 대해서는 관대한 입장을 보였다. 구도자가 따라야 할 규칙을 말해 달라는 요청에 "많이 먹지 말고, 많이 자지 말고, 많이 말하지 말라."고 지극히 간단하게 일렀다. 그가 강조한 것은 어떤 행위든지 적절히 하는 중도의 태도였다. 외형적인 행위보다 이런 마음 자세를 훨씬 더 강조했으나, 마음 상태에 영향을 끼치는 일에 무심하지는 않았다.

음식으로는 채식 위주의 식사를 권장하며 신선한 과일, 야채, 곡식 위주의 식사가 순수함과 조화로움의 정신 상태에 도움이 된다고 했다. 실제로 마하르쉬 아슈람에서 제공하는 식사는 매우 정갈하고 신선했다. 자른 바나나잎을 쟁반 삼아 각종 야채와 콩을 넣은 밥에, 커리 같은 양념, 야채로 만든 반찬들과 과일이 나왔다.

마하르쉬의 진아 탐구에는 외워야 할 어려운 교리도 없고, 한 단계씩 올라가야 할 까다로운 수행의 단계도 없다. 집에서나 사원에서나 누구라도 자신의 참존재를 깨달을 수 있는 길이 활짝 열려 있다. 이 문은 무척 커서 어떤 수행 전통이나 방법도 있는 그대로의 모습으로 들어갈 수 있다. 이런 연유로 마하르쉬의 가르침이 서양인들의 관심을 끌었을 것이며, 앞으로도 많은 사람들을 정신적으로 이끌어줄 것이다.

《있는 그대로》를 읽다 보면 마하르쉬의 어떤 말들은 일관성이 없어 보이기도 한다. 그럴 수밖에 없는 까닭은, 그가 베푼 가장 큰 가르침은 침묵이었고 질문하는 자 각자의 마음 자세나 인식 정도에 따라 답변이 조금씩 달랐기 때문이다.

마하르쉬의 침묵 안에는 근본적으로 신도, 스승도, 은총도 다 담겨 있었다. 그가 말하듯 진아만이 유일한 실재이므로 지금도 나의 진아 안에 그의 침묵은 깊이 연결되어 있을 것이다. 마하르쉬이 흔적을 멀리 인도에서 찾고 여기에는 없다고 한다면 그것은 자신의 삼스카라로 인한 무지일 뿐이다. 그것이 무지임을 아는 그 자리에서 다시 진아를 향해 마음을 돌려야 한다.

죽음에 비추어 보는
삶의 의미

파드마삼바바, 《티벳 사자의 서》

이 책에서 내가 얻은 가르침은 고차원적인 죽음의 기술보다는 죽음에 비추어진 지금의 삶에 대한 자각이었다. 이 티베트 경전은 무려 천이백 년 전의 목소리로 "어떤 환영들이 나타나든지 그것이 내 자신의 마음속에서 나온 것임을 깨달으라."고 일러준다. 죽어서 보고 듣게 되는 색깔이나 빛과 소리가 지금의 삶을 통해 의식에 기록된 것들이라면, 죽어서의 경험은 사후에 결정되지 않고 지금 자신의 삶 속에서 만들어지는 것이다.

《티벳 사자의 서》는 14세기에 히말라야의 동굴에서 처음 발굴되었고
20세기 초에 영어로 번역되어 서구에 소개되었다.
한국어 번역본은 1995년 정신세계사에서 처음 나왔고,
1998년에 시공사에서 같은 제목으로 나왔으며,
2008년에 김영사에서, 2010년에 정우서적에서
《티베트 사자의 서》로 출간되었다.
이 책에서는 류시화가 번역한 정신세계사 판본을 참고로 했다.

파드마삼바바

티베트 불교의 성인. 8세기 인도 우디야나국의 왕자로 태어났다. 어린 나이에 출가하여 나란다 불교대학에서 전통 불교를 전수받았고, 오늘날의 미얀마와 아프가니스탄 등지를 두루 다니면서 여러 스승을 따라 수행했다. 깨달음을 얻은 후 티베트 티송데첸 왕의 초청으로 티베트로 갔다. 인도의 신비 경전들을 티베트어로 여러 권 번역했는데, 당시로서는 내용이 이해되기 어렵다고 생각하여 인도의 여러 동굴에 숨겨놓고 후세 사람들이 찾도록 했다. 《티벳 사자의 서》는 그가 남긴 경전 중 가장 유명한 책이다.

아, 죽음이 다가오는 줄도 모르고 꾸물거리는 자여.

그대는 이번 생을 쓸모없는 일에 모두 바치고

귀중한 기회를 놓쳐버리는 어리석음을 범하고 있다.

만일 그대가 이 삶으로부터 아무것도 얻지 못하고 빈손으로 돌아

간다면

그대의 목적은 잘못된 것이다.

그대에게 진정으로 필요한 것은 진리를 깨닫는 것이니

지금이라도 신성한 진리에 그대 자신을 바치지 않겠는가?

— 〈여섯 바르도의 서시〉 중 일곱 번째 시

마음공부를 하며 '진정한 나는 누구인가'를 탐구하는 과정에서 예전에는 주시하지 않았던 내 마음의 부정적 습관들을 깊이 들여다보게 되었다. 조급함, 내 뜻을 주장하는 에고 중심성, 분노 등 마음의 어둠은 깊었다. 분노의 뿌리에는 아버지가 있었다. 아버지에 대한 원망을 통찰해보니 그것은 나의 일방적인 생각이나 감정이었다. 아버지의 삶에는 내가 겪어보지도, 이해하지도 못한 아픔과 불안 등 여러 원인들이 있어 당신의 모습이 그렇게 고착된 것이었다. 또한 나는 부모님에게 의지해 태어났고 그분들에게 깊이 연결되어 있으며 그분들의 어떤

면을 그대로 지닌 존재임을 자각하게 되었다.

내 생각은 그렇게 바뀌어 갔으나 오랜 세월 품은 부정적 감정이 단박에 사라지지는 않았다. 이미 끊긴 아버지와의 말길도 어떻게 터야 할지 몰랐다. 우선 내 마음의 가시부터 뽑아야 한다는 생각으로, 명상을 시작하고 마칠 때 부모님을 축복하는 기도를 하기 시작했다.

그러던 중 2001년에 아버지가 갑자기 돌아가셨다. 사랑한다고 말한 적도 없고 자식으로서 용서를 구하지도 못했는데, 그런 채로 엇갈려 버린 아버지와의 관계에 회한이 밀려와 가슴이 아팠다. 아버지가 한 줌의 재로 돌아가는 모습을 보며 당신의 영혼은 도대체 어디를 헤매실까 마음이 아렸다. 생전에 해드린 것이 너무 없다는 생각에, 49재를 지키며 아버지가 모든 부정적인 기억과 감정을 떠나 평안하고 밝은 곳으로 가시도록 축복해드렸다.

그 후로도 몇 년간 아버지의 영혼을 축복하는 기도를 했다. 꽤 오랜 시간이 흐른 뒤 2007년 가을 어느 날, 꿈을 꾸는데 전에는 멀찍이 보이던 아버지가 가까이 다가왔다. 꿈속에서도 왠지 더는 아버지를 못 만날 것 같은 예감이 강하게 들었다. 어찌 지내시냐고 물으니, 이웃 노부부가 돌봐주어서 잘 지내신다고 했다. 이 기회를 놓치면 안 된다는 생각이 들어 나는 아버지에게 손을 뻗으며 말했다. "아버지, 제가 못한 얘기가 있는데 ……, 사랑해요!" 그러자 아버지는 "그래, 나도 잘 알고 있다."라고 대답하셨다.

잠에서 깨어나서 한동안 놀라움에 잠겨 있었다. 아버지께 직접 해본 적이 없는 그 말, 생과 사가 갈려 더는 들려드릴 길이 없었던 '사랑한다'는 말을 꿈속에서나마 하게 될 줄이야. 누군가는 그건 너의 생각이 반영된 너의 꿈일 뿐이라고 할지 모른다. 하지만 꿈 아닌 현실도 나의 생각이 반영된, 내 의식에 비추어진 모습이다. 어쨌거나 당신께 사랑한다는 말을 돌려드리고 그로써 나의 내면의 부정적인 기억을 치유하게 된 것에 깊이 감사했다. 이 꿈 덕분에 이쪽 삶의 세계와 저쪽 죽음의 세계가 그리 멀지 않으며, 영혼 안에서 서로의 연결은 결코 끊어지지 않는다는 것을 새삼 확인했다.

흔히들 삶의 끝이라고 생각하는 죽음을 삶의 연장으로, 또 다른 삶으로의 환생이거나 궁극의 대자유에 이르는 거대한 진출로 드러내 주는 책 중에서 나는 파드마삼바바의 《티벳 사자의 서》를 넘어서는 책을 알지 못한다. 이 책은 죽음이 늙고 병든 존재가 되어 맞이해야 하는 쓸쓸한 삶의 종지부가 아니라 궁극의 대자유로 날아오르는 비상의 문이 될 가능성을 열어주며, 그런 죽음에 비추어 지금의 삶의 의미를 돌아보게 한다. 현재의 삶을 되는 대로 먹고 마시고 감관의 쾌락을 위해 소모해버리지 않고, 존재의 대자유를 꿈꾸며 진리를 향해 나아가는 구도의 여정으로 만들게 해준다. 또한 진리를 추구한다고 하면서도 일상의 감각적 경험을 좀처럼 벗어버리지 못하는 게으른 구도자에게 한 생각에 대자유에 이를 수도 있고 환영에 빠져버릴 수도 있는 죽음의 긴박성을 보여줌으로써 삶의 자세를 바로잡게 한다.

《티벳 사자의 서》의 원제는 '바르도 퇴돌(Bardo Thödol)'인데, '듣는 것만으로 영원한 자유에 이르는 위대한 가르침'을 뜻한다. 인도 나란다 불교대학의 교수였던 파드마삼바바가 8세기에 티송데첸 왕의 초청으로 티베트로 건너가 티베트어로 번역해서 여러 동굴에 숨겨놓았던 100개가 넘는 인도 신비 경전 가운데 하나다. 나는 이 시대가 인간 의식의 진화라는 측면에서 오래된 비전(秘傳)들의 봉인이 풀리는 시기라는 판타지 같은 생각을 가끔 하는데, 《티벳 사자의 서》도 그런 비전 가운데 하나다.

이 책이 우리말로 옮겨지는 데도 여러 인연들이 묘하게 연결되었다. 자신이 번역한 밀교의 신비 경전들이 당시로서는 이해받기 어렵다고 생각한 파드마삼바바는 경전들을 여러 동굴에 숨겨 두고 몇 명의 제자들이 '테르뙨', 즉 '보물을 찾아내는 자'로 환생하여 나중에 찾아내도록 했다. 수백 년이 흐른 14세기경 뛰어난 테르뙨인 릭진 카르마 링파가 한 동굴에서 《티벳 사자의 서》를 발견한 후 여러 필사본이 만들어졌다.

그로부터 다시 수백 년이 지난 1919년 옥스퍼드 대학의 종교학과 교수인 에반스 웬츠가 어느 티베트 사원에서 이 경전의 필사본을 구했다. 시킴(Sikkim)으로 건너가 티베트 승려 라마 카지 다와삼둡의 제자가 된 에반스 웬츠는 스승이 구술하는 주석과 해석을 영문으로 편집했다. 그렇게 해서 1927년 옥스퍼드 대학 출판부에서 영문판이 처음 세상에 나왔고, 1938년에는 스위스에서 번역본이 나오면서 심리학자 카를 융이 서문을 붙였다. 우리말로 번역된 것은 1995년 이후였다. 이 경전이 히말라야의 한 동굴로부터 세상으로 나와 우리 손에 닿기까지 수백 년의 간격을 두고 여러 인연과 수고가 이처럼 연결되어 있었다는 사실에 새삼 숙연해진다.

우리나라에만 10종 가량의 번역서가 있다고 하는데, 나는 류시화가 옮기고 정신세계사가 펴낸 《티벳 사자의 서》로 읽었다. 이 책에는 해설로 에반스 웬츠의 〈비밀의 책을 열다〉라는 종교학자다운 논문과 융의 서문이 수록되어 있어서 좋았다. 에반스 웬츠는 이 오래된 티베트 경전이 "분명한 의식을 지닌 채 마음의 평정을 이룬 상태에서 죽음을 맞이할 수 있는" 방법을 제시하는 데 비해 현대 의학의 죽음에 대한 태도는 얼마나 초라한가를 지적한다.

현대 의학은 죽어가는 사람들을 사후 세계로 인도하는 조언을 단한마디도 갖고 있지 않다. 환자들이 품은 죽음에 대한 막연한 공포, 죽지 않으려는 고통스런 몸부림을 치유해주기보다는 오히려 어쭙잖은 실험 결과들을 갖고서 사후 세계의 신빙성을 놓고 논쟁을 일삼는다. 그래서 그들은 임종을 맞이하는 환자에게 강력한 약과 주사를 투입해 오히려 그가 의식을 지닌 채 죽음에 직면하는 것을 방해한다.

융은 이 책이 논리성에 매몰되어 있는 현대의 철학이나 신학과 달리 '지성적인 철학'이며 가장 차원 높은 심리학을 담고 있다고 지적했다.

인간의 영혼 속에는 신이 내재해 있다. 그 신은 바로 창조의 힘이다. 이 힘을 통해서 영혼은 생각들을 창조한다. 그리고 그 생각들에 의해서 영혼들 사이에 차이가 생겨난다. 결국 생각은 모든 존재를 결정하는 조건일 뿐 아니라 동시에 그 존재 자체이기도 하다.
《티벳 사자의 서》는 바로 이 위대한 심리학적 진리로부터 시작한다. 이 책은 장례 의식에 관한 문헌이 아니라, 바르도 상태에서 일어나는 다양한 현상들로 사자를 인도하는 안내서이며 죽은 자를 위한 가르침이다.

이 안에 감탄할 만큼 세밀하게 사후 단계별로, 날짜별로 죽은 자를 위한 가르침이 펼쳐지는 것은 《티벳 사자의 서》가 본래 사후 세계를 경험하고 다시 환생한 라마승들의 증언에 근거해 엮인 덕분이다. 이 경전은 두 권으로 되어 있는데, 첫째 권의 1부는 죽음의 순간인 '치카이 바르도' 상태에서 나타나는 투명한 빛으로 사자를 인도하는 방법을 다룬다. 2부는 존재의 근원을 체험하는 '초에니 바르도' 상태를 다루는데, 사후 열넷째 날까지 사자가 카르마로 인한 환영들을 보면서 그 속에서 흔들림 없이 대자유로 향하도록 이끄는 방법을 보여준다. 둘째 권은 환생의 길을 찾는 혼란 상태인 '시드파 바르도'에 대한 내용인데, 1부는 사자가 사후 세계의 다양한 모습에서 혼란을 겪지 않도록 안내하고, 2부는 사후 세계의 마지막 단계인 환생 직전까지의 시기 동안 완전한 해탈을 이루거나 아니면 좋은 환생처를 선택하도록 안내한다.

티베트에서는 죽은 자 옆에서 이 내용을 읽어줌으로써 생전에 완전한 깨달음을 이루지 못한 영혼들도 윤회를 벗어나 진리에 이르도록 이끌었다고 한다. 티베트인들의 깨달음에 대한 열망과 죽은 자까지도 고통에서 건져내고자 하는 자비심에 경외감마저 든다.

죽음의 이해라는 면에서 이 책은 어떤 현대 심리학이나 현대 의학도 가닿지 못한 지혜와 자비의 의식 수준을 보여준다. 특히 사후 첫 단계인 치카이 바르도 단계에서 죽은 자가 존재의 근원으로 돌아가는 의식체의 탈바꿈을 이루도록 돕기 위해, 목의 동맥을 지그시 눌러 몸 안의 생명력이 백회(百會, 정수리에 위치한 혈)로 빠져 나가게 하는 대목은 이들의 전통에 입문하지 않은 사람은 감히 범접하기 어려운 죽음의 기술을 보여준다.

삶의 마지막까지 손에서 놓고 싶지 않은 몇 권 가운데 하나인 이 책에서 내가 얻은 가르침은 고차원적인 죽음의 기술보다는 죽음에 비추어진 지금의 삶에 대한 자각이었다. 이 티베트 경전은 무려 천이백 년 전의 목소리로 "어떤 환영들이 나타나든지 그것이 나 자신의 마음속에서 나온 것임을 깨달으라."고 일러준다. 죽어서 보고 듣는 색깔이나 빛과 소리가 지금의 삶을 통해 의식에 기록된 것들이라면, 죽어서의 경험은 사후에 결정되지 않고 지금 자신의 삶 속에서 만들어지는 것이다.

현재의 내 마음이 진리에 가까울수록 사후의 영혼도 밝고 투명한 진리의 세계를 경험할 것이다. 지금의 삶이 탐욕, 악의, 시기심 등으로 얼룩서 있다면 사후에 아무리 평안하고자 하여도 영혼은 괴롭고 두려운 세계를 헤맬 것이다. "전생이 궁금하면 지금 자신의 모습을 보라. 내생이 궁금하면 지금 자신의 행동을 보라."는 단순한 말처럼, 결국 현생도 죽음 이후도 지금의 나 자신이 어떠한가에 달렸다. 자신의 본질이 참된 의식임을 확신하며 지금의 삶에서 진리를 닦아 나가면, 누군가 다음과 같이 읽어주지 않아도 완전한 대자유에 이를 수 있을 것이다.

아, 고귀하게 태어난 자여. 그대의 현재 마음이 곧 존재의 근원이며 완전한 선이다. 그것은 본래 텅 빈 것이고, 모습도 없고, 색깔도 없는 것이다.

그대 자신의 마음이 곧 참된 의식이며 완전한 선을 지닌 붓다임을 깨달으라. 그것은 텅 빈 것이지만 아무것도 없는 텅 빔이 아니라 아무런 걸림이 없고, 스스로 빛나며, 기쁨과 행복으로 가득한 텅 빔이다.

본래 텅 비어 있고 아무런 모습도 갖지 않은 그대 자신의 참된 의식이 곧 그대의 마음이다. 그것은 스스로 빛나고 더없는 행복으로 가득한 세계다. 이 둘은 서로 다른 것이 아니라 하나다. 그 하나됨이 바로 완전한 깨달음의 상태다.

죽은 자는 죽음 직후 강렬한 빛을 체험하는 치카이 바르도나 초에니 바르도에서 의식의 탈바꿈을 이루지 못하면 시드파 바르도를 경험한다. 시드파 바르도에서 영혼이 겪는 사후 세계의 모습은 오늘날의 임사체험과 닮아 있다. 죽은 지 열넷째 날이 지나면 죽은 영혼의 의식체가 되돌아오면서 살아 있을 때의 육체의 모습과 똑같이 닮은 몸이 생겨난다고 한다. "그 몸은 겉으로 보기에 이전의 몸과 앞으로 받을 몸과 똑같은 형태이다. 그 몸은 모든 감각 기능을 갖고 있고 나아가 거침없이 움직이는 힘을 갖고 있다." 이 몸은 온갖 곳으로 순식간에 갈 수 있고 바위나 벽도 통과할 수 있다. 이는 임사체험을 한 사람들이 순간 이동이 가능하여 생각하기만 하면 눈앞에 그 대상이 펼쳐진다고 말한 대목과 매우 유사하다.

하지만 이 경전은 환영에 불과한 그런 능력을 추구하지 말라고 일러준다. 그것은 깊은 명상에서 얻어진 것이 아니라 카르마에 의해 생

겨난 것일 뿐이니, 오로지 "밝고 순수하고 티없이 맑으며 텅 빈 충만
으로 가득한 무위와 무집착의 상태에 마음을 머물게" 하여 대자유에
이르라고 한다.

죽음 직후의 순간인 치카이 바르도에서 초에니 바르도를 거쳐, 환
생의 길을 찾는 시드파 바르도까지 영혼이 49일간 방황하는 것은 다
만 자기 의식이 빚어낸 환영 속의 일이다. 그러니 어느 순간이든 그것
이 환영임을 알아차리고 진리에 마음을 모으면 윤회의 고통에서 벗어
날 수 있다고 이 경전은 거듭거듭 강조한다. "한순간 속에서 중요한
차이가 생겨난다. 한순간 속에서 완전한 깨달음이 얻어진다."라고 말
이다. 이는 지금 인간으로 살아가는 영혼에게도 똑같이 적용된다. 언
제나 지금 한순간이다. 그리고 우리의 본질은 깨달음이다. 죽음 이후
를 기다릴 필요 없이 지금 한 마음을 돌이키면 바로 그 자리다.

뜨거운 화로에 녹는
한 송이 눈처럼

청화 스님, 《마음》

지팡이는 얻은 후 벽에 걸어 두는 그런 물건이 아니다. 지팡이를 얻었다면 길을 나서야 한다. …… 청화 스님은 목적지에 도달해 마음의 실체, 즉 진리를 알기만 하면 홍로일점설(紅爐一點雪)이라 한다. 뜨거운 화로에 넣은 한 송이 눈과 같이 진리를 알면 모든 불행이 순식간에 녹아내린다는 말씀이다. 이 말씀 또한 지팡이를 얻고도 주저하는 자신의 게으름을 녹여주는 뜨거운 화로임을 안다면 누구나 그 충만한 여정으로 걸어 들어갈 것이다.

《마음》은 2004년에 이른아침에서 출간되었다.

청화 스님

1923년에 전남 무안에서 태어났다. 대학에서 철학을 공부하다가 1947년 백양사 운문암에서 금타화상을 스승으로 출가했다. 40여 년간 상무주암, 백장암 등 20여 곳의 토굴을 옮겨 다니며 수행했다. 1985년 전남 곡성의 태안사에서 대중 교화를 시작해 미국에 금강선원을, 서울 도봉산에 광륜사를 열었다. 2003년에 입적했다. 다른 저서로 법문집 《정통선의 향훈》, 《원통불법의 요체》, 《마음의 고향》, 《진리의 길》, 《가장 행복한 공부》 등이 있고, 옮긴 책으로 《정토삼부경》, 《약사경》, 《육조단경》 등이 있다.

마음공부 초기에 여름마다 참가했던 사찰 수련회는 공기 맑고 풍광이 수려한 절에서 묵언하며 말없이 지내니 좋았고, 오랜 수행으로 푸른 새벽 같은 눈빛을 한 스님들에게 명상과 불교의 기초를 배우는 것도 좋았다. 하지만 초심자로서 어떤 명상법으로 어떻게 마음을 모아야 하는지 확신이 서질 않았다. 화두(話頭) 명상법은 아리송해서 접근하기가 쉽지 않았고, 위빠사나로 내면을 주시하다 보면 머릿속에 중얼거림이 너무 많아 고요해지기 어려웠다. 또 내면을 지켜볼수록 더 많이 드러나는 날카로운 판단의 잣대와 부정적 감정을 어찌 다루어야 할지도 몰랐다.

　"청화 스님이 도봉산에 있는 절에 행사가 있어 우리대 후배가 같이 가자고 하는데, 너도 가지 않을래?" 어느 날 걸려온 선배의 전화였다. 사찰 수련회에서 가끔 존경스런 어른으로 청화 스님 이름을 들은 적이 있었다. 그 이상 아는 바는 없었으나 오랜만에 지인들도 만날 겸 길을 나섰다. 그것이 2002년 도봉산 광륜사 개원 법회였고 거기에서 청화 스님의 말씀을 처음 들었다. 스님은 큰 법당 문을 열고 아래 마당에 앉아 있는 청중을 향해 말씀하셨다. "온 우주가 다 비었다는 진리에 마음을 모으고 부처님 가르침을 진심으로 믿으며 철저하게 정진하라." 노스님이신데도 말씀이 거침없고 분명했으며 만면에 미소가 가득했다.

무엇보다도 스님에게서 풍겨 나오는 자애로움이 남달랐다. 완전히 마음을 모아 말씀을 듣자니 분홍빛으로 느껴지는 기운이 청중에게로 퍼져 왔다. 스님의 말씀과 자애로운 기운이 어우러져 뭔가 고양되는 듯한, 맑고 감동스러운 느낌들이 일어났다.

말씀을 마치고 내려와 청중 사이로 지나가는 스님의 모습을 보니 연세도 많고 체구도 많이 마르신 편이었는데 말씀할 때는 전혀 그런 줄 몰랐다. 법회도 처음이고 불교에 관심도 없던 후배는 스님의 뒷모습을 보며 눈물을 흘리고 있었다. 왜 우냐고 물으니 그냥 자기도 모르게 눈물이 나더라고 했다.

그 후로 2003년 11월 열반에 들 때까지 청화 스님은 병중에도 광륜사에 몇 번 더 발걸음을 하여 가르침을 폈다. 그 덕에 나는 말씀을 조금 더 듣는 행운을 누렸을 뿐만 아니라, 그분이 주창하신 염불선(念佛禪)을 내 마음공부의 길잡이로 삼게 되었다. 그동안 내게 맞는 공부법을 몰라 막막하게 안개 속을 헤매는 기분이었는데, 염불선을 만나니 길을 헤쳐 나갈 지팡이를 얻은 듯했다. 그간 나를 일깨웠던 지혜의 가르침들을 등불 삼고 이 수행 방법을 지팡이 삼아 마음공부의 걸음을 내딛으면 될 듯 싶었다.

이러한 인연으로 영혼을 깨우는 책을 소개하는 마지막 자리에 청화 스님의 《마음:부처가 사는 나라》를 놓는다. 불교적 수행법이나 염불선의 우월성을 주장하려는 것은 아니다. 마음공부의 길을 떠나는 데 지팡이가 지닌 중요성을 나누고 싶은 마음에서다.

이 책《마음》은 청화 스님이 열반에 든 후 생전에 하신 법문 중 가장 대표적인 말씀을 골라서 펴낸 법문집이다. 스님이 직접 쓴 책으로는 법구경이나 정토삼부경, 육조단경 같은 경전 해설서들이 여러 권 있다. 대표적인 법문집으로는 《마음의 고향》 시리즈가 5권까지 나와 있으며, 그외에 《가장 행복한 공부》, 《정통선의 향훈》도 일반인들에게 널리 알려져 있다. 《마음》은 1부 '아름다운 인연', 2부 '본래의 자리, 본래의 성품으로', 3부 '그물에 걸리지 않는 바람같이'로 구성되어 있다. 1부와 2부에는 안거 결제나 해제, 그리고 주요 법회에서 하신 말씀을 주로 담았고, 3부에는 〈금륜〉이란 저널에 발표했던 짧은 글들을 모았다.

1923년에 태어나 2003년 80세의 나이로 열반에 들 때까지, 청화 스님의 치열한 수행 이야기는 널리 알려져 있다. 누워 자지 않는 장좌불와(長坐不臥)와 하루에 한 끼를 드시는 일종식(一種食)을 30년 넘게 지켜 일반인은 물론 웬만한 수행자도 따라길 수 없는 구도의 경지를 이루었다. 스님의 일대기에서 진리를 추구하는 자의 모습이 어떠해야 하는지 배울 점이 많지만 자세한 이야기는 독자들 각자의 즐거움으로 남긴다. 여기에서는 염불선이 무엇이고, 어떠한 원리에 기반한 수행 방법인지 먼저 살펴보고자 한다.

제일 쉬운 방법, 그 제일 쉬운 방법은 부처님의 명호를 외우는 방법입니다. 부처님 명호 외우는 것이 제일 쉽고 확실한 방법입니다. 어째서 제일 쉽고 확실한 방법인가? 그것은 우리가 본래 부처이기 때문입니다.

우리가 본래 부처이기 때문에 부처님 명호는 본래 자기의 참이름입니다. 본래 우리가 부처이고, 부처님 자리가 바로 우리 자리이기 때문입니다.

우리의 불성 가운데는 자비나 지혜가 원만하고 충만합니다. 따라서 우리 불성을 자비로운 쪽으로 보면 관세음보살이고, 지혜로운 쪽으로 보면 문수보살이고, 또 전체로 보면 아미타불인데, 모두가 다 우리 불성공덕입니다. 불성공덕이 한도 끝도 없이 많아서 그와 같이 여러 갈래로 이름을 말씀하신 것입니다. 그 본래의 자리는 똑같이 우주의 근본자리, 일미평등한 진여불성의 자리입니다.

일미평등한 그 진여불성 자리에다가 마음을 두고 공부를 해야 우리가 근본을 안 떠나게 되고, 비로소 참선이 됩니다. 똑같은 나무 아미타불이라 하더라도, 우리가 단순히 복을 비는 자세에 얽매인 채 상에 걸리면 그때는 참다운 염불이 되지 못합니다. 같은 염불도 염불참선이라, 염불인 동시에 참선이 되기 위해서는 천지우주의 생명자리, 진여불성 자리를 안 떠나고 염불을 해야 합니다. 바로 그것이 염불인 동시에 염불참선입니다.

염불은 부처님의 이름을 생각하고 외는 것으로 대표적으로 '나무 아미타불'을 한다. '나무'는 귀의한다는 뜻이니 '나무 아미타불'은 "아미타 부처님께 귀의합니다."라는 뜻이다. 청화 스님은 우리 존재의 본질이 이미 깨달은 자, 즉 부처님이므로 그 이름을 부르면 가장 쉽게 자신의 본성에 닿는다고 한다. 신라시대 고승 원효 대사도 일반 백성들이 고통에서 벗어나는 가장 쉬운 접근법으로 '나무 아미타불'을 하도록 가르쳤다.

단순히 본성의 이름을 부르는 칭명염불(稱名念佛)이나, 나와는 분리된 거룩한 존재로 상상하며 부르는 관상염불(觀想念佛)은 존재의 실상을 깨치기 위한 명상 수준의 염불이 아니라고 청화 스님은 구분한다. 염불선, "염불인 동시에 참선이 되기 위해서는 천지우주의 생명자리, 진여불성 자리를 안 떠나고" 해야 한다는 말이다. 간화선(看話禪)에서 모든 의식을 하나의 의심에 모아 화두를 들라 하듯이, 마하르쉬가 모든 생각이 일어나는 의식의 기저를 향해 '나는 누구인가'를 탐구하라고 했듯이, 모든 상(相)과 분별을 떠나 참된 본성이 있는 그 자리를 향해 '나무 아미타불'을 할 때 그것이 실상염불(實相念佛)이고 염불선이 된다.

청화 스님은 일제시대에 일본에서 유학을 한 지식인이었다. 돌아와서는 학교를 세웠고, 민족 문제나 철학에 관심이 깊었다. 그런 학문적 바탕이 있어 불교의 공(空) 사상을 말씀하실 때 양자물리학 같은 현대과학의 연구 결과나 서양 철학자들의 논의를 많이 인용했다. 특히 신리는 하나라는 관점에서 기독교나 다른 종교에 개방적인 태도를 보였고, 오늘날의 다원화 사회에서 종교인들이 우월 의식보다는 수용성을 지녀야 한다는 점도 강조했다.

지금은 아시는 바와 같이 다원화 시대 아닙니까? 여러 가지 문제에 있어서, 민족도 다민족 사회, 종교도 다종교 사회 아닙니까? 이런 때에 우리는 참 주의해야 됩니다. 지금 기독교 신학에서 불교에 대해 열심히 가르칩니다. 제대로 공부한 신부들은 저 사람이 어떻게 불교를 저렇게 많이 아는가 할 정도로 불교를 많이 알고 있어요.

그에 비해 우리 불교인들은 어떤가. 기독교인이 우리보다 수가 훨씬 많고 교회 수도 절보다 훨씬 많지만, 엄연히 공존해 있으면서도 우리 대부분은 기독교를 잘 모릅니다. 그것은 외도 공부 아닌가, 기껏해야 하늘에 올라가는 법이 아닌가, 지금은 그렇게 소홀히 취급할 때가 아닙니다.

현실적으로 분명히 우리 주변에 있는데 어떻게 우리가 그걸 무시할 것입니까? 그리고 성자의 법이라는 것은 절대로 둘이 아닙니다. 예수가 성자가 아니라면 모르거니와 우리가 성자라 전제할 때는 똑같은 진리라고 생각해야 합니다.

진리는 하나고, 현상계에서는 구별되어 보이는 모든 것이 사실 하나에서 나온다는 불이(不二)의 관점을 확립하였기에 이런 수용적인 태도가 나왔을 것이다.

청화 스님이 다른 종교에 대해서 수용적이었다고 해서 수행자나 제자들에게까지 이래도 좋고 저래도 좋다는 식은 아니었다. 열반에 드시기 직전 제자들에게 마지막으로 남기신 당부가 "철저한 수행과 계율을 지킬 것"이었을 정도로 청정한 계율을 중시했다.

(우리가) 본래 부처이기 때문에 어느 때엔가는 꼭 부처가 될 의무가 있는 것입니다. 누구든 부처가 안 될 수는 없단 말입니다. 다만 게으름을 부리고 게으름을 부리지 않고, 지키고 안 지키고 그런 차이에 따라서 조금 더디 되고 빠를 뿐이지 어느 누구나 종당에는 다 부처가 됩니다.

성불의 길에는 여러 가지가 있습니다. 그러나 우선 우리 행위를 진여불성에, 우주의 도리에 맞도록 계율을 먼저 지켜야 됩니다. 계율을 지키지 않으면 우리 마음이 고요히 가라앉지 않고, 우리 마음이 산란스러우면 참다운 지혜가 나올 수 없습니다. 우리가 오늘날같이 범부심을 미처 못 떠난 것은 참다운 지혜를 몰라서 그런 것입니다.

보통 사람들은 계율을 자유를 속박하는 거추장스런 틀로 여긴다. 일상적 의미의 자유는 참된 지혜에서 발원한 것이 아니라 에고의 욕구에 따르는 것이 많다. 이런 자유는 계율 안에서 녹여내야 한다. 개인의 감정과 판단에 따라 행동하려는 에고의 마음을 바로 보고 내려놓는 힘을 길러 맑고 평화로운 마음자리로 돌아서게 돕는 것이 계율이다. 모든 유위(有爲)의 행위들이 무위(無爲)의 진리 안에 잠겨들 때까지 그 산란함을 가라앉혀주는 것이 계율이다. 진리를 찾는 사람이라면, 거짓된 말을 하지 않고 남의 것을 가볍게 취하지 않고 뭇 생명을 소중히 여기기 같은 기본적인 계율을 지킴으로써 분망하게 날뛰는 범부심을 이겨내라고 스님은 간곡히 당부하셨다.

또한 스님은 마음공부란 "마음을 맑혀서 본래 마음자리로 돌아가는 공부"라고 했다. 에고에 물들지 않은 본래의 그 마음자리에 완전히 뿌리를 내리고 그 자리에서 사는 일이 마음공부다. 자신과 타자를 가르고 개인적인 이익을 좇는 한 본래 마음자리에 사는 것이 아니며 마음공부가 된 것이 아니다. 이치를 다 이해했다 해도 실제 삶으로 살아내도록 닦아야 한다.

이치만으로 다 되는 것은 아닙니다. 이치만으로 아는 것은 철학적으로 아는 것이지, 실제로 우리가 증명한 것은 아닙니다. 실제로 증명한 것이 아니기 때문에 증명하는 명상이 필요한 것입니다.

명상이 있어야 실제로 체험할 수 있습니다. 명상이라는 말이나 불가에서 말하는 삼매라는 말이나 참선이라는 말이나, 개념적인 내용에 천착하면 조금씩 다르게 말할 수 있지마는 대부분 같은 뜻입니다. 우리 마음을 맑혀서 본래 마음자리로 돌아가는 공부 방법입니다.

실제로 자기 주변이 간편하고 무엇이 없으면 자기 마음을 닦는 기회가 훨씬 많아집니다. 그래서 그 기회를 얻고자 집을 떠나서 출가도 하고 신부가 되고 수녀도 되는 것입니다. 뜻은 모두가 다 하나입니다. 하느님의 뜻을 깨달아서 하느님 곁에 가까이 가려고 그와 같이 하는 것입니다. 우리 불교로 말하면 부처님을 깨닫는 것입니다. 하느님 부처님은 표현은 다르지만 뜻은 다 똑같습니다. 모두 우주의 참다운 진리란 말입니다.

이 말씀처럼 하느님을 향하든 부처님을 향하든 명상을 하든 기도를 하든, 누구나 닿아 있는 궁극의 그 자리는 하나라서 어떤 식으로든 거울에 낀 먼지를 닦기만 하면 같은 곳에 도달한다. 각자 인연에 따라 가장 밝다고 느끼는 등불을 들고 자기에게 가장 적당한 공부 방법을 지팡이 삼아 길을 나서면 된다. 내게는 염불선이 화두보다 막막하지 않고 위빠사나보다 집중을 놓치지 않으며 참된 존재의 자리로 들어갈 수 있는 맞춤한 지팡이였다. 기도를 하며 묵상하거나 오로지 침묵 안에 몰입하면서 신의 은총을 더 가까이 느끼는 사람은 그런 접근법이 각자를 위한 지팡이가 될 것이다.

　지팡이는 얻은 후 벽에 걸어 두는 물건이 아니다. 지팡이를 얻었다면 길을 나서야 한다. 한 시간이라도 하루 종일이라도 그 지팡이에 의지해 발걸음을 옮겨야 실제 여정이 이어지고 마음공부의 목적지에 다다른다. 목적지에 도달해보니 출발한 그 자리였다거나, 내내 걸은 줄 알았는데 결국 깨고 보니 꿈이었다는 이야기는 지팡이를 짚고 길을 나섰던 사람만이 할 수 있다.

　영적 여정에 대한 지식과 수행 방법을 얼마든지 접할 수 있는 요즘 영혼을 깨우는 이야기를 하고 마음공부 방법들을 논의하는 사람들은 많아졌지만, 자신의 지팡이를 짚고 꾸준히 길을 가는 사람은 여전히 적다. 끝내 목적지에 도달하거나 꿈에서 깨어났다는 사람은 더욱 드물다.

　청화 스님은 목적지에 도달해 마음의 실체, 즉 진리를 알기만 하면 홍로일점설(紅爐一點雪)이라 한다. 뜨거운 화로에 넣은 한 송이 눈과 같이 진리를 알면 모든 불행이 순식간에 녹아내린다는 말씀이다. 이 말씀 노안 시앙이를 읽고도 주지하는 자신의 개으름을 녹여주는 뜨거운 화로임을 안다면 누구나 그 충만한 여정으로 걸어 들어갈 것이다. 그 걸음걸음에 진리의 꽃비가 쏟아지는 광경을 그려본다.

틱낫한의 상생

틱낫한 지음/ 진우기 옮김/ 미토스

이 책은 틱낫한이 이끄는 수행공동체 플럼빌리지에서 구성원 간에 분쟁이 일어났을 때 이를 해결하는 일곱 가지 원리를 다루는 책이다. 대중적으로 알려진 책은 아닌 듯하지만, 진리의 삶을 공동체나 조직 안에서 실현하려는 사람들에게는 좋은 지침이 될 수 있다.

라마나 마하르쉬 저작 선집

아서 오즈번 지음/ 대성 옮김/ 탐구사

라마나 마하르쉬 사상의 진수를 접해보려는 사람에게 권할 만한 책이다. 《있는 그대로》나 《라마나 마하르쉬와 진아지의 길》 등은 서양인 헌신자들이 자기 경험과 기록에 기초해서 쓴 책인 반면, 이 책의 초판은 마하르쉬 생전에 그의 검토를 거쳐 발간된 것이라 그의 육성에 더욱 가깝다. 처음에는 산문으로 된 앞부분의 가르침들이 쉽게 읽히지만 시간이 지나면 '다섯 찬가'와 같은 시들이 더 아름답고 밀도 있게 다가온다.

장자의 도

토머스 머튼 지음/ 권택영 옮김/ 은행나무

장자에 관한 책은 무척 많으나, 동양 사상과 중국 철학에 심취했던 토머스 머튼 신부가 쓴 《장자의 도》는 그중에서도 매우 독특하며 한번 읽으면 손에서 놓기 어렵다. 머튼은 기독교의 정수를 장자에서 느꼈다고 했으며, 역자인 권택영은 자신이 매료되었던 프로이트와 라캉의 정수를 이 《장자의 도》에서 느꼈다고 한다. 내편, 외편으로 이루어진 《장자》의 구성을 머튼 신부가 62편의 시로 재탄생시킴으로써, 시를 음미하듯 천천히 《장자》의 가르침에 다가갈 수 있다.

감산의 노자 풀이
감산 지음/ 오진탁 옮김/ 서광사

이 책은 명나라 말 4대 선승의 하나인 감산이 15년의 노력 끝에 노자의 《도덕경》을 풀이한 것이다. 그는 참선 수행을 오래 하여 도가 밝았는데도, 《도덕경》은 때로는 열흘에 한 구절, 어떤 장은 1년이 지나서야 그 의미를 깨쳤다고 한다. 감산은 "안으로 도를 간직하고 밖으로 왕도 정치를 펴는" 것이 노자 사상의 핵심이라 보고 그 관점에서 간결하고도 힘차게 전체의 흐름을 꿰어놓았다. 책을 읽는 동안 맑고 시원한 감로의 맛을 느낄 수 있다.

가장 행복한 공부
청화 스님 지음/ 시공사

청화 스님이 생전에 설한 법문 중에 대표적인 말씀을 모아 일반인도 이해하기 쉽도록 펴낸 책이다. 청화 스님의 법문을 녹취하여 풀어낸 시리즈인 《마음의 고향》 중 몇 편을 1부에 담고, 2부에는 청년 불교인들에게 한 말씀을, 3부에는 안거 때 한 말씀을 실었다. 마음공부와 참선이 왜 가장 행복한 공부인지를 명쾌하게 설파한다.

영혼을 깨우는 책읽기 — 책의 숲에서 찾은 마음공부의 길

2012년 9월 10일 초판 1쇄 발행
2013년 3월 30일 초판 2쇄 발행

- 지은이 ——————— 이현경
- 펴낸이 ——————— 한예원
- 편집 ——————— 이승희, 임정은, 조은영
- 펴낸곳   교양인
  우 121-888 서울 마포구 합정동 438-23 신성빌딩 202호
  전화 : 02)2266-2776 팩스 : 02)2266-2771
  e-mail : gyoyangin@naver.com
  출판등록 : 2003년 10월 13일 제2003-0060

ⓒ 이현경, 2012
ISBN 978-89-91799-75-2 03810